Richard Kapp · *Die Sommerfrischler*

D1678400

© 2014 Pandion Verlag
Herzog-Johann-Straße 2, D-55469 Simmern
Telefon 06761-7142

www.pandion-verlag.de

Titelfoto: © mgfoto/iStockphoto
Autorenfoto: © Michael Reuland

Druck/Weiterverarbeitung:
Pressel Digitaldruck, Remshalden
Printed in Germany

ISBN 978-3-86911-064-6

Richard Kapp

Die Sommerfrischler

Roman aus dem Hunsrück
der fünfziger Jahre

PANDION

Für Mechthild

im Jahr

unserer

Goldenen Hochzeit

Die Einrichtung stammte aus den dreißiger Jahren, die kleinen Sprossenfenster mit den dichten Vorhängen ließen nur spärlich die Sonne in die Schankstube „Zum Hirsch" herein.

Jetzt in der aufstrebenden Nachkriegszeit, in der so viel erneuert und verändert wurde, sahen sich auch die Wirtsleute veranlasst ihre gut gehende Gastwirtschaft zu modernisieren.

Betty und Adam Schneider hätten viel lieber Geld eingenommen als es auszugeben und so kam es wieder einmal zum Streit mit ihrer Tochter Brigitte, die auf eine Totalsanierung der Gastwirtschaft drängte, aber beim Vater wenig Gehör fand. Er glaubte mit einer Restaurierung der alten Fassade wäre die Modernisierung erledigt. Aus Wut und Verärgerung packte Brigitte ihr Köfferchen und verschwand mal wieder „für ein paar Wochen", wie sie sagte, in ein Hotel am Rhein. Dort wurde sie als Hilfskraft gerne aufgenommen und nebenbei lernte sie die Hotellerie und den Umgang mit Gästen kennen. Aber im „Hirsch" fehlte sie. Diente die hübsche Brigitte doch als Anziehungspunkt für die jungen Kerle, obwohl sie als künftige Wirtin keinem schöne Augen machte.

Ihre Tante Klara war verzweifelt, fürchtete sie doch, die Nichte nie wiederzusehen, während ihr Vater Adam ihren Auszug gelassener nahm. „Sie ist daheim ans Brot gewöhnt und der Tag wird kommen, wenn sie reumütig zurückkehrt." Betty, die Mutter, weinte nur, ihr wurde erneut bewusst, dass sie auf ihre erwachsene Tochter schon lange keinen Einfluss mehr hatte.

Bettys äußere Erscheinung wirkte sehr nachlässig und ungepflegt. Ihre Kittelschürze war dreckig, die ungepflegten Haare lugten aus einem schmutzigen Kopftuch hervor, ihre von

Kuhmist beschmierten nackten Beine steckten in ausgetretenen Latschen. So kam sie in die Schankstube und rügte ihren Mann, der ebenso ungepflegt an einem der Tische saß und in einer Zeitung blätterte. „Du Dreckskerl, kommst aus dem Schweinestall und stinkst mir die ganze Bude voll. Was sollen die Leute sagen, wenn sie nachher hereinkommen und unsere Schankwirtschaft riecht nach Saustall. Du weißt, dass die Handelsreisenden beim Frühstück zu ihrem Brot immer einen Schoppen trinken, die werden bei dem Gestank nicht wiederkommen."

Eigentlich sollte es das gar nicht geben, dass sie mit ihrer übel riechenden Stallkluft den Gastraum betraten. Seit Jahren gab es eine Schmutzschleuse in Form eines Brausebades, das in der Futterküche hinter einer grau lackierten Bretterwand eingerichtet worden war. Der angeschlossene Kohleofen sorgte für warmes Wasser und diente der ganzen Familie zur täglichen Körperpflege.

Adam faltete die Zeitung zusammen und warf sie auf die Bank am Fenster. „Siehst du besser aus? Stinkst selbst nach Kuhstall und du willst mir Vorschriften machen. Ich habe in der Zeitung nachgeschaut was in dieser Woche die Säue kosten, unsere sind schwer genug, zwei werden für den Eigenverbrauch geschlachtet und die anderen verkauft und dann werden keine mehr gehalten."

Jetzt hatte er wieder in ein Wespennest gestochen. Wutschnaubend verließ Betty den Raum und schrie: „Mein Heiligtum wirst du nicht angreifen, die Landwirtschaft habe ich vom Vater geerbt und darum wird sie weitergeführt."

Adam hatte in diese Landwirtschaft eingeheiratet und verdiente sein Geld auf eine andere Art. Die Landwirtschaft empfand er als Ballast und erwähnte immer wieder, dass das Leben ohne Stallmist schöner sei.

Von außen betrachtet erschien die Ehe von Betty und Adam eher als Zweckbündnis. Dieses gestörte Verhältnis wurde dann immer deutlich wenn sie manchmal, oft wegen Nichtigkeiten, aneinandergerieten und sich mit derben oder ordinären Worten beschimpften, obwohl sie sehr darauf achteten, dass keine fremden Ohren ihren Streit mithören konnten. Klara musste sie dann zur Ordnung rufen, indem sie Adam aufforderte, die Harmonie wieder herzustellen und sich bei Betty zu entschuldigen. Sie griff immer nur den Adam an, ihre Schwägerin Betty verschonte sie, obwohl die meistens die Hauptschuld an dem Streit hatte.

Adam, ihr Bruder, hatte sie mit in die Ehe gebracht und Betty, damals eine hübsche junge Frau, akzeptierte das, obwohl Klara schon in jungen Jahren beschlossen hatte, nie zu heiraten.

„Zwei Frauen im Haus, das kann nicht gutgehen", war die landläufige Meinung, aber die Frauen hatten von Anfang an ein gutes Verhältnis. Sie hatten sich die Arbeit aufgeteilt. Klara, die einen verkrüppelten Fuß hatte, war die Köchin, Wirtin und Hausfrau und Betty sah ihre Aufgabe in Stall und Scheune, in Feld und Hof. Abends half sie in der Gastwirtschaft. Ihr Äußeres war dann sauber und adrett, sie servierte was die Männer wünschten und hatte gelernt ihr loses Mundwerk zu zähmen, obwohl sie keinem von den Kerlen eine Antwort schuldig blieb.

Klara und Betty kamen sich daher nicht in die Quere und dazu fanden sie sogar gegenseitig lobende Worte. Die eine sprach von dem vorzüglichen Gartengemüse und die andere lobte das Essen, wenn es mal wieder besonders gut geschmeckt hatte.

Der „Hirsch" hatte in der ganzen Gegend einen guten Namen, weil Klara als vorzügliche Köchin galt. Das Gasthaus war eine Goldgrube, obwohl Adams Geschäfte noch mehr Geld abwarfen. Er verkaufte aus den Gemeindewäldern das Holz an die Zellstoff- und die Papierindustrie. Dazu betrieb er noch einen Viehhandel.

Der Schmitt August brachte ihm das Schlachtvieh auf den Viehmarkt in Mainz, wo er mit den städtischen Metzgern gute Geschäfte machte.

Adam fuhr ein großes Auto, kam viel herum, und darum hatte er für die kleine Landwirtschaft wenig Sinn. Die Holzindustrie bezahlte pünktlich und gut, so es kam immer wieder zu Streitigkeiten mit seiner Frau.

Die Hunsrückbahn war das Transportmittel für das Industrieholz und er kaufte vorwiegend Holz aus den Wäldern, die nahe an dieser Bahnstrecke lagen. So erstreckte sich sein Geschäftsgebiet von Boppard am Rhein über die Hunsrückhöhen bis in die Gegend von Hermeskeil. Es war leicht auf den Dörfern bei den Bauern eine Kolonne zusammenzustellen, die das Holz aufarbeiteten und es zur Bahn brachten. Dieser Nebenverdienst war bei allen sehr willkommen. Auch die Gemeindeförster freuten sich, wenn ihnen Adam das bei der Durchforstung anfallende schwache Holz aufkaufte. Es war nicht das starke Stammholz, das in den örtlichen Sägewerken zu Balken und Brettern gesägt wurde, sondern das schwächere Holz, zu dünn um ein Kantholz daraus zu sägen und für Weinbergpfosten schon zu dick. Zu Zweimeterstücken geschnitten und exakt gestapelt, verlangte Adam die Aufarbeitung. Von diesen Stapeln nahm er wöchentlich das Aufmaß und bezahlte gleichzeitig den ausgehandelten Akkordlohn.

Durch die Ortsschelle ließ Adam im entsprechenden Dorf bekanntmachen, dass er vorübergehend Leute brauche, um das Holz aufzuarbeiten und bat Interessierte am Abend ins Gasthaus zu kommen. So auch in dem Dorf in der Nähe von Hermeskeil. Es hatte sich längst herumgesprochen was er in den Nachbardörfern für den Raummeter aufgearbeitetes Holz gezahlt hatte. Die Leute gierten nach diesem Zusatzverdienst und jeder, der nur seine Landwirtschaft machte, und nicht durch ein anderes Arbeitsverhältnis gebunden war, kam zu diesem Termin in die Gastwirtschaft.

Lothar und Gerhard wurden von ihren Frauen begleitet, oder besser gesagt, die Männer mussten die Frauen begleiten, da diese beim Aushandeln des Akkordlohnes das Wort führten. Alle Interessierten gingen davon aus, dass Adam ihnen den gleichen Akkordlohn zahlen würde wie im Nachbardorf. Er setzte eine Leichenbittermiene auf, jammerte von Preiseinbrüchen und schlechten Zeiten, wobei er für die Aufarbeitung eines Raummeters zwei Mark weniger bot. Allgemeiner Protest brauste auf und jetzt waren die Frauen in ihrem Element.

„Adenauer und die CDU wählen und dem niederen Volk den gerechten Lohn vorenthalten, so sind die Kapitalisten." Dann jammerten auch sie und sprachen ebenfalls von schlechten Zeiten, wobei sie die Männer bedauerten, die sich für das knappe Geld mit dem Holz abmühen müssten.

Jetzt gab es von den anderen Anwesenden kontra. „Ihr verdammt roten Feuerhexen, eure Väter, das waren schon Kommunisten, und ihr seid jetzt in der SPD und meint Forderungen stellen zu können, ohne etwas zu leisten." Zum Entsetzen aller klappte Adam seine Mappe zu und schickte sich an den Raum zu verlassen. „Ich bringe mir eine Kolonne mit, mit diesem sozialistischen Gesindel will ich nichts zu tun haben."

Jetzt sprang Lothar auf. „Wir sind keine Sozialisten und wenn du verruchtes Weib dein rotes Schandmaul nicht hältst, dann schlage ich dir meine Faust in die Visage, dass du Zähne spuckst."

Adam setzte sich wieder, schlug seine Mappe wieder auf und notierte die Namen und in dem aufkommenden freudigen Palaver hatten sie beinahe nicht mitgekriegt, als er beiläufig erwähnte, dass er den gleichen Akkordlohn wie im Nachbardorf zahlen würde. Das Ganze war ein Scheingefecht.

Adam machte immer noch ein trauriges Gesicht, aber er hatte ja klein beigegeben und den gewünschten Preis vereinbart. Er bedauerte aber gleichzeitig bei solchen Löhnen nicht auch noch eine Runde ausgeben zu können. Das wollte er am Ende dieses Auftrages nachholen, sofern denn bei diesem Geschäft für ihn etwas herumgekommen würde. Das war wieder gelogen, er wusste doch jetzt schon, dass er bei diesen Geschäften eine Spanne von vierzig Prozent einheimsen würde. Aber man sah es Adam nicht an, wenn er die Unwahrheit sagte.

Keine Runde für die Arbeiter, aber den Förster lud er zum Essen ein und fragte den Wirt gleich nach einem Zimmer, denn er wollte die weite Heimreise an diesem Abend nicht mehr antreten.

Hans Immig, der Wirt, war nicht sehr begeistert, als Adam nach einem Zimmer fragte, da das einzige freie Doppelzimmer schon am nächsten Tag wieder neu bezogen wurde. „Für eine Nacht ein Zimmer herrichten, das ist ein schlechtes Geschäft." Der Wirt gab unumwunden zu was er dachte und nahm auch gegenüber Adam dabei keine Rücksicht.

Der Förster klärte Adam auf und berichtete, dass die Familie Immig in ihrem Neubau seit dem vorigen Jahr eine gut gehende Fremdenpension betreibe. „Der Immig vermietet ein Zimmer lieber für eine ganze Woche als nur für eine Nacht."

Der Gastwirt kam und machte den Vorschlag, die Herren sollten doch ihr Essen im Speiseraum einnehmen, dort sei es ruhiger und angenehmer als hier im Schankraum. Dieser Bitte folgten der Förster und Adam gerne und sie waren überrascht wie gut der Speiseraum besetzt war. „Das sind die Sommerfrischler", erklärte der Förster weiter, sie blieben in der Regel für zwei Wochen, um hier die frische Luft zu genießen.

Schnitzel mit Bratkartoffeln hatten sie bestellt. Die junge freundliche Bedienung servierte und Adam war erstaunt, als er sah, dass das Schnitzel über den Tellerrand hing. Es mundete vorzüglich, auch der Moselwein traf Adams Geschmack, obwohl er eigentlich ein eingeschworener Rheinweintrinker war.

Hans Immig kam zu einem kurzen Gespräch an ihren Tisch, doch das Gespräch wurde länger als er erfuhr, dass auch Adam Inhaber einer Gastwirtschaft war. Er rückte sich einen Stuhl heran und begann zu erzählen. Von dem Widerstand in der Familie, als er das alte Haus abreißen wollte, um Platz für diesen Neubau zu schaffen. Die Fremdenpension, auch hier waren die Frau und die Schwiegereltern dagegen, aber als die Anfragen und die Zimmerreservierungen nach nur einer Anzeige in der Ruhrzeitung eingingen, seien sie ruhiger geworden. „Heute sind sie hoch zufrieden mit der Belegung und dem Verdienst, den wir daraus schöpfen."

Jetzt stellte Adam Fragen nach den Kosten für einen solchen Neubau. Wie viel Fremdenzimmer das Haus habe, wie das mit dem Personal sei. Adam erhielt von Immig erschöpfend Auskunft und augenblicklich wurde ihm bewusst, dass der Betrieb

Immig das Vorbild für die Umgestaltung des eigenen „Hirsch" war. Er vereinbarte mit dem Gastwirt eine Besichtigung, zu der er Frau und Tochter sowie seine Schwester mitbringen würde.

Hans Immig war wieder im Schankraum und stand hinter dem Tresen, wo er den Streithähnen an der Theke das Bier zapfte. Es ging immer noch um die Frauen mit ihrer sozialistischen Einstellung. Lothar und Gerhard mussten sich einiges anhören, bis es Gerhard zu viel wurde: „Jetzt gehen wir heim, dort haue ich dir den blanken Arsch und dann schmeiße dich aus dem Haus."

Diese Drohung nahm wohl keiner ernst, aber der Krach war auch im Speiseraum nicht zu überhören. Nachdenklich drehte der Förster sein Weinglas, bedankte sich für die Einladung und meinte dann, er müsse jetzt heim gehen, die Frau würde auf ihn warten und er hätte auch keine Lust bei der bevorstehenden Schlägerei an der Theke nachher als Zeuge gehört zu werden.

Adam hatte Verständnis für den Forstbeamten, der sich auch gleich verabschiedete, worauf er sich den Rest aus der Flasche in sein Glas goss.

Am Nebentisch saßen zwei Damen mittleren Alters und was die eine an Körperfülle zu viel hatte fehlte der anderen. Mit gierigen Blicken verfolgten sie die ganze Zeit schon jeden Bissen und jeden Schluck, den die Herren zu sich nahmen. Mit verführerischem Augenaufschlag suchten sie den Kontakt. Adam saß jetzt allein am Tisch.

„Erna, kuck mal, das wäre genau meine Kragenweite, jetzt sitzt er allein am Tisch, sein Freund ist weg und sein Mütterken hat er auch zu Hause gelassen. Soll ich ihn nicht an unseren Tisch bitten, wo wir dann zusammen noch ein Fläsken Wein trinken, vielleicht komme ich ihm dann näher, woll?" Adam hatte alles verstanden was die Dicke sagte. „Ruhrpott" murmelte er, es sollte nicht wie eine Flucht aussehen, aber er beeilte sich, ließ sein halbvolles Glas stehen und ging hinaus zu den Krakeelern an die Theke.

Entgegen seiner Entscheidung vom frühen Abend der Holz-kolonne keine Runde auszugeben sagte er zum Wirt: „Lassen Sie mal eine Runde Bier laufen", mit diesem Satz kehrte zu sei-nem Erstaunen augenblicklich Ruhe ein. Adam erntete Zu-stimmung und Dankbarkeit, wobei er sich erneut wunderte, was man mit einem Glas Bier alles erreichen konnte. Die Dis-kussionen um die sozialistischen Äußerungen der Ehefrauen von Lothar und Gerhard verebbten. Nun versuchten die bei-den sich gegen die Feststellung zu verteidigen, ihre Frauen hät-ten zu Hause die Hosen an. Auch dieses Thema verflüchtigte sich, denn jetzt wurde nur noch von Holz gesprochen. Was ein Mann erfahrungsgemäß in der Woche zu leisten vermochte und was er dabei verdienen könne. Adam hatte die Zahlen parat, mit denen er die Leute zu motivieren wusste.

In der angeregten Diskussion hatte das keiner so richtig be-merkt, aber dann stand die Dicke plötzlich neben Adam an der Theke. „Bitte schenken Sie mir ein Pfefferminzlikörken ein", flötete sie dem Wirt zu, der ihrem Wunsch sofort bereitwillig nachkam. Was will diese mollige Dame hier unter den Män-nern? Adam kannte keine Hemmungen und stellte ihr diese Frage. „Ich denke, dass ich unter euch für heute Abend noch ein Schätzken finde", gab sie ihm mit deutlicher Stimme zur Antwort. Es entstand allgemeines Gelächter und es folgten un-flätige Bemerkungen über ihre Körperfülle. Diese Anzüglich-keiten berührten sie nicht, im Gegenteil, sie war schlagfertig und konnte mithalten.

Aber trotzdem, der Abend an der Theke war durch diese Dame gestört und in weniger als einer halben Stunde hatte sich die Versammlung aufgelöst, wobei dem Wirt aufgefallen war, dass der Gustav sich wieder als Erster entfernt hatte.

Adam war mit dem Wirt noch allein und wollte mehr über das Geschäft mit den Sommerfrischlern erfahren. Immig ent-korkte noch eine gute Flasche Wein und erzählte zuerst von dieser Frau. „Sie ist mannstoll, aber sie bezieht eine beachtliche Witwenrente, ihr Mann war Steiger. Aber auch Steiger bekom-men eine Staublunge und sterben früh. Sie ist Chefsekretärin auf dieser Zeche, schwimmt im Geld, und du musst versuchen, möglichst viel aus ihrer Urlaubsschatulle für deinen Betrieb abzuzweigen. Der Gustav ist jetzt wieder bei ihr und auch dabei musst du aufpassen, um nicht in den Verdacht zu kommen, der Unzucht Vorschub zu leisten. Was kann ich meinen Gästen bieten? Wir haben hier zwar gute Luft, aber davon können die Sommerfrischler nicht leben, darum muss es in der Küche auch stimmen. Du musst sehen, dass sie satt werden und jeden immer fragen, ob er noch einen Nachschlag möchte. Die Mundpropaganda ist die beste Reklame und so sind wir den ganzen Sommer ausgebucht. Langeweile darf auch nicht aufkommen, darum haben wir den Johann angestellt. Der geht mit den einzelnen Gruppen durch Wald und Feld spazieren, wobei er den Ruhrpottlern selbst erdachte gräuliche Wilderer-Geschichten erzählt. In der Gemarkung haben wir drei Wegkreuze, die nach alter Überlieferung aufgestellt wurden, weil man angeblich dort einen erschossenen Förster oder Jäger fand. Johann kennt sogar die Namen dieser Grünröcke, die in treuer Pflichterfüllung im Dienste des Kurfürsten ihr Leben lassen mussten. Der Wilddieb, der einen der Förster erschossen hat, wurde gefasst und an einem dicken Ast einer bestimmten Eiche aufgehängt. Die Leute gieren nach solchen Geschichten und merken nicht, dass ihnen der Johann einen Bären aufbindet. Andererseits kennt sich der Johann in der Natur bestens aus. Er weiß wann und wie oft im Jahr der Feldhase seine Jungen setzt und warum der Rehbock die Rehgeiß treibt. Zu Wegerich, Schachtelhalm, Vogelmiere, Schlehdorn oder was sonst am Wegrand wächst, kann er lange Vorträge halten zu was man diese Kräuter und Früchte anwenden sollte. Diese Exkursionen macht er an drei oder vier Tagen in der Woche. Ich bezahle ihm bei freier Kost fünf Mark Pauschale und dazu kassiert er noch von den Gästen ein saftiges Trinkgeld. Mit diesen Einnahmen kann der Johann mit seiner Frau den ganzen Sommer sorglos leben und er braucht seine dürftige Rente nicht anzugreifen. Für die Unterhaltung am Abend habe ich eine Musikbox aufstellen lassen. An diesem Groschenschlucker bin ich mit vierzig Prozent beteiligt. Am Samstag kommt der Engel Jupp mit seinem Akkordeon und dann geht es hoch her. Er verlangt für einen solchen Abend nur fünfzehn Mark, aber er hat vor seinem Notenpult auch einen Teller aufgestellt und wie viel Groschen und Markstücke die Gäste ihm da hineinwerfen, das verrät er mir nicht, er kommt auf einen guten Stundenlohn, davon bin ich überzeugt."

Das Gespräch vertiefte sich weiter, jetzt sprachen sie über bauliche Gegebenheiten des Hauses. Zwölf Zimmer, die alle mit Waschbecken ausgestattet seien. Auf jeder Etage sei ein Badezimmer eingerichtet worden mit einer separaten Toilette. Aus dem früheren Gartengelände sei eine Liegewiese entstanden, die vor allem von den Frauen gut angenommen werde. Im Vorratskeller stehe eine große Kühltruhe, in die der Großeinkauf von Fleisch und Gemüse eingelagert werde.

Die Weinflasche war leer und Adam wusste, dass ihm ein anstrengender Tag bevorstand, wodurch ihn seine innere Unruhe drängte ins Bett zu gehen. Er hatte die leere Flasche in der Hand und verkündete: „Bei meinem nächsten Besuch werde ich den Wein bezahlen."

Zum Schluss hatte er doch noch einmal die Frage zu den Kosten dieses Neubaus, die ihm Immig vorhin nicht erschöpfend beantwortet hatte. Der Gastwirt hatte diese Zahl auch jetzt nicht greifbar, aber es waren wohl über hundertzwanzigtausend, sinnierte er. Adam brauchte nicht zu rechnen, er wusste sofort, dass er noch ein Darlehen von fünfzigtausend brauchen würde, die Guthaben seiner Sparbücher auf den drei verschiedenen Banken reichte nicht.

Am nächsten Morgen, Adam war von dem komfortablen Zimmer und dem opulenten Frühstück begeistert, er bedankte sich für das angenehme Gespräch am Vorabend, wobei er versprach, in Zukunft immer wieder hier einzukehren. „Das nächste Mal komme ich mit Frau, Tochter und meiner Schwester, um meiner Familie dieses Haus zu zeigen." Immig freute sich.

Auf der Rückfahrt über die Hunsrückhöhenstraße wurde Adam in seinen Gedanken immer stärker von der Überlegung seiner Tochter angeregt, den alten „Hirsch" abzureißen und durch einen Neubau zu ersetzen. Sie hatte vermutlich recht, wenn sie sagte, sie würden einer Zeit angehören, die aus heutiger Sicht geradezu mittelalterlich anmuten würde. „Auf dem Hunsrück war das vor weniger als einem halben Jahrhundert noch volle Wirklichkeit. Aber nach Kriegsende kam gleichsam über Nacht der Umbruch in die Moderne wie man sich ihn radikaler kaum denken kann." Diesen Satz hatte sie im Streit mit ihm und ihrer Mutter oft gebraucht. Auch Immig hatte gestern Abend festgestellt: „Es ist ein abrupter Umbruch aus der agrarisch handwerklichen Tradition in eine moderne Lebensart, in der wir jetzt sogar wildfremde Gäste bewirten." Für ihn war das die existentielle Wahrheit, doch seine Wahrheit konnte nicht ohne Weiteres auch Geltung für andere haben. „Mut zur Erneuerung und gleichzeitig Zweifel an der Moderne", sinnierte Adam. Noch in letzter Sekunde gelang es ihm zu bremsen, sonst hätte er sich an den nach hinten herausragenden Stämmen eines langsam fahrenden Langholzfahrzeuges aufgespießt. Es verfluchte sich selbst, dass er so gedankenverloren Auto fuhr. Aber anstatt sich von jetzt an zusammenzunehmen und seine Aufmerksamkeit dem Straßenverkehr zu widmen, kreisten seine Gedanken um Brigitte. Seine erwachsene Tochter wollte die Familie im Stich lassen. Vor seinem geistigen Auge sah er schon das neue Hotel in der Dorfmitte, das er ihr für eine sorgenfreie Zukunft bauen wollte. Der Immig mit seiner gut gehenden Fremdenpension hatte ihn überzeugt. Jetzt ging es nur noch darum Brigitte die Heimkehr in den eigenen Betrieb schmackhaft zu machen, zumal sie doch eine Erneuerung und Modernisierung des „Hirsch" wollte. Von Betty und Klara erwartete er keinen Widerstand, sie hatten bis jetzt immer das akzeptiert was er angeordnet hatte. Doch mit jedem Kilometer, den er seiner Frau und seiner Schwester näher kam, wurden die Zweifel an einem guten Einvernehmen größer. Die Aufgabe der Landwirtschaft würde für Betty das größte Hindernis sein, und viele laute Worte und vielleicht auch Tränen kosten, bis er sich in diesem Punkt durchsetzen konnte. Doch er würde sich durchsetzen, daran hatte er keinen Zweifel.

Adam wäre in zwanzig Minuten daheim gewesen, aber da war noch das Gehöft des Angerbauern, bei dem er schon öfter Schlachtvieh aufgekauft hatte. Vielleicht hatte er ein Stück im Stall stehen, das weg musste. Eine solche Gelegenheit wollte er sich nicht entgehen lassen und bog in den Hof ein. Der Angerbauer hatte ihn kommen sehen und mit der Mistgabel auf dem Rücken rief er ihm entgegen: „Man denkt gerade an nichts Schlechtes, aber dann kommt der Viehhändler und will einen übers Ohr hauen."

„Ich kann dich doch gar nicht übers Ohr hauen, du hast ja deine Lauscher unter der Zippelkappe versteckt." Das war die Begrüßung, keiner meinte es ernst und mit dem nächsten Satz verkündete der Angerbauer, dass er eine Schlachtkuh und ein fettes Rind feilzubieten habe. Adam prüfte im Stall mit bekannten Griffen die Schlachtqualität der Tiere und schätzte mit Hilfe seiner Armspanne das Gewicht ein. Sogleich fragte er: „Was willste denn haben?" Adam brachte bei seinem Handel immer Bargeld ins Spiel, er griff in die Rocktasche und wedelte mit einem Bündel Scheinen herum. Der Angerbauer bekam Stielaugen, er nannte jetzt eine Zahl, die bei dem Adam einen Aufschrei auslöste. Sein Geld verschwand wieder im Rocksäckel und schimpfend verließ er den Stall. Er nannte den Angerbauern „Halsabschneider" und „Wucherer", doch der war nicht beleidigt und folgte Adam, der inzwischen an seinem Auto stand und bereits die Tür geöffnet hatte. Doch er wäre nicht weggefahren, dieses Ritual gehörte zum Viehhandel. Unter viel Geschrei und Gejammer hatte Adam nach einer weiteren Viertelstunde den Zuschlag, worauf er dem Angerbauern sein Geld in die Hand zählte.

Auch auf dem letzten Wegstück drehten sich erneut seine Gedanken um den Neubau eines Hotels. Er begann jetzt zu zweifeln, nachdem er mit dem Angerbauern wieder ein profitables Geschäft getätigt hatte. „Mit einem neuen Hotel kaufe ich mir

Arbeit", murmelte er vor sich hin. „Fingerlang gehandelt ist besser als armlang geschafft." Dieser schlaue Spruch hatte zwar seine Richtigkeit, aber dann dachte er doch wieder an Brigitte, der er doch eine sorglose Zukunft schaffen wollte. „Zu ihrer Zukunft gehört aber auch ihre Heirat, aber dieses Thema scheint sie nicht zu berühren, obwohl sich die Kerle die Finger nach ihr lecken." Er beachtete nicht die Schlaglöcher in der Straße und machte sich wieder über den Neubau Gedanken, während er seine Tochter verfluchte, die keinen Mann akzeptieren wollte.

Bei all seinen Überlegungen kam ihm plötzlich ins Bewusstsein, dass ihm die Fischer Agnes im Unterdorf im Bezug auf Fremdenverkehr etwas vormachte. Der Mann war früh verstorben, die Tochter hatte in ein Nachbardorf geheiratet, der Sohn war nach seinem schweren Motorradunfall arbeitsunfähig, die kleine Landwirtschaft war nicht zu halten. Agnes, allein in dem großen Haus, vermietete jetzt vier Zimmer an Sommerfrischler. Sie schien gut zu verdienen, so aufgeputzt wie die jetzt daherkam. Gelegentlich kamen ihre Gäste in den „Hirsch" zum Dämmerschoppen. Adam erkannte, dass sein dunkles, altmodisches Lokal für diese Städter wenig Anreiz bot einzukehren.

Kaum hatte er sein Auto abgestellt, da kam Betty ganz aufgeregt zu ihm und schimpfte, dass es im halben Dorf zu hören war. „Zwei Tage unterwegs und kein Mensch wusste wo du bist. Für was haben wir denn ein Telefon im Haus? Der Metzger kam und hat alle Säue aufgeladen, zwei davon wolltest du doch für unseren Eigenverbrauch selbst schlachten. Die Brigitte war für ein paar Stunden zu Besuch. Berthold hieß er, der hat sie mit seinem Motorrad gebracht und auch wieder mitgenommen. Nach dem Winzerfest in Bacharach will sie wieder heimkommen. Der Berthold ist Koch in einem dortigen Hotel, er wird sich auch eine andere Stelle suchen."

Mit ein paar Sätzen erklärte Adam ihr ganz ruhig, warum er die Nacht in einem Hotelbett verbracht hatte. „Die hundert Kilometer Rückweg am späten Abend wollte ich mir nicht zumuten. Das Telefon in der Wirtschaft war defekt. Wir fahren heute Abend noch nach Bacharach die Brigitte besuchen, ich habe nächste Woche eine Reise vor und dahin muss sie mitfahren." Jetzt hatte er seine Frau neugierig gemacht, aber auf ihre bohrenden Fragen antwortete er: „Du wirst sehen, warte ab, in Bacharach erfährst du mehr, die Klara fährt auch mit."

Betty war sehr angespannt, mit verschlossener Miene lief sie umher und eine innere Stimme sagte ihr, dass der Adam etwas Weitreichendes plante. Eine ganze Zeitlang später schaffte Adam dann Klarheit, die bei Betty fast zum seelischen Zusammenbruch geführt hätte. Adam saß an seinem Schreibtisch als er seine Frau zu sich rief. Nicht zurückhaltend und rücksichtsvoll, sondern mit klaren harten Worten erklärte er ihr, wie es mit dem „Hirsch" und den Verhältnissen in ihrem Betrieb weitergehen solle: „Das mit den Säuen ist ja schon geregelt und es werden auch keine frischen Ferkel mehr eingelegt. Die zwei Kühe werden am Montag auf den Schlachtviehmarkt nach Mainz gebracht, dann sind wir die auch los. Die Ernte auf unseren paar Äckern werden wir auf dem Halm verkaufen und die Flächen werden verpachtet."

Bis hierher hatte Betty noch angespannt zugehört, aber jetzt kam es zu einem Aufschrei und einem Weinkrampf, als Adam herzlos über die ganze Landwirtschaft das Todesurteil sprach. Sie lief hinaus um gleich darauf wieder zurückzukommen. Sie hatte sich gefangen, die Tränen mit der Schürze getrocknet und eine wüste Schimpfkanonade auf ihren Mann losgelassen. Für den Rest des Tages herrschte zwischen den Eheleuten Zwietracht. Adam blieb die meiste Zeit an seinem Schreibtisch, er wollte ihr nicht begegnen, es hätte zu Handgreiflichkeiten kommen können.

Es war der Erste des Monats, die Löhne waren ausgezahlt, der Briefträger hatte die Renten gebracht, so kam es an diesem Tag wieder zu einem beachtlichen Umsatz und einer harmonisch frohen Runde in der Gaststube. Betty trug ein schickes geblümtes Kleid, sie servierte und unterhielt sich mit den Gästen, während Adam den Zapfhahn betätigte und Klara in der Küche hantierte.

Die Eheverhältnisse hatten sich wieder weitgehend normalisiert und als am späten Abend der letzte Gast gegangen war, setzte Adam seine Erzählungen fort und erreichte plötzlich interessierte Aufmerksamkeit, als er sagte: „Der alte ‚Hirsch‘ wird abgerissen und durch einen Neubau ersetzt. Nächste Woche fahren wir in das Dorf bei Hermeskeil, in das Hotel, in dem ich letzte Nacht war. Der Immig hat neu gebaut und sein Haus ist den ganzen Sommer über mit Sommerfrischlern gut belegt." Betty, angesichts der guten Abendeinnahmen war sie in gelöster Stimmung und wurde neugierig als Adam jetzt ruhig und sachlich die Einzelheiten erzählte. Gleichzeitig versuchte er seiner Frau zu verdeutlichen, dass dann für die Landwirtschaft keine Zeit mehr sei. Betty schien einsichtig und brachte Brigitte ins Spiel, die dann aber wieder heimkommen müsse. Adam verwies auf den Besuch in Bacharach, bei dem er ihre Tochter zur Heimkehr auffordern wolle.

Den letzten Satz hatte Klara noch mitgehört als sie zur Tür hereinkam und interessiert fragte was der Besuch bei der Brigitte in Bacharach zu bedeuten habe und warnte den Adam. Sie kannte ihren ungestümen Bruder, er solle nur ja nicht zur Unzeit in diesem Hotel das Personal von der Arbeit abhalten. „Es ist Hauptreisezeit und die haben alle Hände voll zu tun. Die Brigitte hat es mir erzählt, als sie gestern hier war. Ich bin ganz froh, dass sie für eine Zeitlang in diesem Hotel arbeitet, da spürt sie wie die Winde wehen und sie lernt etwas; wenn sie nur nichts mit diesem Berthold anfängt, der sie mit seinem Motorrad gebracht hat, das ist vielleicht ein komischer Kerl." Dass der Berthold am nächsten Tag schon bei einem anderen Arbeitgeber anfing, hatte sie verschwiegen.

„Aber ich weiß immer noch nicht was ihr eigentlich jetzt von der Brigitte wollt?"

Adam begann erneut mit seinen Absichten ein neues Hotel zu bauen.

„Wo sollen wir dann unterkommen in der Übergangszeit, wenn das Haus abgerissen ist?" Klara dachte zu schnell und Adam musste ihre Gedanken zurechtrücken, wobei er ihr erklärte, bevor überhaupt geplant werde, sie sich gemeinsam darüber im Klaren sein müssten, ob überhaupt ein neues Hotel gebaut würde. „Mein Geld reicht nicht ganz für ein neues Hotel, wir müssen Schulden machen, und wir werden uns in so einem neuen großen Haus eine Menge Mehrarbeit aufhalsen."

Jetzt wurde Klara heftig, sie würde gerne arbeiten und wenn sie es alleine nicht schaffen würde, dann könnte er ja zusätzliches Personal einstellen. In diesem Punkt pflichtete Adam ihr bei und zum Schluss erwähnte er noch, dass er für ihre Unterkunft in der Übergangszeit an fabrikneue Baubuden gedacht habe, die nachher wieder gut zu verkaufen seien.

Am folgenden Tag fuhr er über die Dörfer, er brauchte noch zwei Stück Schlachtvieh, um am Montag den Lkw zum Viehmarkt voll zu machen, die Fahrt sollte sich doch lohnen. Der Gruhn hatte zwei gute Schlachtbullen, aber er wurde nicht handelseinig mit ihm. Ähnlich ging es ihm auch beim Remmet, bis er schließlich dem August zwei alte überteuerte Schlachtkühe abkaufte. Er war mit seinen Gedanken nicht bei der Sache, da der Neubau ihn allzu sehr belastete. Schulden machen, das war doch nun gar nicht seine Art. Auf der schattigen Landstraße, an deren Ränder große Ahornbäume eine beeindruckende Allee bildeten, dachte er von einem Kilometerstein zum andern daran, die Sache kleiner und billiger zu gestalten. Aber auch diese Überlegungen verwarf er gleich wieder, ganz oder gar nicht, das war immer seine Devise und so wollte er es auch mit dem Neubau halten. Den Rest des Jahres noch abwarten, den kommenden Winter planen und im nächsten Frühjahr beginnen, so legte er sich auf der letzten Strecke bis zu seiner Garage einen Zeitplan zurecht.

Den nächsten Tag fuhr er dann doch, ohne Betty und Klara Bescheid zu sagen, nach Bacharach, um mit der Brigitte erst mal allein zu reden. In der kommenden Woche musste er dringend in Richtung Hermeskeil, um in dem Nachbardorf mit den Leuten den Papierholzauftrag in Gang zu bringen. Den „Hirsch" wollte er dann für zwei Tage schließen und Betty, Klara und Brigitte sollen mitfahren, und einen Tag und eine Nacht in Immigs Hotel verbringen.

In dem Hotel in Bacharach hatten die Gäste gerade gefrühstückt und Brigitte war dabei mit schneller Hand das Geschirr abzuräumen. Sie freute sich, als sie den Vater kommen sah, der ihr doch gar nicht gut gesonnen war, als sie in diesem Frühjahr erneut nach Bacharach geflüchtet war. Adam machte es kurz, er fiel bei seiner Tochter mit der Tür ins Haus, als er von einem Neubau sprach und sie aufforderte, in der nächsten Woche zwei Tage frei zu machen, um den neuen Betrieb bei Hermeskeil zu besichtigen und auch dort zu übernachten. Brigitte freute sich als sie das hörte. Eine Modernisierung des „Hirsch" hatte sie immer gefordert und jetzt sprach er sogar von einem Neubau, sie war mehr als überrascht. Anstandshalber wollte Adam in diesem Hotel etwas verzehren und bestellte bei seiner Tochter einen Schoppen. Diese bat ihn sich noch ein paar Minuten zu gedulden, bis sie das Frühstücksgeschirr vollständig abgeräumt habe. Adam setzte sich in die Ecke und wartete. Er beobachtete seine Tochter, ihre federleichten Bewegungen, die tänzelnden Schritte, und wie geschickt sie mit dem Porzellan umging. Brigitte war die perfekte Wirtin, aber sein Vaterstolz ließ ein lobendes Wort oder eine Anerkennung ihr gegenüber nicht zu.

Sie war fast fertig, da kam der Hotelbesitzer Werner Scherleit mit schlurfendem Gang, langer Schürze und offenem Hemd herein und befahl ihr in die Küche zu kommen. „Gemüse putzen, Kartoffeln schälen, die Küchenhilfe kommt heute nicht und dass der Berthold fortgelaufen ist und jetzt auf einem Rheindampfer kocht, daran bist doch nur du schuld. Hättest dich mit ihm abgeben sollen, dann wäre er geblieben. Somit musst du jetzt für ihn mitarbeiten."

Brigitte war nicht aufs Maul gefallen und wies ihren Chef zurecht. „Zuerst wird der Gastraum auf Vordermann gebracht, es ist schlimm genug, dass die tüchtige Putzfrau fortgelaufen ist, so muss ich auch noch den Boden wischen. Oben in der Wohnung haben Sie doch noch eine weibliche Person, stellen Sie die doch zum Gemüseputzen an." Brigitte war gerade mit diesem Satz zu Ende, da kam besagte weibliche Person. Strohblonde Locken, feuerrot geschminkte Lippen, lackierte Fingernägel und ein buntes dünnes Kleidchen über ihrer üppigen Figur und dazu offene Schuhe und keine Strümpfe an den viel zu strammen Beinen.

Sie wusste nicht welches Streitgespräch gerade im Gange war und völlig unbedarft flötete sie: „Männe, gib mir Geld, ich möchte zum Friseur gehen."

Jetzt fühlte sich Brigitte herausgefordert. „Nix da Friseur, Schürze anziehen und in der Küche Gemüse putzen, oder glauben Sie wir springen hier unten im Dreieck, während Sie oben in der Wohnung Ihre Faulenzerei pflegen." Scherleit, der doch eigentlich hätte eingreifen müssen, da eine Angestellte seine Frau beleidigte, sagte nichts, wahrscheinlich war es ihm eine Genugtuung, dass Brigitte seiner Frau endlich einmal die Leviten las.

Adam, der bis jetzt in dem halbdunklen Gastraum unbemerkt in der Ecke gesessen hatte, schaltete sich ein. „Ja, lieber Herr Scherleit und liebe Frau Scherleit, so geht es, wenn man keinen ordentlichen Lohn bezahlt. Der Berthold ist fort, weil er auf dem Ausflugschiff mehr verdient und nicht weil Brigitte nicht mit ihm schmusen wollte. Das Geld spielte wohl auch eine Rolle bei der Putzfrau. Reinigungskräfte sind gesuchte Leute, diese Frau wird wohl längst eine andere Stelle haben. In diesem Zusammenhang muss ich Ihnen noch eine schlechte Botschaft mitteilen, meine Tochter Brigitte wird sie an dem nächsten Wochenende auch verlassen. Das sind noch drei Tage Galgenfrist, die ich Ihnen gewähre, und in dieser Zeit können Sie sich adäquaten Ersatz suchen." Werner Scherleit geriet in Panik, er protestierte und schwafelte etwas von Kündigungsfristen und Arbeitsverweigerung.

Adam grinste ihn an. „Brigitte arbeitet bei Ihnen für einen Hungerlohn, und dabei ist sie noch nicht einmal angemeldet. Keine Lohnsteuer, keine Krankenkasse, keine Rentenversicherung, soll ich dem Finanzamt und den Sozialversicherungen Bescheid sagen?" Es hätte nicht viel gefehlt, und bei Scherleit wäre es zum Kniefall gekommen, so verzweifelt war er jetzt. Er bettelte Adam an, er möge ihm das nicht antun. Brigitte äußerte sich nicht, sie freute sich innerlich ihren Aufenthalt bei dieser Dienstherrschaft auf jene Weise beenden zu können. Doch sie war von zu Hause gegen den Willen der Eltern fortgelaufen und wenn sie sich nicht geschämt hätte, wäre sie längst zurückgekehrt.

Die Situation war peinlich, Gerda Scherleit weinte bitterlich und suchte Halt an einer Stuhllehne. Ihr Mann schimpfte, bettelte und lamentierte gleichzeitig. Mit einem Lohnzuschlag versuchte er Brigitte zum Dableiben zu bewegen und gerade als er ihr lauthals diesen Vorschlag unterbreitet hatte, kam das Zimmermädchen in die Gaststube. „Dann will ich aber auch mehr Lohn", forderte sie.

„Noch eine Schwarzarbeiterin", stellte Adam nach ein paar Fragen fest und jetzt wurde er ungehalten. Er bezichtigte Scherleit der Ausbeutung und Sklaverei, als er hörte, dass das Zimmermädchen für einen Wochenlohn von dreißig Mark täglich zwei bis drei Stunden arbeitete, und das an sieben Tagen in der Woche. Die Auseinandersetzung wurde heftig, aber sie wandelte sich nach einer gewissen Zeit zu einem vernünftigen Gespräch, bei dem letztlich sogar eine Flasche Wein aufgezogen wurde.

Nach dieser Aussprache kam man zu folgendem Ergebnis: Gerda Scherleit ging wieder als helfende Familienangehörige in die Küche. Adam staunte, als er hörte, dass diese kleine rundliche Frau nicht unbedarft war, sie stammte aus einer bedeutenden Gastronomiefamilie an der Mosel und war gelernte Köchin. Das Zimmermädchen erhielt bei voller Arbeitszeit eine Festanstellung, wobei es auch für den Service zuständig war und Scherleit wollte sich um eine zusätzliche Reinigungskraft bemühen.

Geprägt durch Balkenfachwerk und Butzenscheiben war diesem historischen Haus zu allen Zeiten als Schänke oder Herberge bei fleißigen Wirtsleuten immer wirtschaftlichen Erfolg beschieden. Bei den jetzigen Besitzern ging es seit Jahren bergab und Scherleit bekannte, dass es dem Betrieb wirtschaftlich nicht gut gehe, er aber jetzt einen Aufschwung erhoffe, da seine Gattin wieder mitarbeite. Gerda Scherleit war schockiert als sie hörte, dass dieses doch so gastliche Haus kurz vor dem Bankrott stand. Sie gelobte jetzt alle ihre Kraft in den Betrieb einzubringen und mit ihrer Sachkunde als Köchin ihren Mann am Herd abzulösen.

Es war wie eine Fügung, dass bei dem Streitgespräch und der heftigen Diskussion der Gastraum leer war. Jetzt kamen aber die ersten Herren zu ihrem täglichen Frühschoppen: ein ehemaliger Binnenschifffahrtskapitän und der Seniorchef der Metzgerei Jung. Adam kannte den alten Jung und er ließ sich gerne einladen, einen Schoppen mitzutrinken. Das Gespräch drehte sich jetzt um starke Schlachtochsen und fette Schweine. Der Kapitän hörte interessiert zu, konnte aber mit diesem Viehhändlervokabular wenig anfangen, darum stellte er zwischendurch immer wieder Fragen, die ihm Adam bereitwillig beantwortete.

Aus dem einen Schoppen wurden zwei und Adam fühlte sich von seinen Terminen bedrängt, weshalb er sich höflich von der Frühschoppenrunde verabschiedete, die um den Altbürgermeister und einen pensionierten Briefträger angewachsen war. Mit Brigitte vereinbarte er, dass er sie am Samstag abholen werde und er hatte den Eindruck, dass sie sich freute wieder nach zu Hause kommen zu können.

Entgegen seiner sonstigen Gewohnheiten berichtete Adam diesmal direkt seiner Frau Betty und seiner Schwester Klara. „Ich war in Bacharach um Brigitte heimzuholen." Er habe den Eindruck, Brigitte freue sich, wieder heimzukommen.

Verschämt wischte sich zuerst Klara mit dem Finger eine Träne aus dem Gesicht, dagegen brauchte Betty ein Taschentuch, denn sie ließ ihren Freudentränen freien Lauf.

„In diesem Hotel ging es personell drunter und drüber und da musste ich zunächst einmal Ordnung schaffen." Nicht ohne Stolz erzählte er, wie Brigitte Frau Scherleit die Meinung gesagt hatte und den Hoteliers zur Einsicht verhalf.

Klara schlug mit der Faust auf die Tischplatte und verkündete: „So muss eine Wirtin sein, resolut und standhaft und nicht ängstlich oder zurückhaltend." Betty pflichtete ihr bei und Adam brachte das Gespräch auf den Hotelneubau. Er wiederholte sich jetzt als er von seinem Aufenthalt und dem neuen Hotel bei Hermeskeil sprach. Klara konnte sich für den Neubau immer noch nicht richtig begeistern, auch Betty nahm eine skeptische und nachdenkliche Haltung ein. Sie knautschte ihr Taschentuch, um Adams Redefluss mit dem Vorschlag zu unterbrechen: „Lass uns doch für den Neubau einen anderen Bauplatz suchen, dann können wir das alte Haus stehenlassen und nachher verkaufen."

Adam wollte weiterreden, doch er konnte nicht, er war regelrecht erschrocken über den Vorschlag seiner Frau. Solch weitreichende Überlegungen hatte er ihr nicht zugetraut. Er schnaufte und schluckte, schnäuzte sich die Nase um dann diesen Gedanken mit den Worten aufzugreifen: „Weißt du schon wo wir einen Bauplatz suchen sollen?"

Sie schüttelte mit dem Kopf und zuckte mit den Schultern, „Ich hatte ja nur gemeint."

Weiter kam sie mit ihrer Rede nicht, denn Klara posaunte dazwischen: „Auf dem Stoffel seinem Acker ,Auf'm Hahnen'."

Jetzt fühlte sich Adam von seiner Schwester überrumpelt. Anerkennend musste er feststellen, die Frauen hatten kluge Einfälle und machten gute Vorschläge.

Man nannte ihn nur Stoffel, doch eigentlich hieß dieser größte Bauer im Dorf Christoph und sein kleiner Acker an der Landstraße am Ortseingang, ein leichter Südhang, war wie geschaffen für den Standort eines Hotels. „Glaubt ihr, der würde mir diesen Acker verkaufen? Es könnte ja sein, dass er zwar keinen Nachteil, aber ein anderer einen Vorteil dadurch gewinnt und das könnte er nicht ertragen. Er hat gutes Vieh, aber seit Jahren schon macht er mit mir kein Geschäft mehr. Er verschenkt lieber ein Schlachtrind an fremde Händler, als dass er es für gutes Geld mir überlässt. Es könnte ja sein, dass ich aus diesem Handel einen Profit ziehe und das will er vermeiden." Die Frauen teilten Adams Einschätzung.

Doch wenige Augenblicke später hatte Betty wieder einen Geistesblitz, gerade als sie ihren Hintern vom Stuhl hob, den Rock bis zu den Oberschenkeln hochraffte, um sich am Bein zu kratzen. „Biete ihm doch unsern Acker ‚Auf der Streich' zum Tausch an. Unser Acker ist eben und etwas größer als sein schiefer Arschplacken ‚Auf'm Hahnen', zudem liegt er neben seinem großen ‚Perrich', was für ihn zusätzlich von Vorteil ist. Dazu bietest du ihm einen Exklusivvertrag zur Pacht unserer übrigen Nutzflächen an, ich bin mir sicher, er wird dann auf den Tausch eingehen. In unserer Jugend hat er, bevor du kamst, mit mir poussiert. Ich glaube, ich habe noch Einfluss auf ihn, ich komme mit, wenn du mit ihm verhandelst."

Was Adam schon lange nicht mehr gemacht hatte, er nahm seine Frau mal wieder in den Arm. Betty war sichtlich gerührt und mit einem herzhaften Kuss erwiderte sie seine Umarmung. Adam jetzt bei guter Laune sprach von diesem Grundstück, das Betty als „schiefen Arschplacken" bezeichnete, von einem idealen Baugrundstück, einen knappen Morgen groß, das von der Landstraße her als auch über den Feldweg an der nördlichen Seite zu erschließen wäre. „Das dürfen wir aber dem Stoffel nicht sagen, wir bleiben weiter bei dem schiefen Arschplacken, der nicht rechtwinklig zugeschnitten ist und dessen Längsseiten nicht parallel verlaufen."

Selten waren die Wirtsleute im „Hirsch" in so aufgeräumter und fröhlicher Stimmung, die sich scheinbar auch auf die Gäste übertrug; denn es wurde ein lustiger Abend, an dem sogar Lieder gesungen wurden.

Diese Gemütsart setzte sich auch bei Adam an den folgenden Tagen fort als er in Sachen Papierholz auf Reisen war.

Der Samstag kam und Adam setzte sich ins Auto, um Brigitte in Bacharach abzuholen. Er machte immer kleine Umwege, um ein landwirtschaftliches Gehöft zu erreichen, bei dem vielleicht ein Stück Vieh zu handeln war. An dem Tag hatte er mit dem Viehhandel nichts erreicht und er kam zeitig in dem Hotel in Bacharach an, wo einige Langschläfer immer noch am Frühstückstisch saßen. Auf einem Stuhl an der Wand stand ein Koffer, der ihm bekannt vorkam. Das Zimmermädchen machte jetzt Dienst im Frühstücksraum und durch Zufall hörte er, dass das hübsche Kind Marianne hieß. Marianne war sehr freundlich und sie gab auch bereitwillig Auskunft, als er nach seiner Tochter fragte. „Die Brigitte ist zum Parkhotel, um sich von Artur zu verabschieden. Ich glaube, da sie ja künftig nicht mehr hier in Bacharach ist, wird sie mit ihm Schluss machen. Der Artur weiß ja auch nicht was er will. Sein Bruder hat das Parkhotel, und er soll den Diener machen, aber das will er nicht. Er bringt es aber auch nicht fertig sich eine andere Stelle zu suchen oder sich vielleicht sogar selbstständig zu machen. Brigitte wünscht sich diesbezüglich auch eine Änderung von ihm, ich glaube sie ist es leid mit diesem Trottel und sie wird ihn zum Teufel jagen; obwohl er gut aussieht."

Adam war überrascht, andererseits freute er sich, dass seine Tochter doch etwas mit Männern anfangen konnte, woran er eigentlich auch immer geglaubt hatte. Er gewann Sympathie für Marianne, die so freizügig erzählte und jetzt auch ihre eigene Liebschaft schilderte. „Ich war dumm mir einen von der anderen Rheinseite zu nehmen. Unsere Liebe richtet sich nach dem Takt der Fährverbindung, das heißt, er muss abends um acht Uhr mit der letzten Fähre zurück nach Kaub. Einmal kam er mit dem Paddelboot über den Rhein gerudert, das möchte ich nicht. Erstens ist das wegen der Schifffahrt verboten und zweitens will ich nicht, dass er im Rhein versäuft. Das ist das bisschen Geschmuse nicht wert, auch wenn er mir immer an den Speck fasst."

Adam musste über das freizügige Geständnis lachen und machte ihr einen anderen Vorschlag: „Nimm doch den Artur aus dem Parkhotel, wenn ihn Brigitte nicht mehr haben will und der so gut aussieht."

Jetzt musste Marianne lachen. „Nein nein, der ist viel zu alt für mich und zudem, der ist doch jetzt gebraucht, Brigitte hat ihn doch schon benutzt, ich suche mir einen, der noch unberührt ist."

Adam und auch das ältere Ehepaar, das noch bei seinem verspäteten Frühstück am Ecktisch saß, mussten bei so viel Naivität und der herzlichen Offenheit lauthals lachen.

Ohne seine lange Küchenschürze kam Scherleit zur Tür herein und war über das laute Gelächter in seiner Gaststube etwas irritiert. „Herr Schneider, Sie möchten Ihre Tochter abholen, das Vögelchen ist noch einmal ausgeflogen, wird wohl bald zurück sein. Ich bedaure, dass die Brigitte geht, aber so wie wir es vor ein paar Tagen besprochen haben, kommen wir auch zurecht. Gut, dass Brigitte meiner Frau so deutlich die Leviten gelesen hat, abends hat sie es eingestanden, sie hatte sich geschämt von einer Angestellten so angegangen zu werden. Jetzt steht sie wieder jeden Tag in der Küche, das Arbeiten macht ihr Spaß und sie kocht gut."

Noch während Adam mit aufmunternden Worten Scherleit erklärte, er solle sein Geld zusammenhalten und diesbezüglich auf seine Frau achten, da kam Brigitte, hechelnd wie ein gehetzter Hund zur Tür herein. „Ach Vater, du bist schon da, ich hatte noch etwas zu erledigen und habe mich mächtig beeilt."

Dank Marianne wusste er, was seine Tochter zu erledigen hatte, er äußerte sich dazu nicht, sondern bat Brigitte sich zu verabschieden. Formvollendet erledigte sie das. Zuerst bei Werner Scherleit mit einem Knicks und dem Dank hier im Hause eine Anstellung gefunden zu haben, dem älteren Ehepaar wünschte sie weiterhin einen angenehmen Aufenthalt, aber bei Marianne war die Förmlichkeit vorbei, da fielen sich zwei um den Hals und es flossen Tränen, Abschiedstränen und Brigitte nahm Marianne das Versprechen ab sie auf dem Hunsrück zu besuchen.

Auf dem Weg zum Parkplatz in den Rheinanlagen sprachen sie zunächst nicht miteinander, bis Brigitte dann doch sagte:

„Es waren interessante Monate bei den Scherleits, ich habe viel gelernt und erfahren, wie anstrengend, wählerisch, liebevoll und auch bösartig die Gäste sein können. Ich möchte diese Zeit nicht missen." Adam gab ihr keine Antwort darauf, doch er bewunderte seine Tochter, die diese Zeit so positiv beurteilte, in der sie es gar nicht leicht gehabt hatte.

Auf der Heimfahrt setzte sich das Schweigen fort, Adam hätte so gerne etwas von der Liebschaft mit dem Artur aus dem Parkhotel erfahren, doch er traute sich nicht seine Tochter darauf anzusprechen. „Das kann auch die Betty nicht, das muss die Klara machen", redete er sich ein, da er wusste, Brigitte hat zu ihrer Tante ein besonders herzliches Verhältnis. Er begann von dem neuen Hotel zu sprechen und erwähnte zuerst den von ihrer Mutter angedachten Grundstückstausch. Brigitte zeigte sich gegenüber allen diesen Plänen sehr aufgeschlossen und es entwickelte sich ein intensives Gespräch, bei dem es kaum Meinungsverschiedenheiten gab.

Zuhause war es zuerst Betty, die im Laufschritt an das Auto kam um Brigitte zu begrüßen. Adam hatte den Eindruck so herzlich und überschwänglich war Betty noch nie mit ihrer großen Tochter umgegangen. Als diese vor ein paar Monaten den Trotzkopf aufsetzte und nach Bacharach flüchtete, weil die Dinge nicht so liefen, wie sie sich das vorstellte, war das Verhältnis alles andere als herzlich. Da war Streit, da war gegenseitiges Motzen und schließlich ein wortloser Abschied. Das schien alles vergessen zu sein. Adam freute sich. Er freute sich auch als nach einem Aufschrei Klara mit ihrem behinderten Fuß anlatschte und Brigitte um den Hals fiel. „Liebe Tante", hörte er Brigitte sagen, wobei sie sich verschämt die Freudentränen aus den Augenwinkeln wischte.

Das Familienleben war wieder in Ordnung und damit das so bliebe, dazu wollte auch Adam seinen Beitrag leisten. Er nahm sich fest vor, in einem Gespräch oder einer Diskussion in Bezug auf Lautstärke und Ausdrucksweise zurückzunehmen. Auch wolle er die Tage an denen er unterwegs war nicht mehr bis in den Abend hinein ausdehnen und früher heimkommen, dann konnte er noch in der Gastwirtschaft helfen. Doch schon wenige Augenblicke später zweifelte er selbst an seinen Vorsätzen und fürchtete er würde sie nicht umsetzen und durchhalten können.

Es war Mittagszeit geworden als Brigitte endlich ihren Koffer ausgepackt und wieder nach unten in die Küche kam. Die Familie hielt ihre Mahlzeiten meistens in der großen Küche an dem Tisch mit der Eckbank ab. Ein privates Esszimmer oder gar ein Wohnzimmer gab es im „Hirsch" nicht für die Familie, was blieb war die Gaststube oder eben die Küche.

Es war Samstag, das war der Tag in der Woche an dem es Erbsen- oder Linsensuppe gab. Aber zu Brigittes Heimkehr hatte Klara einen Braten gemacht. Brigitte wusste das zu würdigen und bedankte sich bei ihrer Tante, die sich so viel Mühe für das gute Essen gemacht hatte. Das Tischgespräch, wie sollte es anders sein, drehte sich um den geplanten Neubau und ob der Stoffel wohl mit dem Landtausch seines Ackers „Auf'm Hahnen" gegen die eigene Fläche „In der Streich" einverstanden war. Adam deutete an, er wolle zuerst ein Gespräch mit dem Bauamt als der zuständigen Genehmigungsbehörde führen. Hiergegen regte sich Widerstand, zuerst von Klara und dann auch von Brigitte. „Rede zuerst mit dem Stoffel, damit der Schuss nicht nach hinten losgeht. Vom Bauamt wirst du nicht gleich eine Antwort erhalten, sie werden zuerst bei der Gemeinde Rückfrage halten, und das könnte dem Stoffel zu Ohren kommen. Er fühlt sich dann übergangen, worauf du deinen Grundstückstausch vergessen kannst. Red mit ihm und erklär ihm die Bedingung, dass der Tausch nur nach dem Erteilen einer Baugenehmigung wirksam wird."

Betty wurde konkret und ergänzte diese Überlegungen indem sie verkündete: „Morgen beim Frühschoppen werde ich ihn ansprechen und ihm mitteilen, dass ich nach dem Mittagessen zu ihm komme, um mit ihm etwas Wichtiges zu besprechen." Jetzt hatte Adam Bedenken, er fürchtete Betty würde beim Stoffel Porzellan zerschlagen, wenn sie so mit der Tür ins

Haus fiel. „Bei dem zerschlage ich kein Porzellan, der frisst mir aus der Hand wenn ich will. Ich brauche ihm doch nur anzudeuten weiterhin das Maul zu halten oder die Sache an die Öffentlichkeit zu bringen, auch wenn das Ganze fünfundzwanzig Jahre her ist." Brigitte machte große Augen, Klara schüttelte mit dem Kopf und Adam schaute irritiert. Es entstand eine peinliche Stille, bis Betty schließlich verkündete, sie würde mit der Bedingung der Verschwiegenheit, nach Fertigstellung des Neubaus ihnen verraten was der Stoffel damals verbrochen hatte.

Adam genügte das nicht, er war mit dieser Ankündigung nicht zufrieden. Er verschmähte den leckeren Vanillepudding, den Klara zu dem guten Essen zubereitet hatte und obwohl er eigentlich ein ausgeprägtes Süßmaul war, verließ er wortlos den Tisch. Betty merkte, dass sie einen Fehler gemacht hatte, sie hätte diese Andeutung in Bezug auf den Stoffel nicht machen sollen, jetzt durfte sie den Adam mit der Wahrheit nicht so lange hinhalten. Sie suchte ihn und nach einer ganzen Weile fand sie ihn schließlich in der Garage.

Sie benutzte den Nebeneingang, denn das Garagentor war zu. Die Autotüren standen offen und sie setzte sich zu ihm ins Auto.

„Hör mal Adam, du brauchst den Innenraum des Autos nicht selbst sauberzumachen, das werde ich nachher für dich tun. Ich möchte dir doch jetzt verraten was damals geschehen ist, und was der Drecksack mit mir vor hatte. Wir gingen fast ein ganzes halbes Jahr zusammen und am Anfang war es auch ganz interessant und angenehm. Dann habe ich durch Zufall herausgekriegt, dass er dem Gottfried, du hast ihn gekannt, die Rinder abgekauft hat, die der auf den Weiden und sogar aus den Ställen gestohlen hatte. Fast jede Woche fehlte bei irgendeinem Bauern in unserer Gegend wieder ein Rind. Der Stoffel hatte wenigstens vier Stück für billiges Geld dem Gottfried abgekauft. Er ließ die Tiere für ein paar Wochen in seinem Stall stehen, um sie dann mit hohem Gewinn an den Metzger zu geben. Im Stall gekauft, so konnten die Metzger nicht wissen, dass es sich um Hehlerware handelte. Bis irgendwann der Gottfried doch aufflog. Er hatte seine Hehler nicht verraten und nur von unbekannten Händlern gesprochen, denen er das Vieh verkauft hätte. Der Gottfried wurde zu Zuchthaus verurteilt. Seinen Prozess hat er nur um ein Jahr überlebt. Er ist im Gefängnis verstorben. Diese Sache ist jetzt längst verjährt, aber das was der Stoffel mir antun wollte, das verjährt bei mir nie. Du kennst doch seine Narbe über dem linken Auge. Seine buschigen Augenbrauen verdecken diese Blessur teilweise, aber sie ist trotzdem nicht zu übersehen. Die habe ich ihm beigebracht. Er wurde zudringlich und wollte mehr von mir. Dafür drückte er mich an die Wand und versuchte mir den Rock herunterzureißen. Ich war jung und hatte einen Horror vor dem was mich von diesen triebhaften Mann erwartete. Zudem wollte ich meine Unschuld nicht dem Stoffel opfern. Es kam zu einem Gerangel, bei dem ich unglücklicherweise auf den Rücken fiel. Ich hatte damals schon die gleiche Figur wie heute." Dabei zog sie ihren Rock bis an ihre nackten Oberschenkel. „Ich bin nicht dick aber ich wog damals vielleicht einen viertel Zentner mehr als er und war einen halben Kopf größer. Ich bekam meine Hand frei und habe ihm einen Faustschlag in seine Visage versetzt, dass er von mir herunterrollte und dabei die Knöpfe vom Rock abriss, weil seine Hand in meinem Rockbund steckte. Er blutete wie eine Schlachtsau und ich konnte die Flucht ergreifen. Nachher bemerkte ich, dass ich den kleinen Stein in meinem Ring verloren hatte. Dabei hatte ich ihm wohl die Risswunde über seinem Auge beigebracht, wobei der Stein aus seiner Fassung brach. Am folgenden Sonntag ging ich allein spazieren und er kam mir mit seinen zugepflasterten Auge hinterher. ‚Was willst du?', habe ich ihn angeschrien und hatte schon einen Wacken aufgerafft. ‚Verschwinde, oder ich poliere dir das andere Auge auch noch, dann brauchst du Scheuklappen wie ein Mühlenesel.' Er kam trotzdem noch ein paar Schritte näher, und als ich die Hand mit dem Stein erhob, machte er zu meinem Erstaunen einen Kniefall. Dieser Hanswurst bettelte mich an, ich möge nur ja mein Maul halten, er wäre doch jetzt gestraft genug, und er würde mich künftig auch in Ruhe lassen. Dabei ging es ihm in erster Linie um den Viehdiebstahl, bei dem er als Hehler doch auch beteiligt war und mit dem er bei mir geprahlt hatte, als ich ihn nach dem vielen Geld fragte, das er in der Tasche hatte. Es war ja kurz nach der Machtergreifung der Nazis und er hatte mächtig Angst vor ihnen. Ein Viehdieb war ein Verbrecher, aber ein Mädchenschänder war ein Held, so glaubte er. Er hat Wort gehalten und hat mir nicht mehr nachgestellt, und ich habe bis heute Wort gehalten, obwohl ich ihn damals wegen dem geklauten Vieh hätte anzeigen müssen."

Was Adam schon lange nicht mehr getan hatte, Betty erschrak regelrecht, er hatte den Arm um sie gelegt und mehr noch, er drückte und küsste sie. Ihr kamen die Tränen, sie erwiderte seine Zuneigung und beider Liebkosungen hätten bei einem jungen verliebten Pärchen nicht stürmischer sein können.

Adam hielt ihre Hand und begann zu reden. „Sag mal Betty, warum hast du dich mit dem schlimmen Geheimnis jahrelang gequält und mit keinem darüber geredet? Du hattest dich teilweise schuldig gefühlt, du hättest ihn ja nicht verraten brauchen, aber ich hätte doch versucht bei einer Vertrauensperson mein Gewissen zu erleichtern. Die Narbe in seinem Gesicht, die ist doch für dich wie eine Trophäe, du hast dich tapfer benommen und für deine Unschuld gekämpft."

Betty konnte Adams Gedankengang nicht folgen. Für sie war ein gegebenes Wort ein unauflösbares Versprechen, das sie selbst ihrem Beichtvater nicht preisgegeben hätte, obwohl sie selbst nichts zu beichten hatte. Nach all diesen Jahren hatte sie jetzt ein schlechtes Gewissen, weil sie dem Adam alles gesagt hatte.

Adam fühlte ihre Unruhe und versuchte sie zu trösten. Um ihr Gespräch wieder in lockere Bahnen zu lenken, stellte er die scherzhafte Frage: „Warum habe ich keine Narbe im Gesicht, warum hast du dich bei mir nicht gewehrt, als auch ich dir unter den Rock fasste?"

Betty reagierte ärgerlich: „Weil ich ein ganzes Jahr älter geworden war und wir haben uns doch geliebt, wogegen der Stoffel ein Ekel ist. Oder bist du mir aus einem anderen Grund als die große Liebe an die Wäsche gegangen?" Verschämt umarmte Adam seine Frau und entschuldigte sich für die provokante Frage.

Wie die Kletten hingen sie aneinander, die Haare zerzaust, ein Knopf der Bluse offen, sie waren in Sachen Liebe ausgehungert, sie hatten Nachholbedarf.

Bei aller Hingabe hatte Betty plötzlich einen tiefgreifenden Vorschlag zu machen. „Bei allen Meinungsverschiedenheiten die wir wahrscheinlich auch in Zukunft haben werden, wollen wir uns aber nicht mehr solche Fäkalwörter an den Kopf werfen. Die Brigitte ist doch wieder bei uns und wir wollen auf das Kind Rücksicht nehmen." Adam, in diesen Dingen besonders sprachbegabt, war über Bettys Vorschlag gerührt, und es kam zu dem innigen Versprechen in Zukunft gegenseitig Rücksicht zu nehmen.

Nachdem sie im Auto aus dem Handschuhfach den Taschenkamm entnommen hatte und sich die Haare glatt strich, machte sie einen anderen Vorschlag: „Wir gehen jetzt zu den anderen in die Küche, die Klara kann dann deinen geliebten Vanillepudding auftischen und ich werde wenn auch nicht so ausführlich, aber doch verständlich die Sache mit dem Stoffel erklären."

Adam fand lobende Worte für seine Frau, noch ein Kuss und dann gingen sie und waren überrascht als wie von Geisterhand das Garagentor aufging. Brigitte hatte sie gesucht. Glück gehabt, wäre Brigitte eine Minute früher erschienen und sie wären bei ihrem Geknutsche aufgefallen, was ihnen als gestandenes Ehepaar peinlich gewesen wäre.

Der Bitte, den Pudding noch einmal aufzutischen kam Klara bereitwillig nach. Diese Tischgemeinschaft vor der inzwischen leeren Puddingschüssel blieb bis in den späten Nachmittag hinein beisammen. Man hätte eine Nadel fallen hören können, als Betty mit der Geschichte der frühen Liebe zu dem Stoffel anfing und die mit dem Wacken in der Hand und dem Kniefall auf dem Feldweg endete. Ebenso erwähnte sie auch den mit Geldscheinen gespickten Geldbeutel vom Stoffel und aus welch dunklen Geschäften dieses Geld stammte. Sie verlangte von Klara und Brigitte absolutes Stillschweigen. Sie habe jetzt ihr Wort gebrochen und aber sie wolle nicht, dass der Stoffel davon erfuhr.

„Mutter, ich bin stolz auf dich, aber trotzdem hätte ich eine Frage hierzu. Einmal hast du deine Unschuld erfolgreich verteidigt, aber dann gab es doch offensichtlich noch einen derartigen Angriff, dem du wohl erlegen bist. Ich bin doch auch ein Kind der vorehelichen Liebe und kam sechs Monate nach eurer Hochzeit zur Welt." Adam war wie vom Blitz getroffen, aber Betty nahm ihre Tochter in den Arm, um sich ihr zu erklären. „Das Zusammenkommen vor der Ehe möchte ich nicht gut heißen, doch wenn einen die Sehnsucht übermannt, wenn die Liebe stärker ist als alle guten Vorsätze, dann wird man schwach und ist dann mit einem frühen Kind sein ganzes Leben lang gezeichnet. Aber auch mit einem frühen Kind sind seine Eltern froh, so ging es uns auch mit dir und die Natur hat es nicht gewollt, dir noch ein Geschwisterchen zu bescheren. Du bist unser Einziges und wir haben dich sehr lieb."

Betty hatte diesen Satz noch nicht zu Ende gesprochen, da begann Brigitte herzzerreißend zu schluchzen. Mit weinerlicher Stimme entschuldigte sie sich dafür, Vater und Mutter der Unzucht bezichtigt zu haben und versprach als gute Tochter, die Liebe, die ihr geschenkt wurde, zurückzugeben.

Betty streichelte ihr über die Wange mit den Worten: „Lass gut sein, wir wollen uns alle um ein gutes Verhältnis bemühen."

Das war ein guter Nachmittag, sie hatten zwar nichts geschafft, doch sie hatten viel miteinander geredet, unbekannte Charakterzüge entdeckt, Unstimmigkeiten beseitigt und auf eine gute Zukunft gebaut.

Sonntagmorgen, die meisten im Dorf waren Viehhalter und mussten auch am Sonntag in den Stall, dann ins Hochamt und anschließend zum Frühschoppen. Jahrein jahraus, schon seit Generationen hatte sich dieser Rhythmus nicht geändert. Ein gewisser Wettlauf entstand dann um die besten Plätze in der Gaststube. Einige wenige gingen erst gar nicht in den Gottesdienst und waren somit die Ersten in der Wirtschaft. Andere verließen schon vor dem letzten Segen die Kirche und gewannen so auch einen Vorsprung. Doch die große Zahl der Männer kam mehr oder weniger gemeinsam und der Raum war rasch gefüllt. Schon gleich zu Anfang musste sich die Bedienung beeilen, damit jeder schnell sein erstes Viertelchen vor sich hatte. Um halb eins wartete die Frau daheim mit dem Mittagessen, und in dieser Zeit wollte jeder sein übliches Weinpensum mit Ruhe genießen. So ein Pensum bestand bei den meisten aus drei Viertelchen, was einer Flasche entsprach.

Auch der Stoffel verzichtete im Hochamt auf den letzten Segen und erreichte dadurch einen Vorsprung, und er sich in der Wirtschaft seinen angestammten Platz sichern konnte.

Adam stand hinter der Theke, zog die Flaschen auf und schenkte die Gläser ein. Betty und Brigitte bedienten, Klara war in der Küche und kümmerte sich um das Mittagessen. Brigitte erhielt von ihrer Mutter den Auftrag: „Bedien du den Stoffel und sag ihm, er soll doch gleich mal in die Küche kommen, ich hätte was mit ihm zu besprechen." Formvollendet bediente Brigitte den Stoffel und auch die anderen Männer an seinem Tisch. Dabei bat sie ihn zur Mutter in die Küche zu kommen. Sie hatte auf die Bedeutung und die Wichtigkeit dieses Gesprächs verwiesen. Der Stoffel war von Brigitte sehr angetan und er fand lobende Worte für die junge Frau, die auch seine Tischgenossen mithörten.

Betty war in die Küche verschwunden, Klara schob auf dem Herd die Töpfe etwas zur Seite und kam in die Gaststube, um der Brigitte beim Bedienen zu helfen. Stoffel nahm sein volles Glas mit und ging, so wie ihm geheißen, auch in die Küche. Betty, mit ihrem Hintern an die Tischkante gelehnt, strahlte ihn an, sie nannte ihn ausnahmsweise nicht Stoffel, sondern redete ihn mit seinem richtigen Vornamen an und sagte Christoph. Er war aschfahl im Gesicht, er hatte doch vorhin auf Brigittes Einladung in die Küche zu kommen gar nicht richtig eingeschätzt, was ihn da erwartete. Jetzt war er allein mit der Betty, die ihn mit ihrem Wissen doch arg fertigmachen und erniedrigen konnte. „Wie geht es eigentlich deiner Frau?", begann Betty, „ich habe die Anni schon lange nicht mehr gesehen?"

Stoffel war angespannt und er überlegte wohl was er antworten sollte, um keine Fehler zu machen. „Die Anni ist jeden Tag am jammern. Schon morgens beim Aufstehen sind es die Kopfschmerzen, oder es ist der Magen, dann tut die Galle weh oder die Augen tränen, aber am schlimmsten ist der Rücken, der ist so schlimm, dass sie oft nichts arbeiten kann. Mit dieser Heulsuse bin ich sehr gestraft, ich würde mir eine gesunde Frau wünschen so wie du eine bist." Jetzt war er über sein eigenes Wort erschrocken, er wusste, dieses plumpe Kompliment kam nicht an, doch Betty grinste nur.

„Hör mal Christoph, weshalb ich mit dir reden will. Deinen kleinen Acker ‚Auf'm Hahnen', den hätten wir gern, da du aber sicher nicht verkaufen willst, bieten wir dir unseren Acker ‚In der Streich' zum Tausch an. Unser Acker ist etwas größer und von der Bodengüte entschieden besser. Aber das weißt du ja auch selbst." Stoffel saß mit halber Backe auf der Bank hinter dem Tisch, dann nahm er einen kräftigen Schluck aus seinem Glas, sprang auf und rief: „Ein ordentlicher Bauer gibt keinen Acker her, das kann er vor seiner Nachkommenschaft nicht verantworten."

Betty, von seinem gespielten Gefühlsausbruch unberührt, langte mit beiden Armen über den Tisch und schubste ihn wieder auf die Bank, auf der er jetzt mit beiden Backen landete. „Du Simpel, du gibst doch mit diesem Tausch nichts her, du gewinnst doch nur dabei. Aber so kennt man dich. Du tust lieber bei einem Geschäft einen Nachteil erleiden, wenn nur der andere keinen Vorteil davon hat, das könntest du nicht ertragen. Ich habe dir mehr als zwanzig Jahre lang gut gewollt und mein Maul gehalten. Das könnte ich mir ja auch mal anders überlegen. Der Viehdiebstahl ist längst verjährt, aber du hast den armen Gottfried, der dich nicht verraten hatte, doch auch über den Tisch gezogen. Der Gottfried ist im Zuchthaus verstorben und keiner weiß wo er beerdigt ist, er kann dich nicht mehr belangen, aber trotz Verjährung reicht diese Angelegenheit heute noch, um deinen Ruf als bedeutenden Herdbuchzüchter zu ruinieren, wenn ich das will. Den Rock mit den abgerissenen Knöpfen habe ich in einer Schachtel verwahrt und ich glaube nicht, dass die Anni die Wahrheit kennt, wo du dir die Narbe über deinem Auge eingefangen hast. Ich könnte die Anni neugierig machen. Du verbohrter Dickkopf, dir ist mit einer gesegneten Kerze nicht mehr zu helfen, wenn du normal denken könntest, dann müsstest du diesem Tausch zustimmen, bei dem du doch nur gewinnen kannst."

Etwas langsamer als eben erhob er sich und mit verhaltener Stimme sagte er: „Betty wir machen das, schlag ein, aber ich hätte doch gerne gewusst, zu was ihr meinen Hahnen braucht?"

Betty ergriff seine Hand und verkündete: „Wir wollen ein neues Hotel bauen und dafür sehen wir deinen Hahnen als gut geeigneten Bauplatz an. Mit diesem Handschlag gilt weiterhin Schweigepflicht, auch für dieses Vorhaben, bis dazu vom Bauamt die Genehmigung da ist."

Er schlug ein und ging wieder zurück ins Lokal. Betty bedeutete ihm, dass er das nächste Viertelchen nicht zu bezahlen brauche. Mit einem entsprechenden Augenaufschlag signalisierte sie dem Adam hinter der Theke den erfolgreichen Grundstückstausch. Klara ging wieder in die Küche mit der Gewissheit das Mittagessen nicht pünktlich auf dem Tisch zu haben und Adam gab dem Stoffel einen Wink und erneut musste dieser seinen Platz verlassen, um ihm vor die Tür zu folgen. Was die beiden zu bereden hatten ging sehr schnell. Adam bot ihm die restlichen Flächen zur Pacht an, der ortsübliche Pachtpreis stand fest und Stoffel freute sich, war doch in diesem Moment sein Betrieb um drei Hektar angewachsen. Auch über den Ersatz der aufstehenden Halmfrucht waren sie sich gleich einig.

In den Häusern wartete das Mittagessen und der Schankraum leerte sich. Die ordnungsliebende Klara verzweifelte, dadurch dass Betty mit dem Stoffel die Küche blockiert hatte, wurde sie mit dem Kochen nicht fertig. Klara kochte gut aber sparsam, weshalb sie sich manchmal von ihrem Bruder einen Rüffel einhandelte, wenn das Essen wieder mal allzu dürftig ausfiel. So gab es heute am Sonntag Graupensuppe, eine Vorspeise, die Adam gar nicht mochte.

Die Suppe war fertig, die konnten sie schon essen, die Kartoffeln waren auch gar und mit Brigittes Mithilfe kam auch das Hauptgericht auf den Tisch. Nur zu dem Braten fehlte die Soße, da Klara nicht mehr dazu gekommen war, den stark reduzierten intensiven Bratensaft zu verdünnen und anschließend zu binden. So gab es heute trockenen Braten, der jedoch nicht beanstandet wurde, da sie längst mitten im Thema waren und Betty zuhörten. Adam war zufrieden und lobte seine Frau.

Die Diskussion um den Hotelneubau erlangte eine andere Dimension. Jetzt waren die Frauen schon in der Planungsphase und Betty sprach von der Anzahl der Zimmer in dem neuen Haus und deren Einrichtung. Adam mahnte zur Besonnenheit und erinnerte an seinen Vorschlag das neue Hotel bei seinem Bekannten in dem Dorf bei Hermeskeil zu besichtigen. „Ich werde den Immig heute noch anrufen, er hat zu Wochenbeginn manchmal Zimmer frei, weil die meisten Gäste erst zum Wochenende anreisen. Wir werden zwei Doppelzimmer nehmen und alle zusammen eine Nacht dort verbringen und schauen, welchen Service er bietet. Zudem muss ich dringend zu dieser Holzkolonne, ich habe mit dem netten Förster gesprochen, der mich dort sehr gut unterstützt, und so ist der erste beladene Waggon schon unterwegs. Die Leute wollen Geld sehen, ich bringe ihnen den ersten Abschlag."

Nachdem was Adam jetzt gesagt hatte wurde Klara sehr schweigsam und in sich gekehrt. Betty entging auch nicht ihr Kopfschütteln.

„Was meinst du dazu?", fragte Betty, die wohl die offene Wahrheit über Klaras ablehnende Haltung erfahren wollte.

„Ich fahre nicht mit, man kann doch das Haus und die Gastwirtschaft nicht zwei Tage allein lassen. Ihr müsst ohne mich fahren, ich sage dem Wendelin Bescheid, der kann mir abends in der Wirtschaft Beistand leisten und so kann ich dann den Ausschank alleine betreiben." Es war für die andern weniger ein Schreck, denn eine Überraschung, als der Name Wendelin fiel. Wendelin war Straßenwärter und täglich mit dem Fahrrad unterwegs, wenn er zu dem Streckenabschnitt fuhr, an dem er Gräben ausputzte, Schlaglöcher flickte oder die Obstbäume an der Straßenböschung beschnitt. Er war nicht verheiratet und lebte allein in einem kleinen Häuschen. Wendelin war ein ruhiger Zeitgenosse, der keinem etwas zu leide tun konnte und in seinem Dienst sehr pflichtbewusst war. Wendelins Arbeitsplatz das war die Landstraße auf einer Strecke von acht Kilometern, von denen zweihundert Meter durchs Dorf führten.

Schaufel, Hacke, Axt und Säge, alles Werkzeug hatte er an sein Fahrrad gebunden, das er täglich zum Feierabend pünktlich um fünf Uhr an den Gartenzaun lehnte und durch die Hintertür zur Klara in die Küche ging. Sie servierte ihm dann am Küchentisch ein Viertelchen oder manchmal nur einen Schnaps, den er zügig wegkippte, um dann mit der Klara noch einen kurzen, oder auch einen längeren Plausch zu halten, bis er wieder zu seinem Fahrrad ging. Als dieses Küchenverhältnis vor einigen Jahren anfing fürchteten Adam und auch Betty, der Wendelin und die Klara könnten sich zusammentun und vielleicht sogar heiraten. Diese Befürchtung hatte sich längst als grundlos erwiesen, wiewohl sich die beiden abends aufeinander freuten. Was sie zu erzählen hatten konnte jeder mithören. Wendelin schimpfte auf das Wetter und die schnellen Autos, worauf Klara sich gelegentlich über schlechte Kartoffeln und welkes Gemüse beschwerte, bei dunstigem Wetter über den rauchenden Küchenherd schimpfte und ihre Bratensoßen lobte.

Adam, Betty und auch Brigitte waren jetzt etwas irritiert weil Klara nicht mitfahren wollte. Die Sache mit dem Wendelin erreichte eine ganz andere Dimension, wenn sie ihn jetzt für den ganzen Abend einladen wollte. Altersmäßig passten sie zueinander sie hatten beide die Fünfzig noch nicht erreicht, keiner traute sich Klara dazu eine Frage zu stellen, aber sie sahen erneut die Gefahr einer Hochzeit herannahen.

Betty in ihrer direkten Art fragte sie schließlich. „Poussierst du mit dem Wendelin?" Jetzt hatte sie in ein Wespennest gestochen. „Du dummes Mensch, wenn ich hätte heiraten wollen, dann hätte ich das vor zwanzig Jahren gemacht, aber doch jetzt nicht mehr. Der Wendelin ist ein guter Schlucker, vor dem habe ich nichts zu befürchten. Der macht was man ihm sagt und er freut sich jeden Tag, wenn er abends eine halbe Stunde mit mir reden kann. Er ist Tag und Nacht allein und ärgert sich, dass ihn niemand besucht."

Adam, Betty und auch Brigitte waren wieder beruhigt, die geliebte Klara blieb ihnen erhalten. Jetzt versuchte es Brigitte und sprach sie an. „Tante Klara, wenn du schon nicht mit uns fahren willst, dann mache dir doch sonst wo einmal ein paar schöne Tage. Du arbeitest hier jahrein, jahraus und hast noch nicht einmal am Sonntag frei. Fahre doch mal in ein schickes Hotel an der Mosel oder an der Ahr, oder gar im Schwarzwald, das würde dir bestimmt gut tun."

Erzürnt sprang Klara vom Tisch auf und latschte mit ihrem dicken Fuß in Richtung Küchenherd. „Dann kann ich ja gehen, wenn ihr mich nicht mehr braucht und mich aus dem Haus haben wollt."

Das war Adam zu viel, in scharfem Ton aber gut gemeint beschimpfte er seine Schwester und sprach von Dankbarkeit für ihre Arbeit, sie sei hier unentbehrlich und sie solle nicht ungerecht gegen Brigitte sein, die ihr doch etwas Gutes vorschlagen wollte. Nun weinte sie und entschuldigte sich. Sie lehnte aber doch einen Urlaub ab und sei er auch nur zwei Tage. „Urlaub machen wie die Städter", das habe sie nicht gelernt. Sie fühle sich dabei nicht wohl und könne auch nicht in einem fremden Bett schlafen.

Das mit dem fremden Bett war eine Ausrede, das war allen bewusst und darum ging Brigitte erneut zum Angriff über. „Tante Klara, lade deinen Wendelin ein und mache es so wie du denkst. Aber wenn wir aus Hermeskeil zurück sind, dann fahren wir zwei für drei oder vier Tage in ein schönes Hotel nach Cochem. Dort kannst du essen und trinken was dir serviert wird und du brauchst selbst nichts dafür zu tun. Dort lernst du auch mal ein gutes Hotelbett kennen, du willst dann in deine Kuhle mit der Seegrasmatratze nicht mehr zurück. Dein Bett ist doch eine Zumutung und diese durchgelegene Matratze werden wir schon in Kürze erneuern. Jetzt will ich von dir keine Widerrede hören, ich fahre mit dir und werde dir die Angst vor dem fremden Bett und der fremden Küche nehmen." Klara schniefte in ihr Tuch, das sie im Ärmel stecken hatte und es war nicht zu übersehen, sie hatte Tränen in den Augen. Waren es Tränen der Wut, der Verzweiflung oder waren es doch Freudentränen? Alle schauten irritiert und als Klara aufstand und Brigitte in den Arm nahm, da sahen sie wie Klara sich freute, aber einzig und allein weil Brigitte sie begleitete.

Am folgenden Dienstag packte Brigitte ihr Köfferchen und Betty den alten unmodernen Reisekoffer, etwas Besseres hatten sie nicht im Haus und darum erteilte Brigitte ihnen einen Rüffel, sie schämte sich mit ihren Eltern was sie ihnen unmissverständlich kundtat. Betty wollte sich rechtfertigen und verteidigte das alte Familienstück, wogegen Adam ein Einsehen hatte und Folgendes entschied: „Wir kommen über die Hunsrückhöhenstraße durch Kastellaun, dort kenne ich einen Sattler, der gute Lederkoffer macht. Ihm kaufen wir einen neuen Koffer ab, packen um und lassen den alten am Straßenrand stehen. Der nächste Tippelbruder, der vorbeikommt, freut sich damit, kann er doch da seine Habseligkeiten hineintun, wo sie vor Wind und Wetter geschützt sind." Betty hatte wegen dieser teuren Anschaffung ihre Einwände, doch Brigitte freute sich ihren Vater mit einem eleganten Lederkoffer in der Hotelhalle zu sehen.

Auf der langen Fahrt über die Hunsrückhöhenstraße kam es zu einem intensiven Gespräch über den Hotelneubau und das Fremdenverkehrsgewerbe. Brigitte erinnerte daran wie Anfang der fünfziger Jahre der Fremdenverkehr auf dem Hunsrück einen ungeahnten Aufschwung nahm. „Diese Entwicklung machen sich mehrere Gastwirtschaften in den Nachbardörfern schon seit einigen Jahren zunutze. Viele Gaststätten und Privatpensionen bieten den stressgeplagten Menschen aus den Städten mit der herben Schönheit der Landschaft und der gesunden Luft im Hunsrück Erholung. Nicht zuletzt weil Tante Klara das nicht wollte, haben wir diese Gelegenheit verpasst. Jetzt, wo der erste Ansturm vorüber ist, willst du ein neues Hotel bauen. Der Hunsrück gerät ohnehin ins Hintertreffen gegenüber der Eifel, dem Westerwald, dem Taunus, und dem Odenwald. Diese Gebiete liegen viel näher an den Ballungsräumen. Von dem Schwarzwald und dem Allgäu will ich erst gar nicht reden." Adam hatte seiner Tochter aufmerksam zugehört und gab zu, dass auch er bisher von dem Fremdenverkehr nichts gehalten habe. Der Kollege, den sie jetzt besuchten, habe ihn überzeugt. Mit ansprechender Ausstattung in einem gepflegten Haus und perfektem Service wolle er diesen Wettbewerb gewinnen. Jetzt wurde Adam auch von der Betty unterstützt. Sie sprach von einigen guten Hotels am Rhein, aber auf dem Hunsrück finde man im halben Landkreis kein adäquates Haus, in dem man gepflegt unterkommen könne.

Brigitte machte daraufhin die spöttische Bemerkung. Ob sie jemals in solch einem vornehmen Hotel logiert habe, sie habe doch ihr Leben lang mit Kühen, Schweinen und Hühnern in der Pflicht gestanden und sei nie dem Wunsch der Familie nachgekommen einmal eine Reise zu machen."

Betty wurde nachdenklich, sie bereute und versprach Besserung, wobei sie Adams Hand am Lenkrad berührte. „Aber zuerst bauen wir und bemühen uns um unsere Gäste. Bei gutem Umsatz und entsprechendem Gewinn machen wir dann auch mal Urlaub, ich würde so gerne einmal nach Paris fahren."

Die Fahrt war lang, Brigitte langweilte sich auf dem Rücksitz und zog zur Abwechslung mal ihre Schuhe aus und quer zur Fahrtrichtung mit dem Rücken zum Seitenfenster legte sie ihre makellosen Beine auf die Sitzfläche. Sie hatte jetzt eine andere

Blickrichtung zu ihrer vor ihr sitzenden Mutter und zu deren Aussehen, über das sie sich so ihre Gedanken machte. Gute Figur, ein schickes Kleid, das der Vater ihr gekauft hatte, aber ihre flachen Schuhe und die strumpflosen Beine, unmöglich. Ihre Haut, rau und rissig, sie schrie regelrecht nach einer guten Creme. Der altmodisch hochgesteckte Dutt. „Das müssen wir ändern", dachte sie ganz spontan und sie tippte ihre Mutter von hinten an. „Mutter, wann gehst du mal zum Friseur? Dein Haare sind auffallend unmodern. Deine Welt war bisher der Kuhstall und die Schweine. Die Zeiten haben sich geändert, du bist eine schöne Frau, aber du musst etwas für dich tun, ich will so bald noch keine alte schrumpelige Mutter haben. So wie du jetzt aussiehst, so würden die dich in Paris erst gar nicht aussteigen lassen und du könntest gleich wieder zurückfahren."

Betty hörte gern auf die Meinung ihrer erwachsenen Tochter, aber jetzt fühlte sie sich angegriffen und sie wehrte sich. „Die Haare trage ich doch schon immer so und zum Friseur gehe ich vielleicht alle zwei Jahre einmal. Außerdem, deinem Vater gefällt das." Mit einem grinsenden Gesicht schaute sie Adam an.

„Hast du mich überhaupt schon einmal gefragt, ob mir das gefällt? Warte bis wir im Hotel sind und dann schaust du dir die Frauen aus der Stadt, die dort Urlaub machen, einmal an. Onduliert, eingecremt und geschminkt, so sieht eine moderne Frau aus und so möchte ich, dass auch du so aussiehst." Brigitte im Hintergrund warnte ihre Mutter, sie solle etwas für sich tun, ehe der Vater sich eine andere suche. Die Eltern auf den Vordersitzen erkannten die Ironie und sie wussten wie das gemeint war und doch suchte Adam mit der Hand nach hinten zu schlagen, um im Scherz seine Tochter zu treffen, was ihm aber nicht gelang.

„Deine Mutter und ich, wir bleiben zusammen, wir sind uns treu. Du hast ja noch nicht einmal einen, dem du treu sein kannst. Ich glaube, ich muss dir noch helfen einen zu finden. Mit der Klara haben wir eine ledige Frau im Haus, das reicht, oder willst du ihre Nachfolgerin werden?"

Brigitte versetzte ihm einen Boxhieb in das Genick, worauf ihre Schimpfkanonade folgte. „Ihr Kerle, von euch ist doch einer wie der andere. Die Finger nicht beibehalten und sie wollen alle nur das Eine, aber nicht mit mir. Ich suche mir einen, den ich mir nach meinem Geschmack zurechtbiegen kann, du wirst schon sehen."

Adam lachte. Dann bogen sie ab, schon bald waren sie da und fuhren zuerst zum Bahnhof, wo die Männer den Waggon mit Holz beluden.

Auf diesem Bahnhof war der Verladeplatz so groß, dass auch gelegentlich Langholz verladen wurde. In ihrem Fall hatten die Männer das schwache Fichtenholz auch lang angefahren, am Waggon zu Zwei-Meter-Stücken zersägt und gleich verladen. So hatten sie einen Arbeitsgang gespart und das Aufmaß wurde an der fertigen Ladung festgesetzt. Der Förster, der froh war für das Stangenholz einen Käufer zu haben, war für das Maß verantwortlich. Er nahm die Sache sehr genau.

Adam kam auf den Platz gefahren und gleich ließen die Männer die Sägen fallen, oder kamen sogleich von dem Waggon heruntergesprungen und sechs verschwitzte Gesichter grinsten ihn an, es gab Geld und darauf hatten sie schon zwei Tage gewartet. Mit lautem Hallo grüßten sie ihren Geldgeber und als Betty und Brigitte auch ausstiegen, da wandelte sich das breite Grinsen in allgemeines Erstaunen. „Das wäre doch was für den Sohn meiner Mutter."

Diesen Spruch sollte eigentlich keiner mithören, doch die Kollegen lachten, Adam reagierte nicht, Betty machte ein verlegendes Gesicht, der Förster schüttelte mit dem Kopf und Brigitte hatte gleich eine Antwort parat. „Junger Mann, wenn du mich mit deinen vom frischen Fichtenholz verharzten Händen anlangst, dann bleibe ich doch an dir kleben, was wird dann deine Frau sagen?" Der Förster lachte lauthals und wollte dann wissen wie sie erfahren habe, dass der Gerhard verheiratet sei. „Das sieht man doch. Ein Kerl, der so gut aussieht, zu dem wird die zu ihm passende Jungfrau nicht nein gesagt haben, er hat sie angeschmiert und jetzt ist er verheiratet." Die restlichen fünf Kollegen grölten und Lothar meinte, seine Geschichte wäre bis an den Rhein bekannt, wie sonst könnte das Fräulein davon wissen. In der Tat, der Förster hatte nachher von der Tragik dieser Eheschließung erzählt und wie dieses Paar im Wettlauf mit dem Klapperstorch zur Kirche geeilt sei.

Vom Förster exakt vorbereitet waren die Regularien der Entlohnung schnell erledigt. Brigitte half ihrem Vater und zahlte die Männer aus. Beim Gerhard machte sie das besonders genau. Mehrmals berührte sie seine Handflächen und sagte dann: „Sehen Sie wie das pappt, stellen Sie sich vor, Sie hätten mich zum Tanz umfasst, ich wäre nicht mehr von Ihnen losgekommen, wir hätten uns eng umschlungen gemeinsam ins Bett legen müssen."

Brigitte hatte die Lacher wieder auf ihrer Seite und verschämt steckte der Gerhard sein Geld nicht in seine Hosentasche, sondern in den Arschsäckel seiner Bux, das war die Sprache die man untereinander verstand.

Adam lud alle am Abend zu einem Umtrunk beim Immig in dessen Hotelrestaurant ein.

Mutig fragte der blamierte Gerhard ob er seine Frau mitbringen dürfe. Jetzt antwortete Brigitte: „Aber ja, ich möchte doch deine Frau kennenlernen, die du mit mir betrügen wolltest, wir werden bestimmt Freundinnen. Auch die andern Herrn bringen ihre Frauen mit, Eierlikör mit Sekt, Weinbrand mit Cola, oder nur Bier oder Wein, ich freue mich. Vater kann mir diese Zeche ja an meinem Erbteil abziehen." Jetzt packte Adam seine erwachsene Tochter und wollte sie übers Knie legen, dieser Scherz gelang ihm nicht. „Vater, da hast du keine Übung drin, das hättest du machen müssen als ich kleiner war, jetzt ist es für diese ungezogene Tochter zu spät."

Wieder Gelächter, auch noch als die Betty mit der flachen Hand ihrer frechen Tochter einen Hieb auf den Allerwertesten versetzte. „Mutter, auch dieser Schlag ist zu spät, du hättest mich früher hauen müssen. Ich will doch nur, dass es den Leuten bei ihrer schweren Arbeit gut geht. Die Männer haben gut gearbeitet und ich finde wir sollten uns einen schönen Abend machen. Sag du doch auch mal etwas dazu."

Adam antwortete zunächst nicht und umarmte seine kluge Tochter. „Sie hat ja recht, bringt eure Frauen mit, wir machen uns einen lustigen Abend, das gilt auch für sie, Herr Förster, auch Sie und Ihre Gattin sind herzlich willkommen." Die Hand an den Hut mit dem Saubart, Nüssing salutierte formvollendet und bedankte sich für diese Einladung.

Sie fuhren bei dem Hotel vor, Immig begrüßte seinen Kollegen mit seiner Familie und suchte gleich nach einer Entschuldigung dafür, dass die Tochter in einem kleinen Zimmerchen unterm Dach untergebracht sei. Wider Erwarten seien die Gäste aus Essen doch schon früher angereist und er musste schon ein Ehepaar für die eine Nacht in ein Ausweichquartier in der Nachbarschaft unterbringen. Brigitte hatte doch den Hotelbetrieb in Bacharach kennengelernt und wusste mit solchen Situationen umzugehen, ohne den Gast zu verärgern. Großzügig wie sie war, spielte sie die Notlösung ihrer Unterbringung herunter, zudem sei es ja auch nur für eine Nacht.

Ein Neubau und dann ein solches Zimmer. Brigitte fand, dass das Schlafgemach ihrer Eltern zu klein sei. Das war nicht der Sachverstand eines Architekten, hier hatte ein Maurermeister vier Außenwände hochgezogen und die innere Einteilung nach seinem Gutdünken angelegt. Die Zimmer zu klein, die Flure zu schmal, Waschbecken mit fließendem Wasser gab es zwar, doch das warme Wasser hierzu hatte man vergessen. Später kam die Rede auf diese Bauplanung und es stellte sich heraus, dass der ausführende örtliche Bauunternehmer die Zeichnung gemacht hatte. Brigitte äußerte sich nicht dazu, doch sie hatte sich in den vergangenen Monaten ein beachtliches Fachwissen angelesen. Mit leiser Stimme sagte sie zu ihrem Vater: „Für die Planung müssen wir Geld ausgeben, so ein Kabuff wie dieses hier wollen wir uns nicht zumuten." Nun schwärmte sie von ihrer sogenannten Notunterkunft unter der Dachschräge. „Gemütlich, wohnlich, heimelig – den Raum könnte Immig als Einzelzimmer anbieten, diese Schlafgäste kämen immer wieder."

Zum Abendessen wurde den Hausgästen Hackbraten, Kartoffeln und Wirsinggemüse serviert, Betty wählte das obligatorische Kotelett mit Bratkartoffeln und Salat, Adam nahm zu einer Tasse Fleischbrühe den Wurstteller und Brigitte begnügte sich mit einem Käseschnittchen. Die Portionen waren gewaltig. Betty mühte sich mit dem Kotelett und ließ einen erheblichen Rest der Beilage im Teller, Adam aß zuletzt nur noch die Wurst und ließ das restliche Brot zurückgehen, nur Brigitte genoss ihr Käseschnittchen und musste gestehen, dass sie seit dem Frühstück am Morgen nichts mehr gegessen hatte. Der Förster und seine Gattin hatten sich etwas verspätet und Adam lud ihn ein bei ihnen am Tisch Platz zu nehmen. Nüssing hatte keine Mühe mit dem üppigen Wurstteller, auch nicht seine Frau, die den fetten Hackbraten mit Brot gewählt hatte.

In der Hand die zerknüllte Papierserviette, mit der er sich den fettigen Mund abwischte, war Adam über dieses Abendessen voll des Lobes. Betty sagte nichts, sie rülpste nur in die vorgehaltene Hand und die sonst so kritische Brigitte hatte nur Lob für die Küche. Hans Immig kam höchstpersönlich mit dem Tablett, um den Tisch abzuräumen, und um zu fragen, ob es geschmeckt habe. Er fühlte sich sichtlich geschmeichelt, als ihm Adam nur Gutes über dieses Abendessen bescheinigte und noch eine Flasche von dem guten Wein bestellte. Hierzu fand sogar Betty ein gutes Wort für ihren Mann, der diesen Wein ausgesucht hatte.

Ein Teil der Hausgäste hatte sich wohl auf die Zimmer zurückgezogen, während einige Männer sich zum Skat zusammensetzten und ihre Frauen bei einem Glas Limonade in den ausgelegten Illustrierten blätterten. Betty hatte jetzt Gelegenheit die ondulierten und geschminkten Frauen aus der Stadt zu betrachten. Sie kam zu der inneren Einsicht solch eine Frisur auch tragen zu können, doch das eingeschmierte Gesicht, das glänzte wie eine Speckschwarte, dazu die angemalten Lippen, das fand sie unmöglich. Sollte sich der Adam doch so eine suchen, wenn er meinte, das wäre schön.

Jetzt kamen die Männer, die vom Adam zum Umtrunk eingeladen worden waren. Zuerst Lothar und Gerhard mit ihren

Frauen. Nach und nach trudelten auch die andern vier mit ihren Frauen, alle im Anzug mit Krawatte, wogegen Lothar und Gerhard im offenen karierten Hemd erschienen waren.

Adam wusste zunächst nicht recht wie er seine Einladung zum Umtrunk finanziell organisieren sollte. Um das Ganze zu begrenzen und nicht ausufern zu lassen, dachte er an einen entsprechenden Geldschein, den er jedem aushändigen wollte. Er könnte auch mit dem Wirt eine finanzielle Obergrenze vereinbaren. Jetzt machte Brigitte einen klugen Vorschlag. „Vater, am besten machst du gar nichts. Lass sie trinken soviel sie möchten und zahle am Schluss die Rechnung. Das sind doch anständige Leute, die zudem noch gegenseitig darauf achten was der Einzelne verzehrt hat. Sie haben doch schon zu Abend gegessen, und du wirst sehen, sie werden deinen Kostenrahmen nicht überziehen." Adam hatte zwar ein mulmiges Gefühl, doch er folgte seiner Tochter, begrüßte seine Leute und wies den Wirt an den Zapfhahn zu öffnen.

Die Förstersfrau war eine unangenehme Tischgenossin. Schweigsam, reserviert, in sich gekehrt. Kaum eine halbe Stunde nach dem Essen verabschiedete sich der Forstmann mit seiner Ehehälfte, die noch schnell ihr Wasserglas leerte, wogegen er seinen Wein stehen ließ. Er war sichtlich verärgert und deutete Adam an, morgen nach dem Frühstück hier ins Lokal zu kommen, um noch einige Besonderheiten zu der Holzverladung abzusprechen. „Vor dem Frühstück", sagte Adam laut und deutlich, da er die Situation einzuschätzen wusste und mit strahlendem Gesicht nickte der Förster, der sich auf ein gutes Frühstück freute.

Am Tisch der Holzarbeiter und ihren Frauen wurde das Gespräch lauter und lustiger. Der Vorschlag kam von Brigitte: „Wollen wir uns nicht zusammensetzen", rief sie und Gerhard, der am Kopfende saß, machte bereitwillig Platz, worauf ein weiterer kleiner Tisch dort angestellt wurde. War es Zufall oder Absicht? Brigitte saß nun zwischen Gerhard und seiner Frau Marlies. Adam thronte jetzt am Kopfende und Betty saß rechts von ihm an der Längsseite des Tisches neben dem Lothar. Adam versuchte sich einen Überblick über den Verzehr zu verschaffen, obwohl er dem Vorschlag von Brigitte folgte, so hatte er doch immer noch ein ungutes Gefühl bei den Kosten, die ihn erwarteten. Doch er sah nichts Auffälliges. Die Männer tranken Bier, die Frauen Wein oder einen Mix aus Eierlikör und Limonade. Nur die Frau vom Berthold trank Malzbier. Die Ursache dieses Bier zu trinken war nicht zu übersehen und trotzdem fragte die neugierige Betty nach dem wievielten Monat. Bereitwillig erhielt sie die Antwort, dass das ihre zweite Schwangerschaft sei, ihr Ältester sei jetzt drei geworden. So mitfühlend können nur Mütter sein, Betty griff nach der Hand dieser jungen hoffnungsvollen Mutter und wünschte ihr diesmal ein Mädchen. „Das habe ich auch so bestellt, wenn es kein Mädchen wird, ist nur die Hebamme schuld." Berthold war einerseits stolz auf seinen Sohn, aber er beklagte sich dann wie schwer es ein werdender Vater habe. Jetzt hatte er den Spott der übrigen Väter dieser Tischrunde zu ertragen, die alle prahlten wie tapfer sie bei der Schwangerschaft und der Geburt ihrer Kinder gewesen wären. „Du Sprücheklopfer", raunzte Berthold den Rudolf an. „Wie war das dann als wir voriges Jahr beim Straßenbau arbeiteten? Lamentiert hast du wie ein Wegkrüppel und bist jeden zweiten Tag daheimgeblieben, weil du Wehen hattest, aber jetzt ein großes Maul riskieren." Ganz so dramatisch war es wohl letztes Jahr doch nicht, Rudolf wurde von seiner Frau verteidigt, sie wusste auch von dem Gejammer der anderen Großmäuler und der Ausdruck „Männerwehen" sorgte für allgemeine Erheiterung.

Sie veräppelten sich gegenseitig, dabei entging ihnen, dass Brigitte aufgestanden war, um zwei Groschen in die Musikbox zu werfen und nach entsprechendem Tastendruck eine schmissige Polka den Raum erfüllte. Das Gespräch am Tisch wandelte sich bei rhythmischem Klatschen in Gesang und Brigitte tippte ihrem Vater auf die Schulter, um ihn zum Tanz aufzufordern. Das war der Anfang, jeder kramte in seiner Tasche nach Groschen, um sie in den unersättlichen Geldschlitz an der Box zu werfen und es tanzte jede mit jedem. Adam kalkulierte.

„Wer tanzt, trinkt während der Dauer eines Tanzes nichts." Sie hatten oft und ausgiebig getanzt. Nur Brigitte wagte einmal den lustigen Ablauf zu stören, indem sie einen Boogie-Woogie aussuchte und damit die Tänzer durcheinander brachte. Mit diesem Rhythmus konnte keiner etwas anfangen, nur ein junger Mann, der allein am Tisch saß, kam um Brigitte zum Tanz aufzufordern. Jetzt vollzog sich ein Schauspiel, eine Vorführung, das war Akrobatik, die Beine flogen und die Zuschauer erstarrten in stummem Staunen. Betty sah eine Gefahr heraufziehen, ein junger Mann mit ihrer Tochter, was hatte das zu bedeuten? Doch leicht geschwitzt brachte er Brigitte wieder an ihren Platz. Er war begeistert und meinte seine Frau noch heute Abend anrufen zu müssen um ihr zu sagen, welch eine perfekte Tänzerin er hier im tiefen Hunsrück getroffen habe. Er war verheiratet, Betty war beruhigt und Adam erfuhr noch, dass er Vertreter für Baumaschinen sei und aus Heidelberg komme.

Der Abend hätte nicht besser verlaufen können. Es war kurz vor Mitternacht und die Männer verabschiedeten sich mit dem Hinweis, morgen wieder einen anstrengenden Tag zu haben.

Immig war mit dem Umsatz zufrieden, die Hausgäste hatten das Skatblatt und die Illustrierten längst beiseite gelegt und wagten auch das eine oder andere Tänzchen an diesem lustigen Abend. Adam hatte bei seinen Holzarbeitern eine Menge Zutrauen gewonnen. Der Wirt stellte die Rechnung zusammen und Adam freute sich, da die Kosten hinter seinen Erwartungen weit zurückblieben. Er wollte für jede Person ein Kostenlimit setzen was ihm Brigitte ausredete, und er merkte, dass seine Tochter wieder mal recht hatte.

Das Lokal leerte sich, Brigitte hatte sich schon in ihre Dachkammer verabschiedet, Betty und Adam waren die Letzten, die ihre Betten aufsuchten.

„Morgenstund hat Gold im Mund", das war zu allen Zeiten Adams Devise.

„Lang geschlafen ist auch gesund", entgegnete ihm Betty manchmal wenn er diesen Spruch los lies. Gerade heute hätte sie sich gerne noch etwas länger auf der weichen guten Matratze gerekelt, doch Adam kannte kein Pardon. Getrieben von Pflicht und Arbeitseifer wollte er immer den ganzen langen Tag vor sich haben und nicht die kostbare Zeit im Bett versäumen. Sie ließ dem Adam den Vortritt bei der Morgentoilette, um dann auch das kuschelige Bett zu verlassen. Über die Matratzen in ihren Betten daheim fällte sie schon beim Zurückschlagen der Bettdecke ein vernichtendes Urteil. „Diese verrutschten, durchgelegenen und verschmutzten Unterlagen werden umgehend durch solch gute neue Matratzen ersetzt." Sie wunderte sich über Adam, der doch mehrmals im Jahr im Hotel übernachtete, dass mit ihrer alten Bettausstattung noch zufrieden war.

Adam war Frühaufsteher, doch seine Tochter war ihm heute eine ganze Stunde voraus. Sie hatte schon einen längeren Spaziergang gemacht und saß jetzt zusammen mit dem Förster am Frühstückstisch. Brigitte entschied nicht eher mit dem zu beginnen, bis ihre Eltern auch am Tisch saßen. Sie kannte die Gewohnheiten des Vaters und sie wusste, er würde gleich kommen.

Einige der Hausgäste saßen auch schon auf ihren Plätzen. Sie schmierten die Butter dick und belegten ihre Brote doppelt und dreifach. Eine ältliche Dame beschwerte sich über den lauten Abend gestern, sie hätte bis Mitternacht kein Auge zugetan. Brigitte konnte gerade noch ihren Aufschrei unterdrücken, ihr war diese vollbusige voluminöse Person noch in guter Erinnerung. Ihre protzige goldene Halskette, die von dem herunterhängenden Doppelkinn halb verdeckt wurde, war wohl nicht echt. Eine echte Kette hätte mit ihrer ungepflegten Frisur, der zerknitterten Bluse, dem zipfeligen Rock nicht im Einklang gestanden. Sie war doch gestern Abend besonders lustig. Brigitte hatte noch heute Morgen ihre kräftige Altstimme in den Ohren, mit der sie voll Inbrunst die Capri-Fischer gesungen hatte. Beine, gewaltig wie antike Säulen und damit tanzten sie und ihr Emil zu den Schlagern, die aus der Musikbox kamen. Sie war doch ausgelassen und hatte sich gefreut und heute

Morgen beschwerte sie sich über ihren eigenen Lärm, den sie veranstaltet hatte. Brigitte schnaufte, sie ballte ihre Fäuste unter dem Tisch und unterdrückte ihre Empörung, zumal die Eltern gerade zur Tür hereinkamen, um auch an dem üppig gedeckten Frühstückstisch Platz zu nehmen.

Noch ehe Adam dem Förster richtig „Guten Morgen" sagen konnte, begann dieser schon von der Situation in seinem Wald zu berichten. Die Kolonne sei mit der Aufarbeitung und der Verladung des Holzes aus diesem Distrikt in wenigen Tagen fertig und entgegen dem gültigen Hauungs- und Kulturplan könne er auf der anderen Talseite zwei größere Bestände noch in dieses Jahr vorverlegen. Das sei mit dem Forstamtsleiter so besprochen und jetzt gehe es nur noch darum, ob auch der Absatz dieses schwachen Holzes gewährleistet sei. Adam war überrascht, ein umfangreiches Zusatzgeschäft, das hörte sich nicht schlecht an, aber er bat um eine kurze Bedenkzeit, er müsse doch zuerst mit dem Disponenten der Papierfabrik sprechen.

Nur ein Schluck Kaffee getrunken, aber noch keinen Bissen gegessen, bat er den Wirt das Telefon benutzen zu dürfen. Es dauerte mehr als eine Viertelstunde und Adam kam mit strahlendem Gesicht zurück. „Ich habe etwas Überredungskunst gebraucht, aber die Geschäftsleitung war schnell von meinem Angebot überzeugt. „Der Auftrag aus dem Bergischen, die ohnehin bei der Verladung und der Lieferung sehr schlampig sind, wird zurückgestellt. Wir können liefern. Jetzt geht es nur noch darum, dass auch die Kolonne den Folgeauftrag ebenso schnell und zuverlässig erledigt, ich kann ihnen sogar eine Mark pro Raummeter mehr bieten, das Werk hat diese Mehrkosten durch die Lohnerhöhung im Bereich der Land- und Forstwirtschaft voll akzeptiert."

Förster Nüssing schmunzelte, ehe er antwortete: „Ich habe bereits mit den Leuten gesprochen, diese Kleinbauern gieren nach diesem Zusatzverdienst und wenn sie jetzt auch noch eine Mark mehr bekommen, dann sind sie vollends begeistert. Das können Sie ihnen aber selbst mitteilen."

Zuerst wurde ausgiebig gefrühstückt, die heiße Pfanne stand schon auf dem Herd und so hatte der Wirt die gewünschten Rühreier schnell serviert. Brigitte zögerte mit ihrem Biss in ihr Honigbrot und machte eine unschöne Bemerkung über diese ungepflegte korpulente Dame. „Sie hat gestern am lautesten gesungen, auf jeden Schlager getanzt und am meisten getrunken und jetzt beschwert sie sich über den Krach." Adam saß an diesem Tisch für vier Personen mit dem Rücken zur Wand und hatte diese Person genau im Blickfeld. Von den Worten die dieses Weib gerade murmelte verstand er nur den Ausspruch: „Dieses Bauernvolk" und dann schlürfte sie wieder an ihrem Kaffee.

Adam konnte sich nicht mehr zurückhalten. „Gnädige Frau, das war doch ein lustiger Abend gestern, das war doch mal eine Abwechslung in Ihrem eintönigen Urlaub. Meine Frau hätte nichts dagegen gehabt, auch ich hätte gerne mal mit Ihnen getanzt, doch Ihr Begleiter hatte Sie ja ununterbrochen in Beschlag. Wie gerne hätte ich mal in so kleinen Schritten Tango getanzt. Ihre Körperfülle zwingt Sie wohl zu diesen eingeschränkten Bewegungen, ein Ausfallschritt bei so einem Tanz könnte gefährlich werden, ich bedauere sehr Sie nicht aufgefordert zu haben." Nüssing, Betty und auch Brigitte unterbrachen das Frühstück, da sie mit zusammengebissenen Zähnen das Lachen unterdrückten und nicht kauen konnten. Adam hatte auch an den Nachbartischen für allgemeine Belustigung gesorgt, nur diese Matrone merkte nicht, dass sie veräppelt wurde. Im Gegenteil, sie fühlte sich geschmeichelt, drückte den Kopf in den Nacken, straffte ihr Doppelkinn und versuchte Adam schöne Augen zu machen. Ihr Mann hatte wohl Adams Lästerung richtig verstanden, er knuffte seine korpulente Partnerin mit der Faust in die Seite und nötigte sie aufzustehen und mitzukommen. Wie eine Ente watschelte sie hinter ihm her. Bei der Frühstücksgesellschaft hinterließen sie erheiterte Gesichter.

Der Förster philosophierte von einem guten Start in den Tag, bei einem herzhaften Frühstück eine große Menge Holz verkauft, was wollte er mehr. Betty und Brigitte sprachen von einem Spaziergang durch das Dorf, während Adam mit den Leuten auf dem Holzplatz am Bahnhof über den neuen Auftrag reden wollte.

Die Frauen brachten die Koffer zum Auto, Adam bezahlte die Hotelrechnung und zum Abschied verkündete er, er werde in den nächsten Wochen noch oft in diesem Hause Gast sein bis der neue Holzauftrag abgewickelt sei. Immig wünschte seinem angenehmen Logiergast einen guten Tag, eine glückliche Heimreise und hoffte auf ein baldiges Wiedersehen.

Adam fuhr zum Bahnhof, Betty und Brigitte schlenderten die Dorfstraße hinab. Die Hühner auf den Misthaufen, der kläffende Hund an seiner Kette, die brüllende Kuh hinter der offenen Stalltür. „Es ist grad so wie bei uns daheim." Das war Brigittes treffende Bemerkung und Betty meinte dazu, in ihren bunten Kleidern bildeten sie einen Kontrast zu der Frau, die in ihrem verschmutzten Kittel zufällig am Misthaufen stand. Brigitte wünschte der Frau am Misthaufen einen „Guten Morgen" und machte dann der Mutter in ihrem hübschen Kleid ein Kompliment. „Mutter, du siehst gut aus, deine Figur, deine frische Gesichtsfarbe, nur bei deinen Haaren, da müssen wir etwas machen." Noch ehe Betty ihre Frisur verteidigen konnte, redete Brigitte weiter. „Auch deine Schuhe, Mutter da muss ein halbhoher Absatz darunter, in diesen flachen Tretern erinnerst du mich an die Bauerntrampel, die wir eben gesehen haben." Das wollte sich Betty dann doch nicht gefallen lassen, sie sprach von Nestbeschmutzung und Verunglimpfung des Berufsstandes. So hätte sie das nicht gemeint, verteidigte sich Brigitte, doch sie müsse ja so reden, eine andere Sprache verstehe sie ja nicht. „Die Zukunft wird anders sein und der Umgang mit Gästen verlangt nun mal ein adrettes Aussehen."

An einer Hofeinfahrt geschah es dann. Ein kleines Mädchen, noch lange nicht schulpflichtig, lief mit Geschrei voraus und ein noch kleinerer Kerl mit einem Stock hinter ihm her. Es war zu erwarten, das Kind stolperte und lag der Länge nach auf der Straße, worauf sich ihr Geschrei noch verstärkte. Brigitte stellte sich dem Verfolger in den Weg und Betty hob die Kleine auf und wollte sie trösten. Der kleine Kerl verteidigte sich auf die Vorhaltung seine Schwester mit dem Stock schlagen zu wollen. Brigitte konnte aber nur einzelne Worte verstehen, Sand, Gäulchen und Schippchen. Es war nicht möglich aus diesem Vokabular die Ursache der grausamen Verfolgung mit dem Stock deuten zu können. Dann kam die Mutter. Sie putzte mit der dreckigen Schürze dem Mädchen die Rotznase ab, ein Klaps auf den Hintern und der Geschwisterstreit war wohl beigelegt, da jetzt ihr kleiner Bruder sie liebevoll an der Hand nahm und gemeinsam mit ihr wieder zum Sandhaufen ging, diesmal ohne Stock. Die Frau hatte aber kein Interesse mit diesen gut gekleideten Sommerfrischlerinnen einen Plausch anzufangen, sie ließ Betty und Brigitte einfach stehen, um ihren Kindern hinterherzugehen.

Brigitte hatte wieder eine Meinung zum Verhalten der Frau, die sie mit den Worten „stures Bauernvolk" abtat. Anders als Betty hatte sie die Mutter dieser Kinder nicht erkannt und Betty ergriff daraufhin Partei für diese mit Arbeit überlastete Frau. „Zwei kleine Kinder, einen Stall voll Vieh, der Mann im Verdienst und da soll sie noch Zeit haben mit uns zu tratschen? Ihr Mann arbeitet doch für deinen Vater am Holz. Sie war gestern Abend auch dabei beim Umtrunk, sie hat uns mit Sicherheit erkannt, aber sie schämte sich in ihrem dreckigen Aufzug. Ich werde mit Adam reden, wir werden diesen geplagten Frauen zum Dank ein Familienfest veranstalten, sobald der neue große Auftrag abgewickelt ist." Jetzt schämte sich Brigitte und sie suchte nach Entschuldigungen die Frau nicht erkannt zu haben und bedauerte die falsche Einschätzung ihrer Lebenssituation.

Am Dorfende kehrten sie um und nahmen den gleichen Weg zurück. Ihr Gespräch drehte sich jetzt um Ehe, Familie, Kinder, Haushalt und Beruf, wobei Betty mehrmals ihre Einschätzung mit dem Satz begann: „Wenn du einmal ..." Brigitte blockte sofort ab und wehrte sich gegen Ehe und Liebschaft und verwies solches in weite Ferne. War es mütterliche Fürsorge oder Neugier, denn Betty ließ nicht locker und verfiel immer wieder auf dieses Thema, indem sie Beispiele von glücklichen jungen

Frauen brachte. Bei ihrer Widerrede musste Brigitte darauf achten sich nicht zu verraten, denn die Angelegenheit in Bacharach war noch nicht ausgestanden. Sie hatte zwar dem Artur aus dem Parkhotel Lebewohl gesagt, doch so endgültig schien das doch nicht zu sein. Bei dieser Diskussion auf der Dorfstraße konnte sie standhaft bleiben und sie freute sich, dass das Gespräch in diesem Moment zu Ende war als der Vater mit dem Auto kam.

Sie nahmen Abschied aus diesem Dorf. Kein spektakulärer Abschied, kein Händeschütteln, kein Winken, sie waren ja nur Gäste für nicht einmal einen vollen Tag gewesen, aber für eine ziemlich aufregende Nacht. Urlaub auf dem Hunsrück, das wollten sie selbst erlebt haben, das wollten sie testen, bevor sie in die Sommerfrische der gestressten Großstädter investieren wollten.

Die Insassen im Auto waren zunächst sehr einsilbig. Lediglich Adam geriet in gewisse Begeisterung, als er in das Thema von dem neuen Papierholzgeschäft anschnitt. Brigitte erwähnte dann Klara und sinnierte darüber wie ihre liebe Tante wohl daheim die Nacht verbrachte und ob der Wendelin, um ihr die Angst abzuhalten, bei ihr übernachtete. Adam verteidigte seine Schwester und verglich sie mit einer männerfeindlichen alten Jungfer, die nie mit einem Mann unter einem Dach schlafen würde. „Warte nur ab, ich lache mich kaputt, wenn wir daheim merken, dass er doch bei ihr geschlafen hat. Feuer in einer alten Scheuer ist nicht zu löschen."

Wieder einmal nahm Brigitte ihre Tante in Schutz und sprach dann von dem lustigen Abend, von der Dicken, die sich heute Morgen beim Frühstück über den Lärm beschwert hatte, bei dem sie doch selbst beteiligt war. Adam äußerte sich abwertend über diese Sommergäste, die allzu gerne an allem Kritik übten. „Die meinen bei dem billigen Pensionspreis würde ihnen der Wirt auch noch Zucker in den Arsch blasen." Dafür handelte er sich von der Betty einen Knuff in die Rippen ein. Auf solche Gäste, wie diese Dicke mit ihrem trotteligen Ehemann, könne man verzichten, meinte Brigitte und erwähnte dabei einen Artikel in der Fachzeitschrift, in dem vor dem direkten Einfluss des Schankraumes zu den Fremdenzimmern gewarnt wurde. „Das Grundstück mit seiner Südhanglage ist doch dafür gut geeignet. Im Untergeschoss die Schankwirtschaft, eine Kegelbahn, Toiletten und vielleicht noch Garagen und darüber der Speisesaal, und die Wohnung und die Zimmer darüber. So gelangt der Lärm, der gelegentlich in der Schankwirtschaft entsteht, nicht bis zu den Zimmern im zweiten und dritten Obergeschoss." Beinahe wäre Adam im Straßengraben gelandet, er war von diesen Plänen so beeindruckt, er schaute nicht auf die Straße, sondern blickte nach hinten zu seiner Tochter. „Deine Gedanken musst du dem Architekten vortragen, wobei ich noch nicht einmal weiß, wen wir mit der Planung beauftragen sollen. Zuerst müssen wir ja mal Eigentümer von diesem Grundstück werden. Diese Woche noch fahren deine Mutter und ich mit dem Stoffel zum Notar."

Ungeachtet der noch nicht geklärten Eigentumsverhältnisse waren Brigittes Pläne auf dem Rest der Heimfahrt im Auto das Gesprächsthema.

Sie bogen in die Hofeinfahrt ein und total verblüfft sahen sie den Wendelin mit einem Putzeimer aus der Haustür kommen. Er nahm keine Notiz von dem Auto, das da gerade ankam und leerte den Inhalt des Eimers in den Blumenbeeten. Erst jetzt kam er näher und verkündete durch die offenen Autotüren, dass er heute Urlaub habe. Weil er der Klara helfen wolle und seit gestern Abend schon im Haus sei, da in der Wirtschaft so viel los gewesen sei und er die Getränkeflaschen aus dem Keller geholt habe. Adam, Betty und auch Brigitte waren sprachlos und die vorlaute Brigitte fand als Erste den Mut ihn zu fragen wo er denn geschlafen habe. „Nicht was du meinst, ich habe in der Küche auf der Bank gelegen. Die Klara gab mir ein Kopfkissen und eine Wolldecke, in meinem Bett hätte ich nicht besser geschlafen."

Beschämt wandte sich Brigitte ab und ging hinein zu Klara. Offensichtlich freute sie sich und mit jubelnder Stimme verkündete sie: „Hab ich doch richtig gedacht und Mehlklöße für alle gekocht. Ich wusste ja nicht wann ihr zurückkommt, aber ich kenne doch den Adam, der hat zur Mittagszeit immer Hunger und du Betty magst sie ja nicht, aber Mehlklöße sind nun mal Adams Leibgericht, und die sind doch so einfach zu kochen." Erst jetzt kamen Adam und Betty und bevor sie etwas fragen konnten erklärte Klara warum der Wendelin zu Besuch sei.

„So wie immer kam er nach Feierabend in die Küche um ein Viertelchen zu trinken. Da stand ich aber schon hinter der Theke und habe zu dem üblichen Betrieb die Leute der Firma Schmorl bedient. Das waren neun Leute, die haben die Waldstraße gebaut und wollten jetzt Richtfest feiern. Er streckte den Kopf zur Tür herein und ich habe ihn gleich in den Keller geschickt um Flaschenbier zu holen, ein frisches Fass konnte ich nicht anstechen. Das hat er gemacht, worauf er dann sagte: ‚Ich bin gleich wieder da.' Es dauerte eine gute Viertelstunde, und da war er in sauberer Hose und frischem Hemd wieder hier und hat den Ausschank gemacht, während ich in der Küche Schnitzel gebraten habe." Klara war von dem was sie geleistet hatte selbst begeistert. „Wir haben guten Umsatz gemacht, die Kerle haben nicht gegessen und getrunken, sie haben gefressen und gesoffen, aber sie waren anständig, es gab keine Scherben. Der Wendelin brauchte für die servierten Getränke nur eine Strichliste zu führen, der Schachtmeister hat am Ende die Rechnung bezahlt. Die zwei Kammstücke, die in der Kühlung hingen, habe ich restlos zu Schnitzeln verarbeitet, dazu einen Eimer voll Pellkartoffeln, aus denen Bratkartoffeln wurden und noch fast ein ganzes Brot. Wo die das alles hingetan haben? Nur der Schachtmeister hatte einen dicken Bauch, der hat auch zwei Schnitzel gegessen, aber die jungen Kerle die waren schlank."

Klara fand mit ihrer Schwärmerei kein Ende und holte jetzt die Geldschublade aus der Theke, um Adam ihren Umsatz unter die Nase zu halten. Er war beeindruckt, doch zu einem angemessenen Lob für seine Schwester konnte er sich nicht aufraffen. Nur dem Wendelin, der jetzt in die Küche kam weil er mit dem Putzen in der Gaststube fertig war, klopfte er auf die Schulter und kündigte ihm an, er brauche vier Wochen lang für sein Viertelchen, das er jeden Tag nach Feierabend bei der Klara in der Küche trinke, nichts zu bezahlen. Wendelin wollte diese ungewöhnliche Entlohnung ablehnen und widersprach dem Adam.

Jetzt schaltete sich Brigitte ein: „Wendelin, mein Vater mag nicht wenn man nicht das tut was er sagt, er will sich bedanken und hat dich zu deinem täglichen Glas Wein eingeladen, so wie ich dich jetzt zum Mittagessen einlade, die Tante hat so viel Klöße gemacht, da können wir noch eine Familie mit satt machen."

Betty aß zwar, weil sie Hunger hatte, aber es schmeckte ihr nicht. Die andern schmatzten, der Saft der Klöße lief ihnen aus den Mundwinkeln, Brigitte lobte die Tante und Adam und auch Wendelin luden sich schon zum zweiten Mal den Teller voll. „Mit vollem Mund spricht man nicht", doch Adam nuschelte an Wendelin die Frage, ob er öfter in der Wirtschaft helfen könne, wenn viel Betrieb sei. Auch den Dämmerschoppen am späten Nachmittag könnte er gelegentlich bedienen. Die Frauen hätten meistens Wichtigeres zu tun als diesen Klebärschen die Ansprache zu halten. Er hätte doch nichts zu tun, wenn er nachmittags von der Strecke komme und seine Dienstmütze an den Nagel hänge. „Auch bei dem lebhaften Abendgeschäft kannst du in der Küche der Klara zur Hand gehen."

Wendelin sagte dem Adam nicht gleich zu, erst als er etwas Platz im Mund hatte, antwortete er vielsagend: „Wir werden sehen was sich machen lässt."

Nach dem Essen gaben sich die Frauen ans Spülen, Waschen, Putzen, Wischen, kurzum, sie erledigten mal wieder die nicht enden wollende und immer wiederkehrende Hausarbeit. Adam saß am Schreibtisch, er telefonierte, er notierte, er rechnete mit der Papierfabrik ab, die ihm das Geld von achtzig Raummetern Fichtenholz zu zahlen hatte. Für den späten Nachmittag plante er eine Rundfahrt über die Dörfer, um noch einige Stück Schlachtvieh aufzukaufen.

Wendelin hatte sich nach dem Essen nur noch den Mund abgewischt und war mit der Begründung heimgegangen, er müsse mal wieder die Fenster in seinem Haus putzen. In der Dienstzeit komme er nicht dazu und am Sonntag finde er das unpassend. Klara rief ihm noch eine Einladung zum Abendessen nach, worauf er nur mit einem Kopfnicken antwortete.

Adam war auf Tour, Betty mühte sich mit der Wäsche und dem Bügeleisen auf dem Küchentisch ab, die Männer vom täglichen Dämmerschoppen waren noch nicht eingetroffen. Brigitte und Klara saßen bei einer Tasse Kaffee am Ecktisch in der Wirtschaft. Brigitte versuchte verzweifelt der Tante die angekündigte Moselfahrt schmackhaft zu machen. Hätte sie einem Ochsen ins Horn gepitscht, hätte sie den gleichen Erfolg gehabt. Die Tante wehrte sich, sie habe hier ihr Auskommen und ihre Freude. Die Sache mit dem Bett und einer neuen Matratze, darüber könne man reden.

Brigitte war wütend und ging in die Küche um den Katalog von Witt zu holen. Sie überlegte nicht lange, handelte und bestellte für Vater und Mutter wie auch für Klara eine gute Matratze. Die kosteten einen ordentlichen Batzen Geld. Dass der Vater eventuell die Zahlung verweigern würde, darüber machte sich Brigitte keine Gedanken. Klara hatte zu dieser Bestellung verschiedene Überlegungen und Einwände, die darin mündeten, dass sie sich nicht vorstellen könnte wie der Briefträger mit drei Matratzen zurechtkäme. Die Worte wie Bahnfracht, Stückgut, Rollfuhr hatte sie schon mal gehört und Brigitte musste ihr erklären wie diese Lieferung wahrscheinlich ablief.

Bevor Brigitte diese Bestellung zur Post brachte, zeigte sie diese doch dem Vater um ihr Gewissen zu beruhigen ihn nicht mit diesen hohen Kosten hintergangen zu haben. Dieser warf nur einen schrägen Blick auf den Zettel und schüttelte zu Brigittes Erschrecken gleich mit dem Kopf. Auf ihre vorsichtige Nachfrage sagte er nur: „Matratzen ja, aber die kaufen wir hier. Der Schreiner Mattes ist uns für jeden Knuff und für jede zerbrochene Fensterscheibe gut genug, und darum soll er auch mal etwas verdienen, ohne dafür zu arbeiten. Er handelt doch auch mit Möbeln, geh zu ihm, grüß ihn von mir und bestell die Matratzen in der gleich guten Qualität wie du sie auch bei diesem Versandhaus geordert hättest." Brigitte war überrascht, wie überlegt und konsequent der Vater mit solchen Entscheidungen umging.

Der Schreiner Mattes war ein junger Meister, von dem man nur Gutes hörte und Brigitte hatte gemischte Gefühle ihn in seiner Werkstatt zu treffen, um ihm auf Vaters Geheiß diesen Auftrag zu erteilen. Eigentlich hatte sie ein gestörtes Verhältnis zum Mattes. Er war zwei Jahre älter als sie und die Ursache ihrer Abneigung zu ihm lag schon Jahre zurück. Sie war gerade schulentlassen, da hatte er sie im Gerangel eines dörflichen Völkerballspiels unsittlich angefasst. Sie empörte sich, doch sie erntete dafür nur Gelächter. Auch der Vater, von dem sie sich Unterstützung erhoffte, lachte ebenfalls und meinte nur: „Die Kerle sticht der Hafer." Sie hatte sich damals über den Vater geärgert, von dem sie doch erwartete, er würde den Mattes zur Rede stellen. Auf den örtlichen Tanzveranstaltungen im Jahresablauf hatte sie ihm, so wie alle Mädchen keinen Tanz abgeschlagen, aber sie hatte in all den Jahren kaum ein Wort mit ihm geredet. Brigitte konnte stur sein und sehr unnachgiebig. In letzter Zeit ärgerte sie sich über sich selbst; denn der Kerl sah verdammt gut aus, er war tüchtig in seinem Beruf und schon in jungen Jahren Meister mit eigener Werkstatt.

Klara hatte das Matratzengespräch zwischen Vater und Tochter mitgehört und als der Name Schreiner Mattes fiel und sie Brigittes strahlendes Gesicht sah, da hatte sie gleich den Verdacht, die Begegnung der Brigitte mit dem Mattes könnte Folgen nach sich ziehen.

Am nächsten Tag, ehe der Vater wieder zu einer Arbeiterkolonne auf einem der Holzplätze abfuhr, suchte sie das Gespräch mit ihm. Sie wollte ihn erinnern, ihn drängen, ihm Beine machen, denn sie kannte ihn, in manchen Dingen konnte er sehr nachlässig sein und das Ganze schleifen lassen. Der Neubau des Hotels, das große Vorhaben, dazu müsste man doch mit der Planung beginnen. Doch wie sollte man planen, wenn sie noch nicht einmal Eigentümer des Baugrundstücks waren. Der Notartermin mit dem Stoffel müsste längst gewesen sein.

Jetzt sprach Adam ein paar deutliche Worte und holte seine Tochter wieder auf den Boden der Tatsache zurück. „Der Termin bei dem Notar war für die nächste Woche vereinbart und er wurde vom Stoffel eigenmächtig abgesagt. Mit viel Geschick und Überredungskunst konnte der Notar den Grund für diese Absage erfahren. Sein Grundstück ist mit einer Hypothek belastet, die er vor Jahren für ein Darlehen zum Neubau seines Kuhstalles auf seinen ganzen Grundbesitz eintragen ließ. Der Notar hat von der Genossenschaftsbank die entsprechende Auskunft erhalten, er durfte es mir eigentlich gar nicht sagen, aber das Darlehen ist weitgehend getilgt und die Bank hätte gegen die Löschung dieser Hypothek nichts einzuwenden. Jetzt muss deine Mutter wieder tätig werden, sie muss so tun als vermute sie nur, dass das Grundstück belastet ist, und wir die anfallenden Kosten der Freistellung übernehmen werden."

Brigitte war bekehrt. „Ich wollte ja nur, ich habe gemeint, ich mache mir Gedanken", so stotterte sie, als sie sich für ihr forsches Auftreten bei dem Vater entschuldigen wollte. Der klopfte ihr nur leicht auf die Schulter, nahm seinen Autoschlüssel und fuhr fort.

Jetzt ging sie zur Mutter und wollte von ihr wissen wie es weitergehe und wann sie das Gespräch mit dem Stoffel suche. Auch wenn sie auf dem Dorf wohnten so war der Begriff „stadtfein" zwischen ihr und der Mutter durchaus gebräuchlich. Brigitte war überrascht als sie in die Küche kam, wo Betty mit der Bemerkung: „Ich geh zum Stoffel" gerade zur Tür hinaus wollte.

Für ihren Geschmack war sie „stadtfein", doch Brigitte hielt sie zurück; „So nicht, Mutter, auch wenn du nur zum Stoffel willst." Das einfache geblümte Kleid, die ausgebeulte Strickweste, die Wollstrümpfe, die groben Schuhe. „Wie eine Stallmagd", rief Brigitte und zog ihre Mutter hinter sich her zu ihrem Kleiderschrank.

Sie war immer noch nicht „stadtfein", aber in Rock und Bluse mit dem kurzen Jäckchen und Nylonstrümpfen sah sie doch ganz ansprechend aus.

„Mutter, ich bin es leid mit dir. Ich weiß, du hast Geld in der Schublade, heute Nachmittag fahren wir mit dem Bus in die Kreisstadt, wir gehen zum Friseur und in ein Schuhgeschäft und nächste Woche nehmen wir Vater mit und dann gehen wir für dich neue Kleider kaufen. Jetzt keine Widerrede mehr, mach dass du mit dem Stoffel einig wirst und Vater wird sich heute Abend freuen wenn er seine neue Frau sieht."

Betty merkte, hier war Widerstand zwecklos, und mit bedrücktem Gesicht machte sie sich auf den Weg zum Stoffel, der jetzt mit der Morgenfütterung in seinem Stall fertig war und vermutlich bei Rührei mit Speck am Frühstückstisch saß.

Nach weniger als einer Stunde kam sie wieder. Sie strahlte und Brigitte und Klara wussten, sie hatte Erfolg gehabt. „Wie hast du das denn gemacht, wie bist du mit ihm fertig geworden?" Noch mehr als bei Brigitte war die Spannung Klara anzumerken. „Ich habe mein Wissen in eine Vermutung verpackt, ihm die Übernahme der Kosten angeboten und als er immer noch druckste habe ich ihm die abgerissenen Knöpfe von meinem Jungmädchenrock unter die Nase gehalten. Das waren zwar nicht die echten Knöpfe von damals, die gibt es gar nicht mehr, diese Knöpfe sind aus unserem Nähkasten, aber das weiß er ja nicht. Er sah nur die Objekte seines Versuches einer Vergewaltigung und hat zugestimmt, wir gehen am vereinbarten Termin zum Notar und die Sache ist erledigt."

Betty und Brigitte nahmen den Nachmittagsbus. Sie waren die einzigen Fahrgäste, die an der Haltestelle standen. Brigitte hatte Sorge, die vorbeigehenden Leute würden der Mutter die Angst ansehen, die sie vor der gefürchteten Prozedur beim Friseur in der Stadt erwartete. Betty fuhr selten mit dem Bus, wenn sie vereiste, dann fuhr sie mit Adam im Auto. Heute wurde sie gezwungen, sie wurde genötigt, sie stand unter Bewachung und ein Entkommen vor der bevorstehenden Folter und der Verstümmelung ihrer Haarpracht war aussichtslos.

Der Bus war da, für eine weitere Diskussion über ihr Aussehen war keine Möglichkeit mehr.

Die Apfelbäume vom Straßenrand huschten dicht an den Fenstern des Omnibusses vorbei und Betty grübelte weiter nach. „Denke immer an die Gefahr, dass sich der Vater vielleicht umguckt und roten Lippen, einer glätteren Haut mit etwas Make-up, einem betörendem Körperduft und einer flotteren Frisur den Vorzug gibt, dann bist du die Blamierte." Dieser Satz beschäftigte sie in den letzten Tagen immer wieder, wo sie doch an Adams Treue immer fest glaubte.

Von der Haltestelle in der Stadt bis zum Friseursalon war es kaum weiter als einen Steinwurf und sie betraten den Raum wo der äußere der vier Stühle frei war; denn Brigitte hatte im Vorfeld per Telefon für diesen freien Platz gesorgt. „Sie ist eigentlich nicht damit einverstanden, aber ich hätte gerne eine hübschere Mutter und ich denke da an eine stärkere Einkürzung und eine Dauerwelle." Mit diesen wenigen Worten hatte Brigitte verkündet um was es ging und Betty drängte unaufgefordert auf den Stuhl, um jetzt doch ihr Einverständnis zu demonstrieren. „Sie haben aber schönes gesundes volles Haar, daraus lässt sich eine herrliche Frisur gestalten." Die Meisterin war offensichtlich von der Haarstruktur begeistert, und nach dem Durchkämmen nahm sie die scharfe Schere, um die Haarpracht ein gutes Stück einzukürzen.

Die Prozedur dauerte etwas mehr als zweieinhalb Stunden, Betty erhob sich aus ihrem Stuhl, sie strahlte mit der Bemerkung: „Ich erkenne mich selbst nicht mehr wieder." Sie war glücklich, das war ihr anzusehen und sie genierte sich nicht Brigitte zum Dank bei allen Leuten in den Arm zu nehmen.

Lässig reichte sie der Haarkünstlerin die Geldscheine über den Tresen und sie gab keine, von Brigitte so gefürchtete Bemerkungen ab, wenn es ums Geldausgeben ging. Sie spürte und fühlte es, sie hatte in ihre Schönheit investiert. Wie eine welke Blüte in einem Blumentopf, die sich nach dem Gießen wieder aufrichtet, so fühlte sie sich.

Brigitte machte ihre Mutter jedes Mal aufmerksam, sobald eine elegante Dame in schicken Schuhen an ihnen vorbeistöckelte. Das ging gut bis vor die Ladentür des Schuhgeschäftes. Hier versuchte Betty zumindest verbal Widerstand zu leisten, sie wollte nicht, denn sie fürchtete sich vor den Absätzen, doch mit Überredungskunst und sanfter Gewalt zwang Brigitte ihre Mutter in den Laden.

Stellvertretend für Betty trug Brigitte die Wünsche vor. Die Auswahl war groß und Betty stellte zur Anprobe nur ihren Fuß zur Verfügung, ansonsten hatte sie zu dem Schuhkauf keine Meinung. Braunes Leder, über dem Spann ein schmuckes Riemchen und einem Absatz, der nur dreißig Zentimeter hoch war, für diesen Schuh entschied sich Brigitte. Sie schlug vor nur ein Paar Schuhe zu kaufen, die Mutter müsse zunächst mal üben auf einem höheren Absatz zu laufen, später wollten sie den dürftigen Schuhbestand der Mutter mit weiteren Modellen ergänzen.

Über diesen Kompromissvorschlag war Betty glücklich, hoffte sie doch im Geheimen die neuen Schuhe würden auf dem Abstellbord ein ruhiges Dasein führen und sie könnte in den gewohnten flachen Schuhen gehen.

Sie war dann nach dem Schuhkauf sehr aufgeschlossen in der Drogerie die für sie geeignete Gesichtscreme einzukaufen. Wieder mussten sie ein ganzes Stück durch die Stadt und Betty genoss es ihre neue Frisur zu präsentieren, von der sie glaubte, alle Leute würden sie heimlich bewundern.

Betörende Düfte waren das und bereitwillig stellte sie ihren Handrücken und sogar ihre Gesichtshaut zu Testzwecken zur Verfügung. Brigitte entschied sich für den kleineren der angebotenen Tiegel einer weniger stark parfümierten Creme und Betty wunderte über den recht hohen Preis.

Wieder auf der Straße, die Schuhschachtel steckte in einer großen Papiertüte, die Brigitte unter dem Arm trug und animierte die Mutter noch zu einem Besuch in der Eisdiele. Brigitte nahm eine kleine Portion ohne Sahne, aber Betty wählte eine große Portion mit Sahne. Auch hierbei verstand es Brigitte der Mutter diesen Genuss madig zu machen, indem sie von Kalorien und Fettpölsterchen auf den Hüften sprach. Betty verteidigte sich und ihre Figur jetzt in übersteigertem Selbstbewusstsein.

„Das kann sich sehr schnell ändern, wenn du nicht aufpasst. Aber genieße dein großes Eis, heute ist dein Tag und auch ich werde es genießen, wenn ich meine neue Mutter von der Bushaltestelle bis zu unserem Haus durchs Dorf führe."

Von der Eisdiele bis zum Bahnhof war es nicht weit, doch durch die verführerischen Schaufenster, an denen Betty alle Augenblicke stehen blieb hätten sie beinahe den Busanschluss verpasst.

Von der Haltestelle im Dorf hatten sie erst wenige Schritte zurückgelegt, da stand die Kätt am Hoftor. *„Hu, lieb heilich Modder Gottes, genomend Betty"*, war die Reaktion dieser Frau, der Betty mit ihrem neuen Aussehen wohl einen Schreck eingejagt hatte. Auch der Klee Jupp, dem sie dann begegneten machte eine unverständliche Bemerkung. Jetzt erreichten sie das Haus vom Stoffel, der zufällig an der Straße stand. Er guckte nur kurz, sagte nichts und rannte wie ein geprügelter Hund zurück in seine Scheune.

Betty merkte, ihre neue Frisur erregte Aufsehen, sie genoss es und drückte in inniger Dankbarkeit die Hand ihrer Tochter.

An der Haustür angelangt, bekam Betty weiche Knie und sie suchte an Brigittes Schulter Halt. Die Tochter fand das merkwürdig und auf ihren fragenden Blick lispelte Betty: „Was werden sie sagen, wenn sie mich sehen?"

Jetzt ging Brigitte zum Angriff über und ungeachtet dessen, ob vielleicht Gäste im Lokal waren, verkündete sie mit lauter Stimme: „Ich habe eine neue Mutter und bringe meinem Vater eine neue Frau sowie meiner Tante eine neue Schwägerin." Mit diesen Worten stieß sie die Küchentür auf, worauf sich Klara vor Schreck an der Herdstange festhielt und Wendelin schmunzelte, denn er war der einzige Gast im Haus und saß wie immer bei Klara vor seinem Viertelchen am Küchentisch.

Adam musste den Telefonhörer noch auflegen und er brauchte eine halbe Minute länger um in die Küche zu kommen. Es war nur ein Blick und was Adam sonst nie vor anderen Leuten tat, er umarmte seine Frau. Er brauchte keine Worte um seine Gefühle wegen Bettys neuem Aussehen auszudrücken und wunderte sich über ihren Sinneswandel, der bei ihr zu dieser Veränderung geführt hatte. Erst viel später erzählte ihm Brigitte wie sie die Mutter quasi gezwungen hatte, mit ihr in die Stadt zum Friseur zu fahren.

Jetzt ging es noch um die Schuhe und Klara bestand darauf, Betty müsste die höheren Absätze vorführen.

Wendelin fühlte sich jetzt fehl am Platz, mit einem kräftigen Zug leerte er sein Glas und legte das abgezählte Geld auf die Tischplatte. Aber Adam scharrte gleich wieder die Groschenstücke in seine hohle Hand, worauf er sie dem Wendelin in die Tasche seiner Straßenwärterjacke steckte. Adam fühlte sich in seiner Schuld, weil er doch an jenem Abend Klara beim Ausschank so selbstlos unterstützt hatte, worauf der Wendelin über Wochen hinaus sein tägliches Viertelchen nicht zu bezahlen brauchte. Klara handelte sich einen Rüffel ein, da sie zugeben musste, entgegen Adams Anweisung doch den Wendelin seine abendliche kleine Zeche bezahlen ließ.

Wendelin war gegangen und Klara reagierte nicht auf Adams Vorhaltungen, Bettys neue Schuhe waren jetzt wichtiger. Gespannt beobachtete sie wie Betty hineinschlüpfte, sie war nicht neidisch, doch sie hatte mit sich selbst Mitleid, ihre Behinderung machte es ihr unmöglich jemals solche Schuhe zu tragen.

Auf der freien Fläche zwischen Küchentisch und Herd wagte Betty die ersten Schritte. Kein Wanken und Straucheln, fünf Schritte vor und fünf Schritte zurück, und das in sicherer Gangart. Adams Zustimmung zu ihrer neuen Frisur steigerte ihr Selbstwertgefühl und in straffer Körperhaltung demonstrierte sie Sicherheit, die sie mit einer schwungvollen Drehung zum Ausdruck brachte.

Am meisten freute sich Brigitte, sie hatte jetzt wirklich eine neue Mutter. An den Vater gewandt meinte sie: „Ein Paar

Schuhe sind zu wenig, aber in den nächsten Tagen fährst du mit der Mutter in die Stadt elegante Schuhe mit Absätzen kaufen, auch in ihrem Kleiderschrank sieht es traurig aus, da ist noch einiges zu ergänzen."

Adam reagierte gelassen auf diese Aufforderung seiner Tochter und mit der Bemerkung „nächsten Samstag" gab er für diesen Einkauf seine Zustimmung.

Der nächste Morgen, Brigitte fürchtete es würde wieder so ein nutzloser Tag werden, an dem es für die Planung des Neubaus nicht voranging. Der Notartermin mit dem Stoffel war erst für Anfang nächster Woche festgesetzt und bevor sie nicht Eigentümer von Stoffels Grundstück waren, wollten sie nicht mit der Planung beginnen. Das hatte ihr Vater so entschieden. Heute wollte sie wenigstens die Angelegenheit mit den Matratzen regeln. Adam war schon zeitig mit dem Auto zu seinen Holzleuten gefahren und Betty hängte die Wäsche auf. Zusammen mit Klara hatte sie die übliche Hausarbeit in Küche und Schankraum erledigt, die Kartoffeln für das Mittagessen geschält und jetzt wollte sie zum Schreiner Mattes die Matratzen bestellen.

Es war später Vormittag, sie kam an die Schreinerei und die Werkstatt war zu. Unschlüssig und verlegen ging sie zum Haus, wo die Mutter von Mattes das Küchenfenster öffnete, als sie Brigitte kommen sah. „Brigittchen wolltest du in die Werkstatt, der Mathias ist mit den Gesellen und dem Lehrbub im Nachbardorf an einem Neubau Türen und Fenster einsetzen. Sie wollen heute damit fertig werden und es wird spät werden bis sie zurückkommen. Aber morgen ist er hier, komm doch am späten Vormittag, dann hat er seinen Leuten die Arbeit eingeteilt, dann ist alles angelaufen und er hat dann etwas Zeit für andere Dinge. – Was willst du denn von ihm, ich kann ihm ja schon mal ausrichten um was es geht." Brigitte war sehr angetan von der freundlichen Art dieser Frau und darum erklärte sie ihr, dass sie im „Hirsch" neue Matratzen brauchten. „Ja, ja, gute Matratzen sind wichtig für das Wohlbefinden der Schläfer, die darauf die Nacht verbringen, komm bitte morgen wieder."

Der nächste Tag begann wie alle Tage. Es war noch nicht zehn Uhr, da kamen schon die ersten. Händler und Vertreter, die zu ihrem belegten Brot aus der Joppentasche einen Schoppen oder ein Bier tranken. Klara kannte diese Männer, von denen einzelne, die in unregelmäßigen Abständen immer wieder auftauchten, und darum überließ Brigitte auch Klara diese Kundschaft. Sie ging zum Schreiner Mattes.

In der Werkstatt verstand man sein eigenes Wort nicht. Die Hobelmaschine und die Fräse dröhnten, die Säge kreischte und der Lehrling schrie ganz laut „Aua", weil er sich mit dem Hammer auf den Daumen gehauen hatte. Mathias machte ein freundliches Gesicht als er Brigitte in der Werkstatt sah und deutete gleich auf eine Tür in der Rückwand der Werkstatt, durch die ihm Brigitte folgen sollte. Sie kamen in einen kleinen Büroraum, es war bei geschlossener Tür immer noch nicht still, aber man konnte doch wenigstens reden. In galanter Manier bot er ihr einen Stuhl an, aber noch im Stehen trug Brigitte ihren Wunsch vor, zu dem sie zur Verdeutlichung von Machart und Qualität den Versandhauskatalog mitgebracht hatte. Mathias bot ihr erneut den Platz an der Vorderseite des Schreibtisches an und gegen den Versandhauskatalog holte er ein eigenes Prospekt, auf dem alle Matratzen beschrieben waren. Er war zwar mit seinem Produkt um einige Mark teurer, aber er hatte diesen Wettbewerb eigentlich schon gewonnen, weil seine Matratzen zusätzlich die Wendemöglichkeit zwischen Sommer und Winter hatten.

Brigitte hatte noch nichts gesagt, doch die Entscheidung war gefallen. Sie wollte nur als wählerische Kundin ein wenig Theater spielen, aber gegen die Freundlichkeit und den Sachverstand dieses gewieften Verkäufers konnte sie wenig ausrichten. Sie bestellte drei Matratzen dieser Qualität.

Das Gespräch wurde jetzt lockerer und Mathias bemerkte, dass er schon morgen die Teile liefern könne, da er ohnehin mit seinem Pritschenwagen zum Großhandel fahre und anschließend einer Kundin einen Wäscheschrank ausliefern müsse. Brigitte bat ihn, er möge auch niemand erzählen, dass ihre Eltern und Klara bis jetzt auf Seegrasmatratzen geschlafen hätten. Mathias musste lachen und fragte sie dann welche Matratze sie in ihrem Bett habe. Brigitte erzählte von ihrem neuen Schlafzimmer, das der Vater vor zwei Jahren in Verbindung mit seinem Holzhandel von einem Großhändler für billiges Geld erstand, doch mit diesen Möbelstücken hätten sie viele Reklamationen gehabt, die darin gipfelten, dass sie eine Nacht auf dem Fußboden schlafen musste. „Aber die Matratze ist gut und es ist kein Doppelbett, das sage ich gleich, da du mich doch danach fragen wolltest."

Mathias lachte wieder als er sagte: „Mir ist ein Einzelbett viel lieber, darin kommt man doch zu mehr körperlicher Nähe als im breiten Doppelbett, das sage ich nur, weil du sicher wissen willst wer mit mir in meinem Bett schläft."

Das Gespräch wurde lockerer und offener und Mathias erzählte wie es ihm mit der Agnes, seiner verflossenen Liebe, ergangen war. „Musste ihr Vater sie auch zu der alten Tante nach Essen schicken, wo sie schon nach zwei Wochen mit diesem Stahlkocher angebandelt hatte. Sie sollte eigentlich nach einem Monat schon wieder zurück sein, aber sie machte der reichen Tante den Haushalt und das Miststück hat Wochen gebraucht, um mir das Ende unserer Liebschaft mitzuteilen. Alle Weiber sind schlecht, außer meiner Mutter, und ich habe mir geschworen, keine mehr ins Haus holen."

Brigitte wollte zornig werden, aber dann musste sie lachen, sie drehte ihm den Rücken zu und meinte dann: „Glaubst du, ihr Kerle seid besser? Denk mal an die vielen Mädchen, die sich die Augen ausweinen, weil ihre Herzensbrecher sie sitzen ließen. Diese Verbrecher haben sie benutzt, ihnen manchmal auch noch ein Kind angedreht und dann sind sie auf und davon."

Mathias war von seinem Stuhl aufgestanden und hockte mit der halben Backe ihr dicht gegenüber auf der Schreibtischkante. „Hat dich auch einer sitzen lassen oder wie kommt es, dass eine so gut aussehende Maid immer noch nicht unter der Haube ist?"

Brigitte erwähnte kurz ihre letzte Liebschaft in Bacharach, die sie beendet habe. Das Gespräch wurde ihr zu intim, sie wechselte das Thema und erwähnte ihr Bauvorhaben, bei dem er die Schreinerarbeiten machen könne, so denn der Preis stimmen würde.

Mathias war aufgestanden, er ging in dem kleinen Raum die paar Schritte hin und her, wobei er sein Interesse an diesem Bau bekundete. „Es wird bei diesem Gewerk zu einer Ausschreibung und Submission kommen, und ich hoffe dabei gegenüber meinen Mitbewerbern bestehen zu können."

Brigitte hörte aufmerksam zu und deutete ihm an, ihn im Zuge der Ausschreibung mit Zahlen zu versorgen, sofern sie an diese herankäme.

Mathias war sichtlich erfreut und er scheute sich nicht sie jetzt auf den heutigen Abend anzusprechen. „Wir haben beiderseits auf niemand Rücksicht zu nehmen, wollen wir heute Abend im ‚Bellevue' nicht mal gut essen und anschließend ins Kino gehen?"

Brigitte hatte so einen ähnlichen Vorschlag erwartet und sie sagte bereitwillig zu. Sie wusste, mit ihr und dem Mattes das würde wahrscheinlich nie etwas werden, aber warum sollten sie sich nicht mit ein paar angenehmen Stunden das Leben verschönern? „Heute Abend um halb sieben."

Auf dem Nachhauseweg machte sie sich doch Gedanken was die daheim sagen würden mitten in der Woche mit dem Pritschenwagen vom Mattes ins Kino zu fahren. Das mit dem Pritschenwagen war bekannt und nichts Ungewöhnliches. Sie hatte schon öfter auf alten Matratzen unter der Plane auf der Ladefläche gesessen, wenn der Mathias zu einer Kinofahrt eingeladen hatte, aber das war immer am Sonntag und nicht mitten in der Woche.

Daheim verkündete sie, sie habe die Matratzen bestellt und die würden schon morgen geliefert. „Heute Abend fahren wir mit dem Schreiner Mattes seinem Auto ins Kino." Diese Auskunft klang unverfänglich und das „wir" deutete auf mehrere hin.

Es wurde ein Abend in Vollendung. Das Essen war köstlich und teuer. Den Film bekamen sie nicht zu sehen, dafür waren sie in die schummerige Bar im tiefen Kellergeschoss hinabgestiegen. Ihr Zusammensein an diesem Abend bestand aus Zuneigung und Harmonie. Sie waren beide realistisch genug, sie hatten unterschiedliche Lebensentwürfe, weil er die Schreinerei nicht aufgeben wollte und sie auf das neue Hotel wartete. Sie wussten es, diese genussvollen Abende würden sich bei passender Gelegenheit wiederholen, doch als sie sich in den Armen lagen sprachen sie nicht darüber.

Es war spät geworden als Brigitte durchs Haus schlich und ihr Bett aufsuchte. Am nächsten Morgen, Adam hatte schon früh das Haus verlassen und sie fürchtete sich, die Mutter oder die neugierige Tante Klara würden Fragen stellen, die sie nur mit einer Lüge beantworten konnte. Doch es geschah nichts dergleichen, dafür herrschte eine gewisse Aufregung, weil nach dem Hochbetrieb am Abend in der Gastwirtschaft das entstandene Chaos zu beseitigen war. Lediglich Klara konnte es sich nicht verkneifen den Mattes einen bildhübschen Kerl zu nennen, mit dem sie wohl den langen Abend verbracht hätte. Sie solle jetzt die alten Matratzen aus den Betten nehmen, die Zimmer durchwischen, um mit ihren hausfraulichen Fähigkeiten zu glänzen, wenn er die neuen Matratzen in die leeren Bettkästen lege. Diese Tante Klara, sie wusste alles ohne zu fragen und Brigitte war ihr nicht böse, solange sie nicht mit Vater und Mutter über diese Liebschaft redete.

Das Lokal war wieder auf Vordermann gebracht, Brigitte spülte noch die letzten Gläser, Klara machte sich ans Mittagessen und Betty stellte die alten Matratzen hinters Haus.

Das Mittagessen war vorbei und Klara machte bei dem schönen Wetter einen keinen Spaziergang. Betty saß in der Gastwirtschaft, sie hatte die Füße hochgelegt und war wohl eingenickt, während Brigitte in der gastronomischen Fachliteratur blätterte. In diese Stille kam aus der Küche ein Scheppern, das auch Betty in ihrem Halbschlaf aufschreckte. Sie stürmte mit Brigitte in die Küche und diese konnte gerade noch die Kerle abfangen, als sie wieder durch die Hintertür verduften wollten.

Sie gingen im ersten Jahr zur Schule und waren die Zwillingsbuben der Gustel. Die Tür vom Kühlschrank stand noch offen und davor lag die zerbrochene Schüssel mit den restlichen Kartoffeln, die vom Mittag übrig geblieben waren. Betty pflanzte sich vor ihnen auf und wollte gerade ihr Strafgericht abhalten. Brigitte gab ihrer Mutter einen Wink, sie möge sich beruhigen und dann kniete sie sich nieder. „Sagt mal, was habt ihr denn in unserer Küche im Kühlschrank gesucht?" Unter Gestotter gaben sie zur Antwort, dass ihnen die Tante Klara gelegentlich ein mit Wurst belegtes Brot mache. Ihre Mutter habe ihnen das Essen auf den Tisch gestellt und als sie aus der Schule kamen, habe die Katze schon alles aufgefressen. „Habt ihr Hunger?" Das war Brigittes nächste Frage und als Antwort sah sie nur ein leichtes Kopfnicken und den Tränen in ihren Augen.

Jetzt musste sich auch Brigitte über die Augen wischen und selbst Betty hatte ihr Taschentuch in der Hand. Aber sie wurde dann doch laut: „Verdammt noch mal, wir lassen doch die Buben aus dem Dorf nicht verhungern. Im Kühlschrank steht noch ein Teller mit vier Bratwürsten, soll ich euch die in die Pfanne werfen? Dazu brate ich euch noch von den Kartoffeln, die vor dem Kühlschrank liegen." Keine Antwort. Unaufgefordert rutschten sie über die Bank an den Tisch und harrten andächtig auf das was die Frauen ihnen vorsetzen würden.

Dass der Vater die Familie verlassen hatte, war bekannt, und die Gustel versuchte mit mehreren Putzstellen sich und die Kinder durchzubringen.

„Hattet ihr neulich auch Hunger als ihr mir im Garten die jungen Karotten stibitzt habt?"

Ein leichtes Kopfnicken war die Antwort und Betty schämte sich, sie hätte wissen müssen, dass ein Kind zwar Erdbeeren, Kirschen oder reife Äpfel stiehlt, aber doch keine Möhren, es sei denn es hat Hunger.

Bratkartoffeln mit Bratwurst, kein Gast in der Wirtschaft hatte je seinen Teller mit solcher Gier geleert. Den Kakao, den ihnen Brigitte noch hinterher servierte, krönte das Ganze.

Betty dachte laut darüber nach, dass die Gemeinde die Gustel mit ihren Kindern finanziell unterstützen müsse.

Brigitte widersprach ihr: „Die Gustel wird keine Almosen annehmen wollen, was sie braucht ist eine geordnete Arbeitsstelle in der Nähe, bei der sie nicht durch lange Busfahrten die Zeit verliert, die sie für ihre Kinder nötig braucht." Ratlosigkeit, das war das Ergebnis ihrer Diskussion. Während Brigitte die Scherben der zerbrochenen Kartoffelschüssel in den Mülleimer warf, sprach Betty von einem erhebenden Glücksgefühl, da die Buben wenigstens heute Mittag keinen Hunger zu leiden brauchten.

Klara kam von ihrem Spaziergang zurück. Betty informierte sie über den „Einbruch" und das anschließende Bratwurstessen. Klara meinte, mit Bratwürsten und Wurstbroten allein könne man das Problem der Gustel mit ihren Buben nicht lösen.

Später Nachmittag, Adam war von seinen Holzgeschäften zeitig zurückgekehrt, dann kam der Schreiner Mattes. „Ich habe zu den Matratzen auch die Schonerdecken mitgebracht. Die Brigitte hat diese nicht bestellt, aber sie gehören nun mal dazu. Adam, ich nehme sie auch wieder mit wenn du sie nicht haben willst und lieber den Bezug auf den Federn durchscheuerst." Adam nickte nur und spürte jetzt am eigenen Leibe, wie geschäftstüchtig der Mattes war. Keine langen Verhandlungen führen, denen der Käufer am Ende doch nicht zustimmte. Fakten schaffen, auf die Notwendigkeit dieses Artikels hinweisen, ihn zum Kauf zwingen, und dann nur mit seinem Kopfnicken den Umsatz um einhundertfünfzig Mark erhöhen.

Brigitte half ihm die Matratzen nach oben in die Schlafzimmer zu tragen und als das letzte Bett fertig war, konnten sie einem gemeinsamen Probeliegen nicht widerstehen. Mit diesem Geschmuse auf einem der neuen Betten wären sie beinahe aufgefallen, da sie die Tritte der Betty erst im letzten Moment hörten als diese nach oben kam, um ihr neues Bett zu begutachten.

Wieder unten in der Gastwirtschaft stellte Mattes dem Adam die Rechnung aus, wobei er auch gleichzeitig bei Klara ihre berühmte Wurstplatte bestellte. „Bei mir ist heute das Mittagessen ausgefallen und es ist höchste Zeit etwas für meine Ernährung zu tun."

Noch während er schrieb und vom Adam den Scheck entgegen nahm, ging die Tür auf und die Gustel mit ihren Buben kamen herein. „Tante Klara, du musst noch zwei Wurstbrote machen", verkündete Brigitte in Richtung Küche und zu Gustels Verblüffung nahm sie die Buben bei der Hand, um sie in die Küche zu geleiten. Vor lauter Verlegenheit wusste Gustel nicht was sie sagen sollte und meinte dann schließlich: „Die sollten sich doch entschuldigen für das was sie angerichtet haben." Betty winkte ab, da gäbe es nichts zu entschuldigen und die Buben dürften jederzeit wiederkommen und bei der Klara ihr Wurstbrot abholen, in einem Hunsrücker Bauerndorf brauche keiner Hunger zu leiden.

Brigitte hatte Mattes beim Matratzentragen den Einbruch geschildert, der meinte dann, Gustel solle die Katze abschaffen, die den Kindern das Essen wegfresse. Gustel weinte und mit erstickter Stimme verteidigte sie das Lieblingstier ihrer Kinder. „Ich habe auch jetzt eine ganz einfache Lösung für dieses Problem, den Teller mit den Broten werde ich im Küchenschrank einschließen, da ist er vor der Katze sicher." Es klang wie eine Entschuldigung, als Gustel berichtete, wo sie sich an diesen zwei Tagen in der Woche aufhalte, wenn sie erst am Nachmittag zurückkomme. „Die Frau Loosen pflegt ihre alte Mutter, und an diesen zwei Tagen übernehme ich über die Mittagszeit die Pflege. Frau Loosen braucht diese freie Zeit zum Einkaufen oder zum Friseurbesuch und sie möchte sich jede Woche einmal mit ihren Freundinnen im Café treffen. Sie bezahlt gut, ich verdiene bei ihr mehr als auf einer Putzstelle und dieses zusätzliche Geld kann ich gut gebrauchen."

Jetzt machte Adam einen klugen Vorschlag: „Gustel, was du brauchst ist eine geordnete Arbeitsstelle mit einem guten Verdienst. Es wird erzählt, du hättest bis zur Geburt deiner Kinder auf dem Büro gearbeitet, dann musst du doch jetzt nicht putzen gehen."

Gustel setzte sich aufrecht und erklärte, sie habe das Bankwesen gelernt und auch auf der Koblenzer Sparkasse gearbeitet. „Hätte mich der Georg, dieser Drecksack, nicht sitzen lassen, wäre ohnehin alles anders verlaufen."

Adam sprach weiter: „Da sie mich nicht betraf habe ich dieser Äußerung keine Bedeutung beigemessen, aber der Theo Richter von der Raiffeisenkasse kommt mit der neuen Buchungsmaschine nicht klar und der Genossenschaftsverband hat ihm für eine ganze Woche eine Bürokraft geschickt, die ihm die Buchhaltung wieder auf Vordermann brachte, das wäre doch was für dich." Mit versteinertem Blick verfolgte Gustel den Adam der ohne ein Wort zu sagen in seinem Büro verschwand. Durch die halboffene Tür hörte man ihn dann sprechen, er telefonierte und kam nach zwei Minuten wieder heraus. „Du sollst heute Abend zum Theo ins Haus kommen, er spricht von einer Halbtagsstelle, die ihm der Vorstand bereits genehmigt hat, und bei ihm wirst du mehr Geld verdienen als auf deinen Putzstellen, du brachst nicht mit dem Bus zu fahren und du bist mittags daheim, wenn die Buben aus der Schule kommen."

Gustel war überglücklich. Ihre Freudentränen trübten den Blick, doch sie erkennte die strahlenden Augen der Söhne, die mit Brigitte aus der Küche kamen und wie sie mit dicken Pausbacken die Wurstbrote kauten, die Klara ihnen gemacht hatte.

„Mathias, was darf ich dir zu trinken bringen?"

Jetzt erhob sich Adam: „Lass mich das mit den Getränken machen. Diesmal gibt der Wirt einen aus, ihr seid meine Gäste. Mattes, du trinkst Bier?" Da er an einem Wurstbrot kaute, nickte er nur. „Gustel, ein Glas Wein?" Auch hier ein zaghaftes Nicken. „Ihr zwei mögt ganz bestimmt Limonade?" Voller Spannung setzten sich die beiden Jungen zu ihrer Mutter an den

Tisch, die ihnen die letzten Brotkrümel aus den Mundwinkeln wischte. Während Brigitte Mathias das Bier zapfte, entkorkte Adam eine Weinflasche und rief in Richtung Küche, Klara solle auch ein Glas mittrinken.

Es war eine bunte Runde, die sich an diesem späten Nachmittag zusammengefunden hatte. Gustel wusste nicht, wann sie das letzte Mal Wein getrunken hatte und freimütig erzählte sie von ihren ärmlichen Lebensumständen, da ihr Mann ihr keinen Unterhalt zahle. Mattes klagte über zu viel Arbeit, und dann schwärmte er von dem schönen Fichtenholz, aus dem sie jetzt die Fenster fertigten. Dann wandte sich Mattes direkt an Gustel. „Bis Mittag bist du auf der Raiffeisenkasse, dann kannst du doch am Nachmittag für eine Stunde oder zwei zu uns kommen. Ich bin mir für die Schreibtischarbeit zu schade und hätte gerne, du würdest aus der Zettelwirtschaft in der Brusttasche meines Blaumanns anschaubare Schriftstücke machen, die Korrespondenz pflegen, Angebote und Rechnungen schreiben, dazu den Gesellen zum Wochenende die Lohntüten fertig machen."

Gustel blickte etwas irritiert zu Adam und meinte dann: „Das hört sich alles so vielversprechend an, mit dem Zusatzverdienst in der Schreinerei könnte auch ich wieder einmal so wie deine Frau zum Friseur gehen, die Kinder hätten dann täglich ihr Mittagessen, aber es ist doch noch gar nicht ausgemacht, dass mich der Theo wirklich einstellt?"

„Das haben wir gleich." Adam ging in sein Büro und kam kurzer Zeit wieder. Er hatte gute Nachrichten für Gustel. Bei dem kurzen Telefongespräch vorhin habe Theo seine Entscheidung schon getroffen. „Du hast einen guten Leumund, du bist im Bankwesen ausgebildet, auch wenn da jetzt einiges nachzuholen ist; wo hat er hier auf dem Land den Zugriff zu so einer Fachkraft?"

Gustel war sichtlich gerührt und mit einem einzigen Schluck leerte sie bis auf einen winzigen Rest ihr Glas. Mattes hatte sein Bier getrunken. Erneut sprach er die Gustel an: „Ich gehe davon aus, dass du mein Angebot akzeptierst und am Nachmittag zu mir kommst. Eine neue Schreibmaschine werde ich dir kaufen, wir brauchen keinen Arbeitsvertrag, mein Wort gilt und hier unter Zeugen bist du bei mir eingestellt. Die Arbeitszeit wird wahrscheinlich zehn Stunden in der Woche nicht übersteigen, aber sie ergibt sich aus den anfallenden Aufgaben. Ich hätte gerne noch ein Bier, Adam, für die Frauen ziehst du noch eine Flasche Wein auf, die nächste Runde geht auf mich. Klara, du machst den Buben noch einen Kakao, zu viel von der kalten Limonade in ihre kleinen Bäuche ist nicht gut. Wir haben doch alle einen Grund zu feiern. Ihr habt neue Matratzen, die Gustel hat eine neue Arbeitsstelle und das Chaos auf meinem Schreibtisch hat mit ihrer Hilfe auch bald ein Ende. Adam, jetzt brauche ich von dir nur noch die Zusage um für deinen Neubau die Fenster und Türen zu liefern."

Adam lachte: „Deine Geschäftstüchtigkeit ist bemerkenswert, ich bin durchaus dafür, dass das Geld im Dorf bleibt, aber du musst dann im Reigen deiner Mitbewerber mittanzen können, sonst wird das nichts mit uns."

Erst als die Männer zum Dämmerschoppen kamen und die Frauen das vierte Glas Wein geleert hatten, löste sich die Runde auf. Gustel nahm rechts und links je einen ihrer Söhne an die Hand, wodurch sie eine gewisse Sicherheit erlangte.

Endlich war der Termin beim Notar gekommen. Am späten Vormittag stiegen der Stoffel und seine Frau Anni zum Adam, Betty und Brigitte ins Auto. Der Notar hatte alles gut vorbereitet. Beide Parteien hatten unterschrieben und nach weniger als zwanzig Minuten war dieses Tauschgeschäft erledigt. Adam und Betty hatten ihren Bauplatz und Stoffel erlangte durch diesen Tausch unweit seiner Hofstelle eine große Ackerfläche von guter Bodenqualität. Der ganze Tauschakt war bis hierhin friedlich verlaufen, doch nun machte der Notar eine Bemerkung, die den Schneiders die Suppe versalzen sollte. „Das Gebiet um den Hahnen liegt außerhalb der Ortslage und kann somit nicht bebaut werden." Betty wurde nach dieser Auskunft schwarz vor Augen und Stoffel konnte sein schadenfrohes Grinsen nicht verbergen.

Nur halb dem Notar zugewandt, um diesem Dummschwätzer nicht ins Gesicht sehen zu müssen, erwiderte Adam wütend: „Sie glauben doch nicht, dass mich die Gemeinde als ihren besten Steuerzahler verlieren will? Die nötige Sondergenehmigung wird uns erteilt, das habe ich im Vorfeld schon mit der Gemeinde, dem Bauamt, dem Kulturamt und dem Wasserwirtschaftsamt abgesprochen. Auch die übrigen Behörden, die dazu zu fragen sind, haben keine Einwände. Selbst der Landrat sieht in dem Neubau eines Hotels einen Gewinn für unser Dorf und darüber hinaus und er hat mich ermutigt dieses Vorhaben umzusetzen." Der Notar war schweigsam geworden und dem Stoffel war sein Grinsen vergangen.

Im Treppenhaus nach unten benutzte Adam erst mal laut und deutlich das Wort „Dummschwätzer" und bezeichnete den Notar als Beamten in eigener Rechnung. Sein wichtigstes Utensil sei sein Stempelkissen, denn mit jedem Stempel auf einem Blatt Papier verschaffe er sich bare Einnahmen. Der Mut, die Verantwortung und die Risikobereitschaft eines Unternehmers seien ihm fremd. Betty blieb auf dem Treppenabsatz stehen, sie wurde ungehalten und rügte Adam, der gerade dabei war, den Notar aufs Schlimmste zu beleidigen. Sie fürchtete auch der Stoffel könnte diese plumpen Äußerungen irgendwann einmal gegen ihn verwenden.

Vor der muffigen Kanzlei hatten sie die Tür von außen zugezogen und auf der Straße wurde über den weiteren Verlauf ihres Aufenthaltes in der Stadt gesprochen. Stoffel hatte das am Vortag schon mit Adam ausgemacht, sie wollten die Anwesenheit in der Stadt nutzen um Einkäufe zu tätigen. Adam hatte von seiner Tochter den Auftrag, er sollte auch die Zeit nutzen, um der Mutter ihren Kleiderschrank aufzufrischen, dafür war sie als modebewusste Beraterin mitgefahren. Man verabredete sich in eineinhalb Stunden im „Ochsen", wo man dann auch etwas essen und trinken wollte.

Sie saßen schon alle im „Ochsen" am Tisch als nach kurzer Zeit Brigitte mit mehreren Einkaufstüten ins Lokal kam. Betty machte ein freundliches Gesicht, als sie die Pakete sah, sie war sich dessen bewusst, dass Brigitte für sie richtig entschieden hatte.

Stoffels Frau Anni hatte Tränen in den Augen und er machte ein trotziges Gesicht. Anni, weil er ihr den gewünschten Sommermantel nicht genehmigte und Stoffel, weil ihn Adam als verbohrten hinterwäldlerischen Geizhals heruntergeputzt hatte. „Du hast eben beim Notar dein Grundvermögen um ein gutes Stück vermehrt, ohne etwas dafür zu bezahlen. Für deine Frau hast du keinen Groschen übrig, du behandelst sie wie eine Dienstmagd. Rück endlich Geld raus und kaufe ihr den Mantel."

Das hatte gesessen und es fehlten Stoffel die Argumente sich gegen Adams Vorhaltungen zu wehren. Was blieb ihn anders übrig, er gab Brigitte einen Fünfzig-Markschein und bat sie mit seiner Frau in das Bekleidungsgeschäft zu gehen und diesen Mantel zu kaufen.

Der Einkauf in dem Textilgeschäft in der unmittelbaren Nachbarschaft des „Ochsen" dauerte kaum länger als eine Viertelstunde. Anni strahlte und auch Brigitte wedelte erfreut mit einer kleinen flachen Schachtel. Die Chefin des Ladens hatte ihr drei Taschentücher geschenkt, da sie innerhalb der letzten halben Stunde zwei Kundinnen gebracht hatte, die Geld im Laden ließen.

Die Männer hatten schon zwei Schoppen getrunken und erst jetzt wurde ein deftiges Essen bestellt. Stoffel hatte noch eine Bitte an Adam, er würde gerne nach dem Essen in das Eisenwarengeschäft fahren, denn er brauche Kuhketten, Schrauben und Nägel. „Dann können die Frauen in der Eisdiele auf uns warten, auch ich muss für die Holzarbeiter Sägeketten kaufen." Adams Entscheidung in die Eisdiele zu gehen, ging dem Stoffel gegen den Strich, doch er traute sich nicht zu widersprechen.

Die Fahrt zu der Eisenwarenhandlung ging quer durch die Stadt. Auf halbem Weg hatte der Italiener seine Eisdiele, in der er den Leuten, die an kleinen Tischen saßen sein köstliches Eis anbot.

Die Männer hatten sich Zeit genommen, die Frauen tranken nach dem Eis noch einen Kaffee, Brigitte bestellte sich einen Amaretto.

Der Stoffel hatte seine Kuhketten und die Nägel und Schrauben, der Adam seine Motorsägeketten. Auf der Heimfahrt wurde nicht viel geredet.

Es gibt aufregende, erlebnisreiche Tage, die sich bis in die Nacht fortsetzen. So empfand es Brigitte als der Schreiner Mattes für einen kurzen Besuch und einen Schnaps in die Wirtschaft kam. Sein Lieferwagen stand mit offener Tür und laufendem Motor auf dem Hof. Als Brigitte einschenkte, werkelte auch Betty am Tresen herum und Mattes musste warten bis sie sich so weit entfernt hatte, um dann mit leiser Stimme Brigitte seine Botschaft zu verkünden: „Ich habe heute Abend Zeit, wollen wir wieder in die Stadt ins Kino fahren?" Er sah auf seine Frage nur das verklärte Gesicht, wartete keine Antwort ab, legte ein Geldstück auf den Tresen und verschwand.

Brigitte hatte jetzt die Aufgabe der Mutter ihren abendlichen Termin zu unterbreiten, bei dem es nur um Vergnügen und Nichtstun ging. „Mitten in der Woche ins Kino, ich glaube ihr seid verrückt, wer fährt denn da noch mit?"

Brigitte hatte mit dieser Reaktion der Mutter gerechnet und ohne lügen zu müssen sagte sie nur: „Wir sind doch schon öfter zusammen ins Kino gefahren." Die Mutter fragte nicht weiter, wohl wissend, dass sie über ihre erwachsene Tochter keine Macht mehr hatte.

Adam war an diesem späten Nachmittag noch zu seinen Männern auf den Holzplatz gefahren und Brigitte war schon weg, als er abends zurückkam. Auf Bettys Auskunft zu Brigittes Kinofahrt machte er ein nachdenkliches Gesicht. Er dachte vorausschauender und sein Kommentar hierzu war: „Gegen den Mattes ist nichts einzuwenden, aber unsere Betriebe passen doch nicht zusammen." Betty konnte Adams Gedanken nicht folgen, sie meinte nur, ein lustiger Abend in der Gemeinschaft Gleichaltriger würde der Brigitte gut tun.

Es war spät als Brigitte heimkam und selbst Tante Klara hatte sie nicht gehört, als sie auf Strümpfen die Stiegen in ihr Zimmer schlich. Die müden Augen am Frühstückstisch waren da schon verräterischer; glücklicherweise stellte niemand Fragen.

Den Film hatten sie wieder nicht gesehen; denn auf ein gutes Essen in dem gepflegten Restaurant folgte der Besuch in einem gemütlichen Weinlokal und der Abend endete in einer schummrigen Kellerbar. Zuneigung, Hingabe, Leidenschaft, sie genossen die Nähe zueinander, doch eine gemeinsame Zukunft erkannten sie in ihrer weiteren Lebensplanung als unüberwindbaren Gegensatz. Sie sprachen darüber und wünschten sich gegenseitig den Partner, der nicht nur ihre Liebe erwiderte, sondern auch in ihr persönliches Berufsbild passte.

Sie waren jetzt Eigentümer des Baugrundstückes, ein bedeutender Schritt zur Errichtung des neuen Hotels war getan, doch nun war schon wieder mehr als eine Woche vergangen, in der die ganze Entwicklung stockte. Brigitte wurde nervös und insgeheim machte sie ihrem Vater Vorwürfe, er würde sich nicht kümmern.

Der Brief, der vor ein paar Tagen kam, hatte sie auch aufgeregt, obwohl sie die Angelegenheit doch eigentlich abgeschlossen hatte. Marianne, die Kollegin von ihrer ehemaligen Arbeitsstelle in Bacharach hatte geschrieben. Der Hotelbetrieb laufe gut, die Chefin stehe jetzt wieder am Herd, ein zusätzliches Zimmermädchen und eine Reinigungskraft seien eingestellt worden und sie mache den Service im weißen Schürzchen und mit einem Spitzenhäubchen. Ihre Liebschaft auf der anderen Rheinseite habe sie aufgegeben und jetzt etwas Neues aus Bacharach. Dann kam der Satz, der Brigitte so merkwürdig berührte. „Dein Artur vom Parkhotel hat zwischen Tag und Dunkel seine Koffer gepackt und ist nach Kanada ausgewandert. Mit keinem hatte er darüber gesprochen, nur seiner Mutter hat er einen Abschiedsbrief hinterlassen."

Vielleicht wäre das mit ihnen noch etwas geworden, doch mit seiner Flucht nach Übersee hatte sich wohl alles erledigt. Sie dachte an die Bank in den Rheinanlagen, sie wusste, eine Bank ist verschwiegen, sie würde sich nie mehr darauf setzen und ihr Taschentuch war feucht von ihren Tränen. Klara, die nie die Liebe eines Mannes gespürt hatte, gerade sie fand die passenden Worte des Trostes.

Brigitte sehnte sich täglich mehr nach Zuneigung und körperlicher Nähe, die sie eigentlich nur beim Mattes finden konnte. Wie sollte sie ihn erreichen, um mit ihm einen Abend in der Stadt zu vereinbaren? Ein Stuhlbein aus dem Leim brechen, dann könnte sie zu ihm hingehen, um den Stuhl flicken zu lassen. Sie hatte dann die bessere Idee. Der Vater war nicht da, die Mutter im Garten und Klara in der Küche. Brigitte griff zum Telefon und rief ihn an. Es brauchte nur wenige Worte und schon am gleichen Abend war der erneute Kinobesuch vereinbart.

Es war in der engen Seitengasse hinter der Werkstatt wo sie in seinen Lieferwagen stieg und von dort aus fuhren sie ungesehen an den Dorfrand und erreichten über den Feldweg die Landstraße. Das gute Lokal, in dem sie zu Abend essen wollten, war wegen Renovierung geschlossen und darum blieb ihnen als Alternative nur die „Marktschänke". Ein einladender Fenstertisch war frei und Mathias bestellte sich sein geliebtes Schweinekotelett, wogegen Brigitte mit einem Bratenbrot vorlieb nahm. Der Ober hatte den Wein serviert und gerade als sie sich zuprosteten, ging die Tür auf und ein junger gutaussehender Mann trat ein. Mathias stellte sein Glas ab, um den Ankömmling mit einer Umarmung auf das Herzlichste zu begrüßen und ihn dann – ohne Brigitte zu fragen – einlud an ihrem Tisch Platz zu nehmen. Diese Geste irritierte Brigitte sehr.

Zunächst stellte Mathias den Fremden als den Koch vom „Kappeler Eck" in Kirchberg vor, mit dem er gemeinsam drei Wochen im Krankenhaus gelegen habe. Beide hatten sich im gleichen Fußballspiel einen Wadenbeinbruch eingehandelt. Die Fußballkarriere hatten sie damals sofort beendet; denn als selbstständige Handwerker konnten sie sich einen ähnlichen Ausfall nicht noch einmal leisten.

Mathias glaubte mit der Vorstellung von Manfred alles gesagt zu haben und wollte in alten Erinnerungen schwelgen. Manfred musste jetzt einiges klarstellen und verkündete zunächst, er sei kein Koch mehr im „Kappeler Eck." Es war wohl die weibliche Neugier von Brigitte, die wissen wollte, warum er den kein Koch mehr dort sei.

Manfred druckste herum, aber dann sprudelte es doch aus ihm heraus. „Ich habe gegen Sitte und Moral verstoßen, und dadurch kam es zum Zerwürfnis mit meinem Vater. Zuerst habe ich mir für billiges Geld in einem alten Haus am Stadtrand eine Wohnung genommen und im Straßenbau gearbeitet. Schon am ersten Abend hatte ich von der Schippe und der Hacke an meinen zarten Kochhänden dicke Blasen. Das war also nicht mein Ding und ich machte mit meinem gesparten Geld den Führerschein für Lastwagen. Nach knapp vier Wochen hatte ich den Lappen, worauf ich bei der gleichen Straßenbaufirma als Kraftfahrer eingestellt wurde. Es wird gutes Geld verdient, ich fahre Tag und Nacht Schotter für den Straßenbau. Mein schönes Motorrad habe ich in einen gebrauchten VW eingetauscht. Doch ich sitze ja nur auf dem Lkw und eigentlich ist der Pkw überflüssig. Nach vielen Wochen konnte ich heute ausnahmsweise frei machen, mein Büssing steht in der Werkstatt, der Motor wird repariert."

Mathias bohrte nach, er wollte doch wissen womit er gegen Sitte und Moral verstoßen habe.

Manfred wich aus und wollte wissen, wer diese junge Frau, die ihm als Brigitte Schneider vorgestellt worden war, eigentlich sei. „Ich hörte eben den Name Schneider in Verbindung mit dem Gasthaus ‚Hirsch', sind Sie die Tochter vom Adam Schneider?"

Brigitte war bis ins Mark erschrocken, fürchtete sie doch, Manfred könne ihr heimliches Zusammensein mit dem Mattes verraten. Sie wollte ihm antworten, doch die Stimme versagte. Mathias klärte ihn schließlich auf. „Ja, sie ist die Tochter aus dem ‚Hirsch'. Wir mögen uns gut leiden, wir verbringen auch schon mal einen Abend zusammen, doch alles muss unter uns bleiben; denn heiraten können wir nicht, auch wir halten uns nicht an Sitte und Moral, und jetzt erzähl endlich was du angestellt hast, dass dich dein Vater von Haus und Hof gejagt hat."

Manfred war sichtlich verärgert, aber dann versuchte er sein Schicksal zu verdeutlichen. „Er hat mich nicht fortgejagt, aber es war nicht mehr mit ihm auszuhalten, als das Kind unterwegs war. Mein jüngerer Bruder hatte gerade seine Kochlehre beendet und er hat meine Stelle am heimischen Herd eingenommen. Ich packte mein Bündel. Lkw fahren ist eine interessante Tätigkeit, doch ich trauere meinem erlernten Beruf sehr nach. Dass mit dem Kind war so. Von einem Dorf, eine gute Wegstunde von Kirchberg entfernt, war das Mädchen, das in hier in Stadt das Schneiderhandwerk erlernte. Zum Arbeitsbeginn am Morgen und zum Feierabend am Ende des Tages ging ein Bus, den sie benutzte. Warum auch immer, aber eines Tages war es passiert, der Bus war weg, sie stand auf der Straße und hatte in dunkler Nacht einen Fußweg von mehr als einer Stunde vor sich. In ihrer Verzweiflung kam sie zu uns ins Lokal und fragte nach einer Mitfahrgelegenheit. Es fand sich niemand, das erste Tränchen floss und aus Mitleid habe ich sie auf mein Motorrad gepackt und nach Hause gebracht. Dieser Vorgang hat sich nach vierzehn Tagen erneut wiederholt und dann kam sie in schöner Regelmäßigkeit ungefähr alle drei Wochen. ‚Fährste meich hämm', piepste sie dann und ich war nicht im Stande nein zu sagen. Sie sah gut aus, sie hat es mir leicht gemacht, wobei ich immer noch meine, sie hatte es darauf angelegt und irgendwann ist es dann passiert. Das Geschrei war groß als es herauskam. Mein Vater schimpfte, ich hätte den guten Ruf unseres Hauses ruiniert. Meine Liebschaft mit der Inge ist daran zerbrochen, auch das hat sehr wehgetan, wir gingen schon drei Jahre zusammen und wollten heiraten. Die werdende Mutter hatte auch einen schweren Stand daheim und darum ist sie zu einer Tante in der Nähe von Köln geflüchtet. Dort kam auch das Kind zur Welt. Schon in der zweiten Woche nach der Geburt bin ich mit meinem Motorrad hingefahren, ich wollte doch mein Kind, einen Jungen sehen. Sinnigerweise taufte sie ihn Manfred. Meinen finanziellen Verpflichtungen als Vater bin ich sofort nachgekommen. Doch das Schicksal geht oft verschlungene Wege, nach einem guten Vierteljahr ist mein Sohn verstorben. Es war der plötzliche Kindstod. Ich war sehr traurig."

Brigitte war tief gerührt von dem was Manfred erzählte und er stand zu dem was er angerichtet hatte und war seinen Vaterpflichten nachgekommen. Sie scheute sich nicht, ihm ihren Respekt für sein Verhalten auszudrücken.

Das Essen wurde serviert und Manfred wählte für sich den Hackbraten, zu dem ihn Mathias einlud. Das Tischgespräch wurde lebhaft als sie von ihrem fidelen Krankenzimmer berichteten, in dem am Abend auf dieser Station alle mobilen Patienten einschließlich der Stationsschwestern zusammenkamen. Vom Fußball war die Rede und Manfred beschwerte sich heute noch, dass der Schiedsrichter trotz seiner schweren Verletzung einen Freistoß gegen ihn pfiff. An die Mädchen und sogar ihre Namen erinnerten sie sich, die sie sich aus dem Schwarm, der sich immer hinter dem gegnerischen Tor versammelte, aussuchen konnten.

Brigitte lauschte interessiert ihren Erinnerungen und dann wollte sie von Manfred wissen woher er denn ihren Vater kenne. „Der Schneider, ein angenehmer Gast, er kam so ein- oder zweimal im Jahr mit seinen Leuten zu uns ins Lokal. Sie besprachen sich miteinander, machten die Abrechnung und es wanderte eine Menge Geld über die Tischplatte zu den einzelnen Männern." Brigitte fühlte sich bestätigt, ihr Vater verkehrte nicht in fremden Gasthäusern, außer, dass er seine Männer zum Umtrunk einlud. Sie versuchte jetzt von sich, ihrem Vater und dem Holzhandel und von ihrem bevorstehenden Neubau zu erzählen. Sie hatte es nicht ausgedrückt, aber ihren strahlenden Augen konnte man entnehmen, dass sie für diesen fremden Hunsrücker Koch große Sympathie empfand. Schließlich wagte sie ihn einzuladen, er könne doch mal bei Gelegenheit mit seinem Lastzug beim „Hirsch" anhalten. Spontan kam die Zusage, doch den Zeitpunkt ließ er offen und es dürfte ein nicht allzu großer Umweg entstehen, um in den „Hirsch" zu kommen.

Mathias schwärmte vom „Hirsch" und lobte die Wurstplatten von Klara. Er führte jetzt das Wort und sprach von seinem Betrieb und seinen Aufträgen. Eigentlich durfte ihr das gar nichts ausmachen aber Brigitte fühlte sich merklich berührt als Mathias die Gustel lobend erwähnte. Mit ihrer Stelle bei der Raiffeisenkasse sei sie wieder in ihrem erlernten Beruf und selbst der Vorstand lobte ihren Fleiß, ihre Freundlichkeit und ihre Fachkenntnis. Er selbst schwärmte von seinem Schreibtisch, der binnen einer Woche blank und aufgeräumt gewesen sei. Alle Briefe seien beantwortet, alle Schriftstücke ordentlich abgelegt, so dass man jedes Blatt wiederfinden könne. Auf ihre Anregung wolle er aus dem fensterlosen Kabuff ein Lager für Leime, Lacke und Farben machen und ein helles freundliches Büro, indem er auch Besucher empfangen könne, anbauen.

Sie hatten zwei Flaschen Wein getrunken, die Gespräche zogen sich hin und als sich Manfred endlich verabschiedete, war es für das Kino ohnehin zu spät und Brigitte lehnte es auch ab, die schummrige Kellerbar aufzusuchen. Der Mathias hatte zu oft den Namen der Gustel erwähnt, und sie spürte es, da zog etwas herauf, dem sie nicht im Wege stehen konnte. Sie war ihrerseits heute einem Mann begegnet, der ihre Fantasie beflügelte und sie war sich sicher diesen Manfred wiederzutreffen, selbst wenn ihr Vater ihr dabei behilflich sein musste.

Sie fuhren heim, er ließ sie vor dem „Hirsch" aussteigen und auch er spürte, gerade war eine schöne, aber aussichtslose Liaison zu Ende gegangen.

Brigitte musste erneut feststellen, dass auf den Vater doch Verlass war. In puncto Planung für das neue Hotel hatte er längst mit den Leuten vom Planungsbüro Liebermann gesprochen. Alfred Liebermann erschien mit einen Aktendeckel unterm Arm und von Adam freudig begrüßt. In weiser Voraussicht hatte Betty eine Kanne Kaffee aufgebrüht und Liebermann demonstrierte, indem er aus dem Aktendeckel eine Bleistiftskizze neben der anderen auf dem Tisch ausbreitete, wie er sich das neue Hotel vorstellte. Adam hatte dieses Planungsbüro gleich nach dem Notartermin beauftragt, worauf Liebermann schon mehrmals mit einem weiteren Mitarbeiter an dem Baugrundstück war. Sie hatten gemessen, gepeilt, nivelliert und schließlich die Firstrichtung festgelegt, die dem Haus die intensivste Sonneneinstrahlung brachte. Einmal ein langgestrecktes Gebäude, dann ein Winkelbau, mit oder ohne Balkone und mit einem Erker, oder große oder kleine Dachgauben. Der Grundriss blieb bei jedem Vorschlag fast unverändert. Jetzt begann innerhalb der Familie eine Diskussion über die Ausführung, billig oder teuer, das Thema war geeignet, um einen Familienstreit vom Zaun zu brechen. Liebermann musste eingreifen und zunächst die unverrückbaren Tatsachen in Bezug auf Firstrichtung, Geländeneigung, Sockelhöhe und Sonneneinstrahlung festsetzen, wodurch schon einige Unstimmigkeiten ausgeräumt wurden. Anhand der einzelnen Blätter referierte er über die Vor- und Nachteile dieser Entwürfe und favorisierte letztlich den Winkelbau, der wahrscheinlich auch die höchsten Kosten verursachte. Über den Grundriss und die innere Einteilung sagte er nichts, hierzu sollte ihm der Bauherr die gewünschte Anzahl der Fremdenzimmer und die Größe der erforderlichen Privatwohnungen durchgeben.

„Aus Ihren Wünschen ergibt sich die Größe des Baukörpers, ich werde schon gleich, ohne Rücksprache mit Ihnen zu halten, an ihren Vorstellungen einige Abstriche machen und Ihnen dann einen maßstabsgerechten Entwurf vorlegen. Ich kenne meine Bauherren, ihre Planungen sind zu Anfang immer überzogen, es muss doch alles finanzierbar sein. Doch auch mein Papier ist geduldig und mit ein paar Federstrichen lässt sich alles nach oben oder unten korrigieren. Nach meinen Vorstellungen können wir in spätestens drei Wochen der Baubehörde einen genehmigungsfähigen Plan vorlegen."

Schon nach der zweiten Tasse Kaffee verabschiedete sich Liebermann. Er wusste, der Familienfrieden war jetzt gestört, sie mussten sich zuerst zusammenraufen, und das würde Tage dauern, bis sie zu einer einvernehmlichen Entscheidung kämen. Die Diskussion würde auch dann noch nicht beendet sein, und als erfahrener Planer wusste er, dass zum Schluss nur ein Machtwort ein Ergebnis brachte.

Am Tisch, auf dem die Blätter ausgebreitet waren, herrschte zunächst Ratlosigkeit. Betty fragte schließlich: „Wie viel Fremdenzimmer wollen wir denn haben?"

Adam wollte ihr antworten, doch er wusste nicht recht und meinte dann: „Dreißig Gäste, das sind fünfzehn Doppelzimmer."

Brigitte machte Notizen, sie legte Block und Bleistift beiseite und ergänzte den Vorschlag ihres Vaters mit dem Halbsatz: „... mit der Option einer Erweiterung um das Doppelte."

Klara hakte nach: „Das finde ich gut, Luftschlösser bauen, die kosten nichts. Ich meine, mit fünfzehn Zimmern hätten wir in Bezug auf unsere Arbeitskraft und auch in finanzieller Hinsicht unsere Kapazität erreicht." Betty wollte ihr zustimmen, doch ehe sie etwas sagen konnte, kamen zwei Gäste, die an dem noch sehr frühen Abend eine Kleinigkeit essen wollten.

Brigitte nahm die Zettel und piekste sie in der Küche an die Schrankwand. Sie hatte in jüngster Zeit einige Literatur verschlungen und bestärkt durch die Planungsvorschläge von Liebermann setzte sie sich an den Küchentisch und brachte ihre Vorstellungen von dem neuen Hotel in einer textlichen Zusammenfassung zu Papier:

„Das Untergeschoss ist nach Süden freistehend. Hier ist eine, mit blanken Tischen und Holzstühlen eingerichtete Schänke anzuordnen. Im hinteren Teil eine Kegelbahn, die Toilettenanlage, das Vorratslager und zwei Garagen. Darüber, mit dem bedingt durch das Hanggelände ebenerdigem Zugang und das Entree mit der Rezeption, dem Treppenhaus, dem Restaurant, der Küche und daran anschließend zwei kleine Wohnungen und das Apartment für Tante Klara. Im Obergeschoss die Fremdenzimmer, wobei das Dachgeschoss bei Bedarf auch noch auszubauen ist."

Es wurde Abend und gemeinsam saßen sie wieder zum Abendessen am Küchentisch. Die Stimmung war angespannt. Jeder fühlte sich gefordert etwas zu dem großen Vorhaben zu sagen, doch keiner traute sich etwas von seinen ungeordneten Gedanken preiszugeben, bis Brigitte schließlich ihren Block nahm.

Sie trug vor was sie zusammengefasst hatte. Man konnte zunächst eine Stecknadel fallen hören und zum Ende strahlten Adam, Betty und Klara. „Das ist hervorragend, so könnte ich mir das auch vorstellen, das ist richtungsweisend." Das waren die anschließenden Kommentare zu Brigittes Vortrag. „Du setzt dich heute Abend noch an die Schreibmaschine und schickst Herrn Liebermann deine Vorstellungen. Anhand dieser Aufzeichnung kann er planen, ich bin gespannt was er zusammenbringt."

Dass die Mutter oder Tante Klara ihrem Vorschlag nichts hinzufügten, überraschte sie nicht, aber dass auch der Vater damit einverstanden war, damit hatte sie nicht gerechnet. Gerade der Vater war bei der Unterhaltung am Tisch lockerer geworden. Alle Augenblicke legte er sein Besteck aus der Hand und gestikulierte über die Gespräche zum Verkauf des alten „Hirsch" und wie sich die drei Nachbarn besonders jetzt darum zerfleischten, seitdem der Nachbar von der anderen Straßenseite als vierter Interessent in Erscheinung getreten war. Obwohl ihnen Adam schon vor längerer Zeit den „Hirsch" angeboten hatte, behielt er diese Gespräche zunächst für sich. Erst letzte Woche hatte er mit jedem Einzelnen noch einmal verhandelt, ohne zu einem vernünftigen Ergebnis zu kommen. Der untere Nachbar wollte zunächst nur die Scheune und den Garten. Der hintere Nachbar hatte auch Interesse, aber er wollte nur den Garten. Der obere Nachbar schielte auf das große Haus, das er selbst nutzen wollte, nachdem er sein altes Häuschen abgerissen hatte. Der von der gegenüberliegenden Straßenseite wollte das ganze Anwesen. „Der spinnt, der Jakob, aber als Preistreiber soll er mir recht sein. Ehe sich die die Köpfe einschlagen werde ich eine vernünftige Einteilung vornehmen. Der Egon unten bekommt die Scheune. Der Paul kann den Garten gut gebrauchen und der Anton soll das Haus kaufen. Der Jakob hat nach hinten genug Platz, da kann er neu bauen, wenn ihm sein altes Haus zu klein ist. Das ist mein Vorschlag. Aber ich lasse sie zunächst mal bieten für die Teile, die sie sich gegenseitig abjagen wollen; denn danach werde ich meine Forderung ausrichten."

War Brigitte mutiger, klüger, gebildeter als ihr Vater? Sie fiel ihm ins Wort und sagte: „Lass doch von diesem Herrn Liebermann über unser altes Anwesen ein Wertgutachten erstellen, dann bist du auf der sicheren Seite und du bleibst gegen jeden gerecht." Adam war zunächst erschrocken, wieder eine klare Vorstellung, die hätte von ihm kommen müssen, er stimmte ihrem Vorschlag sofort zu, jedoch er fühlte sich von seiner Tochter vorgeführt.

Betty machte sich andere Gedanken, sie fragte jetzt nach dem finanziellen Rahmen, der auf sie zukomme und in welcher Höhe sie ein Darlehen aufnehmen mussten. Adam überlegte nicht lange, er verwies auf die Sparbücher, von denen sie das Guthaben kenne, dazu den Verkaufserlös der Altstelle und dann dürfte der zusätzliche Kredit die siebzigtausend nicht übersteigen. „Selbst wenn wir in dem neuen Hotel nur Verluste einfahren würden, der Holzhandel läuft gut und in wenigen Jahren haben wir das Darlehen zurückgezahlt." Wieder war es Brigitte die sich gegen ein Verlustgeschäft verwahrte und nur von Erfolg sprach.

Ein Tag nach dem anderen verging, es war Ferienzeit und der „Hirsch" stand leer. Keine Gäste, kein Umsatz. Brigitte wurde trübsinnig und dachte an Bacharach, wo an so einem Regentag wie heute das Lokal gut gefüllt war, wenn die Gäste nicht spazieren gehen konnten. Ihre alte Dorfwirtschaft ging eigentlich gut, aber mit dem gelegentlichen Essen für einen Durchreisenden, dem Sonntagsfrühschoppen, dem Dämmerschoppen und dem unterschiedlich stark frequentierten Betrieb am Abend konnte man kein Hotel unterhalten. Sie wusste wie die Zukunft zu gestalten war, nahm ihren Block und versuchte den Text für die Zeitungsanzeigen zu formulieren, mit denen sie das neue Haus füllen wollte.

Doch ihr war nicht danach, die guten Gedanken fehlten und noch während sie auf ihrem Bleistift herumkaute, fuhr ein Auto auf den Hof. Das machte Mattes des Öfteren, so kurz vor Feierabend ein Glas Bier hinter die Binde kippen, um dann sofort wieder zu verschwinden. Die Leute sollten meinen er sei geschäftlich unterwegs.

Mattes setzte sich zunächst an den Tisch, bevor er bei Brigitte sein Bier bestellte. Sie war allein im Lokal. Sollte sie ihm um den Hals fallen oder sollte sie ihn rausschmeißen. Ihre Gefühle schwankten, sie war unsicher.

Diesem Nervenbündel am Tisch, welches fast das ganze Glas in einem Zug leer trank, ging es wohl ebenso. Noch den letzten Schluck aus dem Glas, dann der Wink für ein neues und daran angehängt die Worte: „Ich muss mit dir reden." Sie hatte weiche Knie und ihre Hände zitterten, als sie ihm das frische Glas brachte. Doch schon gleich, nachdem er begonnen hatte, fand sie ihre innere Ruhe wieder.

„Wir wollten uns nur einen schönen Abend machen, gut essen und dann ins Kino gehen. Die Leidenschaft und die restlose Hingabe, die daraus entstand, haben wir wohl beide gewollt und waren ihr total erlegen. Von Liebe haben wir nicht geredet. Aber mir gab es einen Stich in die Brust von dem ich fürchtete, er würde nie mehr heilen. Diese Wunde ist inzwischen vernarbt und der Stich in der Brust tat meiner Sympathie zu dir keinen Abbruch. Mir ist vor einigen Tagen etwas passiert, wozu ich dich um deine ehrliche Meinung bitte. Ich bin der Gustel zu nahe gekommen, sie hat mich nicht abgewiesen, aber doch um eine gewisse Bedenkzeit gebeten, denn sie ist ja noch verheiratet. Ich liebe sie, ich liebe sie mit ihren Kindern, sie hat es nicht gesagt, aber ich spüre es. Auch die Schreibmaschine spürt es, denn so viele Tippfehler kann nur eine Verliebte machen, ich wäre glücklich wenn sie meine Liebe erwidern würde. Sie hat schwere Zeiten hinter sich.

Meine Mutter ist schuld an meiner Zuneigung zu ihr. Sie schwärmte von der freundlichen und klugen Gustel und ihren wohlerzogenen Kindern. So als dränge sie mich der Gustel einen Antrag zu machen, und darum will ich jetzt von dir eine Antwort."

Für alle Fälle hatte Brigitte ihr Taschentuch in der Hand und setzte sich neben Mathias, um sich bei ihm einzuhaken. „Wir haben gemeint unsere wirtschaftlichen Voraussetzungen würden es verbieten, dass wir heiraten. Doch bei aufrichtiger Liebe hätte man zwischen Hotel und Schreinerei eine Gemeinschaft finden können, bei der wir beide wirtschaftlich gut versorgt waren. Vielleicht war es besser die Sache nicht zu vertiefen; denn unsere unterschiedlichen Charaktere hätten unser Zusammensein schwierig gestaltet. So ist es gekommen wie es ist und wir müssen uns unsere Zukunft gestalten mit dem Partner den wir uns jetzt aussuchen. Mathias, es waren doch schöne Abende und ich will die Leidenschaft, der wir uns hingaben nicht mehr erwähnen, diese Stunden bleiben mir ein Leben lang in Erinnerung."

Es folgte ein Kuss, ein Kuss zum Abschied oder zum Ende der Beziehung, oder zur Erinnerung, wer konnte das wissen? Brigitte wünschte sich auch für die Zukunft eine harmonische und tiefe Freundschaft, bei der man bei so vielen Fragen, die das Leben brachte, immer ein offenes Wort oder eine ehrliche Antwort finden könnte.

„Dein Interesse an der Gustel, was soll ich dazu sagen? Sie sieht gut aus, sie ist nur wenig älter als du, sie ist kaufmännisch gebildet und passt in deinen Betrieb, man kann ihr nichts Schlechtes nachsagen und wenn die Harmonie stimmt, wer sollte gegen diese Beziehung etwas haben? Bedenke auch, du wirst Vater zweier Söhne, auch dabei muss die Zuneigung vorhanden sein. Die Jungen kommen bald in ein schwieriges Alter, in dem sie nicht nur eine sorgende, sondern auch eine ordnende Hand brauchen. Ich werde mit der Gustel reden und von Frau zu Frau dir den Weg ebnen, auf dem du sie als deine Braut in dein Haus führst. Dafür musst auch du mir einen Gefallen tun.

Du bist doch mit dem Manfred befreundet, kannst du nicht mal ein Treffen mit ihm arrangieren, ich wäre dir sehr dankbar."

Zu einem letzten heißen Kuss kam es nicht mehr, denn Philipp und Karl kamen zum Dämmerschoppen. Das Gespräch ging im Flüsterton weiter und Mathias meinte, er könne doch den Manfred zu seinem bevorstehenden Betriebsfest einladen. Neben seinen Mitarbeitern kämen auch Geschäftsfreunde und Kunden. „Dazu liefere ich den Kartoffelsalat und deine Gustel soll auf mich nicht eifersüchtig werden, sag ihr, ich käme nur wegen dem Manfred."

Tante Klara kam von ihrem Spaziergang zurück, Adam fuhr mit dem Auto in die Garage und als hätten sie sich abgesprochen, zusammen mit Betty betraten sie gemeinsam die Wirtschaft. Adam hatte seine Frau zum Friseur mitgenommen, Philipp und Karl guckten erstaunt und selbst Mathias war mutig genug, gegenüber Betty ein paar Komplimente zu machen. Was geht den Dorfschreiner die Frisur und das Kleid der Wirtin an, es war eine plumpe Anmache, doch sie hatte ihre Wirkung nicht verfehlt, was ihm von Betty mit einem breiten Lächeln quittiert wurde.

Mathias war fort und der ganz gewöhnliche Abend an einem Wochentag brachte nichts Außergewöhnliches. Zuerst standen nur fünf an der Theke. Dann kamen die Skatspieler und die, die Feierabend hatten und erst mit dem späten Bus kamen. Der Vorstand vom Sportverein und dazu drei oder vier Krakeeler, die immer etwas zu meckern hatten und Alois, der jeden Abend mit seinem Moped aus dem Nachbardorf kam. Zusammengerechnet waren es wohl zwanzig Gäste, für die Betty zapfte und Brigitte servierte.

Es ging schon gegen neun, da kam noch ein Gast, der die ganze Aufmerksamkeit der Männer auf sich zog. Es war die Gustel. Brigitte dachte an das Gespräch mit dem Mathias und ihrem Angebot mit der Gustel zu reden.

Unschlüssig und verloren stand sie in der Nähe des Tresens, Gustel wusste nicht wo sie sich hinsetzen sollte und sie erkannte zum falschen Zeitpunkt das Gasthaus betreten zu haben, und wollte wieder gehen. Da kam endlich Brigitte, begrüßte sie freundlich, fasste sie am Arm und geleitete sie in die hintere Ecke des Lokals, wo Klara in der Zeitung blätterte. „Ich muss mit dir reden", das war das Einzige was Gustel in ihrer Verlegenheit herausbrachte. Brigitte schaute ihr in die Augen, dann gab sie der Tante einen Wink, sie möge sich jetzt um die Gäste kümmern und verschwand mit der Gustel in die Küche.

Jetzt weinte die junge Frau herzzerreißend, dann fasste sie sich ein Herz: „Ich habe so ein schlechtes Gewissen, ich schäme mich so, ich will dir doch nicht weh tun."

Brigitte hatte geahnt worum es ging, sie umarmte das schluchzende Elend, legte ihr den Finger auf die Lippen und sagte nur: „Setz dich!" Sie ging hinaus und kam gleich wieder mit zwei Gläsern und einer Flasche Sekt zurück. „Auch wenn wir die Flasche nicht ganz schaffen, aber was sollen denn Frauen trinken wenn sie glücklich sind?" Gustel wehrte sich, sie sei nicht glücklich, sie sei verzweifelt, sie wolle jetzt ihren Rat und eine ehrliche Antwort.

Der Sekt perlte, Brigitte reichte ihr ein Glas, prostete ihr zu und forderte Gustel auf die Frage zu stellen, auf die sie eine ehrliche Antwort erwarte. Sie nahm einen kleinen Schluck und mit halb zugekniffenen Augen stellte sie die Frage: „Liebst du den Mathias, seid ihr zusammen?"

Brigitte stellte ihr Glas auf den Tisch und umarmte erneut die Fragende. „Dummes Kind aber das konntest du ja nicht wissen. Der Mathias war eben hier, er hat mir alles erzählt und wenn auch du ihn magst, dann sag ich schon jetzt herzlichen Glückwunsch. Das mit Mathias und mir ist schnell erzählt. Ich habe bei ihm neue Matratzen bestellt und in seinem Büro kam uns die Idee unser eintöniges Dasein mit einem lustigen Abend in der Stadt etwas aufzufrischen. Wir hatten auf niemand Rücksicht zu nehmen, aber es sollte daraus keine Beziehung für immer werden. Aus dem einen Abend wurden mehrere, aber die Einzelheiten unserer aufkommenden Leidenschaft möchte ich dir ersparen.

Kurz bevor die Männer zum Dämmerschoppen kamen, war er hier. Er wollte meinen Rat, meine Entscheidung. Ich wusste selbst nicht was er wollte, da er doch mir gegenüber zu nichts verpflichtet ist. Er beichtete mir, dass er dich geküsst habe. Ich beglückwünschte ihn, eine bessere Geschäftsfrau würde er nicht finden und versprach ihm mit dir zu reden. Das unser Gespräch schon heute, am gleichen Abend stattfindet, damit hatte ich nicht gerechnet."

Gustel trank den Sekt in einem Zug aus und mit dem Glas in der ausgestreckten Hand forderte Brigitte auf nachzuschenken. „Du machst es mir so leicht, ich spürte es den ganzen Nachmittag schon und eigentlich wartete ich darauf, doch ich wollte dir nicht wehtun. Er stand hinter mir, legte seine Hand auf meine Schulter und dann küsste er mich. Noch einmal einen Kuss zu genießen, ich war überglücklich, aber dann kam mir plötzlich der Gedanke, er betrügt Brigitte jetzt mit dir. Vor zwei Tagen erst erzählte die Maria bei ihrem Besuch auf der Raiffeisenkasse, sie habe dich in dem engen Gässchen bei ihm einsteigen sehen. ‚Das wird eine Geldhochzeit' sagte sie noch und ich habe dich um diesen Bräutigam beneidet."

Der Sekt schmeckte, Brigitte schenkte nach und Gustel berichtete in ununterbrochenem Redefluss von ihrer Lebenssituation in den letzten Jahren. „Der in der ersten Zeit so liebevolle Georg verfiel dem Alkohol, er ging nicht mehr arbeiten und hat dann getobt, wenn das Geld all war. Oft gipfelte seine Wut in Fausthieben und Fußtritten. Mehrmals habe ich mit den Buben die Nächte auf dem Dachboden verbracht. Zum Schulbeginn der Kinder war er schon nicht mehr da und ich war froh, dass er fort war. Unterhalt hat er nie bezahlt, er lebt bei seinem Bruder im Siegerland und bezieht eine kleine Rente. Ein alkoholbedingter Unfall kostete ihn die Arbeitsstelle als Dachdecker und es folgte ein Schlaganfall, der ihn teilweise lähmte. Bei all seinem Elend, doch dem Alkohol hat er nicht abgeschworen.

Ich habe mir diese Vormittagsputzstellen gesucht, die Versorgung der Buben am Mittag habt ihr hier im Hause selbst erlebt, und es war nicht immer die Katze, die die Brote gefressen hatte, die Kerle wussten, die Brote der Klara schmecken besser. Den Einbruchsdiebstahl wollte ich ihnen nicht durchgehen lassen, aber da habt ihr mich ja überrumpelt. Ich war halbwegs betrunken, als ich von euch fortging und ich hatte eine neue gute Arbeitsstelle, für deren Vermittlung ich deinem Vater sehr dankbar bin. Über meine zweite Stelle im Büro vom Mathias möchte ich gar nicht nachdenken, was wird mich da noch alles erwarten? Brigitte, ich bin so aufgeregt."

Brigitte nahm sie wieder in den Arm: „Genieße es, er ist nicht der grobe Handwerker, du wirst seinem Charme erliegen, du wirst dich seiner Zärtlichkeit hingeben, du hast in Liebesdingen viel Nachholbedarf."

Brigitte erzählte jetzt von dem bevorstehenden Fest, das Mathias veranstalten wolle, zu dem sie sich selbst eingeladen habe und wo sie einen gewissen Manfred treffen wolle. Sie sprach von dieser, für sie aufregenden Begegnung am letzten Abend mit Mathias und erwähnte auch wie bei ihren Gedanken an diesen Manfred dieser Abend für Mathias enttäuschend endete.

Es war spät geworden, sie hatten es geschafft, die Flasche war leer. Den allerletzten Rest hatte Gustel noch im Glas, die aber jetzt ein schlechtes Gewissen hatte. Die Buben schliefen zwar, jedoch sie waren den ganzen Abend allein. „Ich habe nie meine Kinder abends allein gelassen, aber heute schlafen sie wahrscheinlich besonders fest. Sie haben an der Hobelmaschine die Späne zusammengefegt, das Abfallholz in den Brennholzbunker geworfen und Mathias gab ihnen Hammer und Nägel, womit sie zwei Brettstücke zusammennageln sollten. Mit dieser Arbeit sind sie nicht ganz fertig geworden, da müssen sie morgen noch einmal weitermachen."

Brigitte ließ sie durch die Hintertür hinaus, nein sie habe keine Angst in der Dunkelheit durchs Dorf zu gehen, an der Außentür drückte sie Brigitte, schenkte ihr noch ein Lächeln und war verschwunden.

Die Gaststube war fast leer, Vater und Mutter waren längst im Bett und Klara war dabei die letzten Bierdeckel abzukassieren. Brigitte half ihrer Tante noch die Gläser zu spülen, sie entschuldigte sich beim Service nicht geholfen zu haben und erzählte ihr dann im Vertrauen von der aufkommenden Liebschaft zwischen dem Mathias und der Gustel. Klara beteuerte immer sie sei nicht neugierig, doch sie war heilfroh, wenn sie alles wusste. Aber solche Neuigkeiten würde sie für sich behalten, das wusste Brigitte. Für jeden im Haus galt die Devise von dem Geschwätz in der Wirtschaft darf nichts nach außen dringen, und daran hielt sich ganz besonders Klara.

Es folgte wieder eine ganze Anzahl Tage, die Brigitte so hasste, weil sie keinen Fortschritt sah. Am liebsten alles auf einmal und alles gleichzeitig, ihre Ungeduld und der Tatendrang waren bezeichnend. Der Hotelneubau, dazu wartete sie auf Liebermann mit seinen Bauplänen. Manfred, zu dem sie sich in Liebe verzehrte, obwohl sie ihn kaum kannte und erst wenige Worte mit ihm gesprochen hatte, steigerte ihre Ungeduld zum Zerreißen. Mathias solle doch endlich sein Betriebsfest veranstalten, denn nur dort sah sie eine Chance ihn wiederzusehen.

Die Einladung an ihn war abgeschickt. Gustel bestätigte ihr, dass sie den Text auf einer Postkarte verfasst und auch mit der Maschine geschrieben habe. Sie erzählte wieder einmal wie Mathias mit seiner Geschäftspost umgehe: „Die Hände in den Hosentaschen, so tänzelt er um den Schreibtisch, nennt nur den Namen von dem Empfänger, die Adresse muss ich mir selbst suchen und sagt nur mit drei, vier Worten was er von diesem Geschäftspartner will. Da heißt es nur: Ablehnung, Anfrage, Angebot, Bestellung, Rechnung und die Adressaten sind: verschiedene Behörden, Kunden, Lieferanten, die Berufsgenossenschaft oder auch die Krankenkasse, denen ich dann einen ausformulierten, höflichen Brief schreibe und ihm dann mit der Unterschriftenmappe in der Werkstatt nachlaufe, um die Unterschrift zu erhalten. Es ist anstrengend, aber die Arbeit macht Spaß."

Brigitte lachte: „Anschließend verlangst du zu jeder Unterschrift auch noch einen Kuss ..." Gustel holte aus, aber dieser gewaltige Schlag wandelte sich zu einem sanften Kraulen am Ohrläppchen und ihr vielsagender Augenaufschlag war die Antwort auf Brigittes Bemerkung.

Wieder stand ein Wochenende bevor, Mathias kam hereingestürmt, um mal wieder sein schnelles Feierabendbier zu trinken. Brigitte jammerte Mathias die Ohren voll, dass es in puncto Neubau immer noch keinen Fortschritt gebe.

Mathias, selbst gestresst und mit Arbeit überhäuft, warnte sie: „Das Planungsbüro hat den Auftrag und wird bemüht sein einen ordentlichen Bauplan zu erstellen, für den der Architekt erst dann seine Rechnung schreiben kann, wenn er ihn vorgelegt hat. Planen ist kein Handwerk, Planen ist geistige Arbeit, zu der viel akademisches Wissen erforderlich ist und ein Akademiker lässt sich nicht drängen."

Brigitte war mit dieser Erklärung nicht einverstanden und beschwerte sich wie nachlässig die übrigen Hausgenossen mit diesem großen Vorhaben umgingen. „Tante Klara steht an ihrem Küchenherd und glaubt bei ihr sei die Welt noch in Ordnung. Und meine Mutter, mit Stolz trägt sie jetzt schon seit mehreren Wochen ihre neue Frisur, sie liebt schicke Kleider und hochhackige Schuhe und ich befürchte, sie hat sich so an das Nichtstun gewöhnt, dass sie den Neubau gar nicht mehr haben möchte. Der Vater ist zum Waldmensch geworden. Sein neuester Betriebszweig besteht jetzt aus dem Verkauf von Reisern von Edeltannen, die er an die Gärtner und Kranzbindereien verkauft. In verschiedenen Revieren gibt es kleinere Abteilungen mit jungen Douglasien oder Weißtannen. Die Zweige der unteren Jahresringe lässt er von einer Kolonne schneiden und bündeln, worauf er die mit einem gemieteten Lkw ausliefert. Hundertsiebzig Prozent wären da drin, hörte ich ihn neulich sagen. Den Viehhandel hat er aufgegeben, er war ihm zu zeitaufwändig. Ich fürchte, auch er hat kein Interesse mehr an dem Hotelneubau."

Mathias hatte inzwischen fast ausgetrunken und versuchte Brigitte in ihrer Aufgeregtheit zu beschwichtigen. „Warte doch ab, der Plan ist in Auftrag gegeben und es wäre nicht dein Vater, wenn er jetzt die Flinte ins Korn werfen würde. So wie ich ihn kenne, wird er darauf Acht haben, dass auch seine Frauen mit einträglicher Arbeit bei der Vermehrung des Reichtums mitmachen. Übrigens, ich musste den Termin verlegen, das Betriebsfest ist nicht an diesem, sondern am nächsten Wochenende, Gustel hat den Manfred noch einmal angeschrieben."

Die abgezählten Groschen klimperten auf der Theke, der letzte Schluck hatte auf seinem Weg durch den Schlund den Magen noch nicht erreicht, da war er schon draußen. Mathias entwickelte sich immer mehr zu einem Nervenbündel. Zum Glück hatte er jetzt die Gustel, die für Ruhe, Ordnung und Ausgeglichenheit sorgte. Bei diesen Gedanken spülte Brigitte das Glas, strich das Geld ein und freute sich innerlich auf das Fest, an dem sie hoffentlich den Manfred wiedersehen würde.

Am Ecktisch war die Decke verrutscht, noch während sie die Sache ordnete, ging die Tür auf und Brigitte war bis aufs Mark erschrocken, als sie sah wer da kam.

Ohne Jackett, den Hemdkragen offen, den Schlips lose um den Hals. Mit beiden Händen hielt Liebermann eine große Mappe, die er gleich auf dem ersten Tisch ablegte. „Fräulein Schneider, hier habe ich fertige Pläne und Sie dürften Ihren Wünschen, die Sie mir in Ihrem Brief vorgetragen haben, entsprechen. Schauen Sie sich gemeinsam über die nächsten Tage bis zum Dienstag die Zeichnungen an, nehmen Sie einen Rotstift wo Sie glauben ein Raum wäre zu groß oder zu klein. Am Dienstag wollte ich mit Ihrem Vater den Termin zur gemeinsamen Aussprache vereinbaren."

Es war eher ein Stottern denn ein Sprechen was der Architekt Liebermann da von sich gab, und ohne auf eine Antwort zu warten, war er schon wieder draußen. Brigitte wusste nicht wie ihr geschah, sie fühlte sich überrumpelt und traute sich zuerst nicht die Mappe aufzuklappen, um zu sehen was Liebermann am Zeichenbrett vollbracht hatte. Die Neugierde siegte, sie öffnete die Mappe, die gezeichneten Ansichten der Fronten dieses

Gebäudes waren vielversprechend, doch bei den Grundrissen begann das Verwirrspiel. Dünne und dickere Striche, längs und quer, die einzelnen Räume waren zu erkennen, doch die Maße hierzu standen am Rand der Zeichnung, wer sollte das verstehen? Sie blätterte wieder zurück zu den Außenansichten, die ihr einen weitaus besseren, einen realistischen Eindruck von dem neuen Hotel verschafften. Die Vorderseite, die Rückseite, die Giebel, sie schob einen zweiten Tisch herbei und legte die Blätter nebeneinander. In ihrer Fantasie sah sie das Haus „Auf'm Hahnen" hell verputzt mit Blumen an den Fenstern und während sie ihren Träumen nachhing, wurde sie von dem Knall des zuschlagenden Garagentores in die Wirklichkeit zurückgerufen. Ihr Vater war gekommen, es war noch früh, sie hatte noch gar nicht mit ihm gerechnet, weil er doch in der letzten Zeit durch sein Tannengrüngeschäft immer etwas später kam.

Er ging durch die Hintertür in die Küche und von dort gleich in sein Büro. Sie musste ihn rufen, um ihm zu berichten was Liebermann in seiner Eile ihr vorgestottert hatte und dabei die große Mappe auf den Tisch warf. Adam war wenig überrascht, er hatte noch am Vormittag mit Liebermann telefoniert und dabei schon den Termin für kommenden Dienstag abgesprochen. Ein kurzer Blick darüber, doch für die Pläne hatte er jetzt keine Zeit. Er müsse telefonieren, er müsse Geld verdienen, um das zu bezahlen was Liebermann da aufgemalt habe.

Betty kam vom Bus, sie war mal wieder beim Friseur gewesen und gleichzeitig kam auch Klara von ihrem Spaziergang zurück, gerade noch rechtzeitig um dem Wendelin das Viertelchen einzuschenken. Wendelin wurde wie immer in der Küche bedient und Brigitte glaubte, er könnte die Rettung sein und ihr die Baupläne mit den Zahlen am Rand erklären. Für den Straßenwärter und gelernten Maurer war das kein Problem. Schon am ersten Beispiel zeigte er Brigitte wie man diese Zahlen lese und dass die Fläche des Gastraumes siebzig Quadratmeter groß sei. „So einfach ist das, jetzt komme ich klar, Dankeschön Wendelin."

An den folgenden Tagen bis zu dem Termin am Dienstag war es nicht möglich gemeinsam die Pläne zu besprechen. Adam, mit seinem Kennerblick hatte in einer freien Minute darüber geschaut, auf einem Zettel einige Maße nachgerechnet und zufrieden die Mappe wieder zugeklappt. Betty interessierte sich nur kurz für die Außenansichten, nur Klara verlangte von Brigitte eine Erklärung, worauf auch sie zufrieden war. Es gab keine Beanstandungen oder Änderungswünsche. Adam entschied, Liebermann solle auf Grundlage dieser Zeichnungen und komplettiert mit den anderen nötigen Unterlagen den Bauantrag einreichen. Sollten sich während der Bauphase Änderungswünsche ergeben, so könnte man ja einen Änderungsantrag nachreichen. Eigentlich war Brigitte jetzt zufrieden, zumal Liebermann prophezeite, noch vor Winter die Erschließung und das Kellergeschoss fertigzuhaben. Aber Brigitte sah, dass sie weiterhin warten musste. Warten auf die Baugenehmigung, warten auf die Baufirma, die nach der Ausschreibung den Zuschlag erhielt und letztendlich warten auf den Baubeginn.

Die Woche verging, endlich war es Samstag an dem das heiß ersehnte Betriebsfest bei Mathias stattfinden sollte. Adam gab ihr sein Auto, womit sie am späten Nachmittag zum Friseur fuhr und es fehlte ihr für das Make-up eine Creme, die sie sich in der Drogerie besorgen wollte. Sie hatte keine Eile in der Stadt und nutzte auch die Gelegenheit sich beim Italiener mit einem köstlichen Eis zu verwöhnen.

Während sie in der Stadt das süße Leben genoss, spielte sich vor dem Gasthaus „Hirsch" ein Szenario ab, das sie bestimmt gerne miterlebt hätte. Auf dem Streifen neben der Straße unter der Kastanie hielt ein Lastwagen mit Anhänger. Klara beobachtete durchs Fenster diesen Vorgang und ärgerte sich, weil der große Lkw den Parkplatz der Gäste blockierte. Mit angespanntem Interesse beobachtete sie weiter, wie dann der Fahrer ein Köfferchen aus dem Führerhaus hob, die Tür verschloss und mit dem Köfferchen auf das Haus zukam. Ein einzelner fremder Mann war ihr nicht geheuer und darum rief sie ihre Schwägerin.

„Manfred Fuchs", so stellte er sich vor und fragte, ob er bis zum Montag im „Hirsch" logieren könne. Er brauche dazu auch noch ein Telefon, ein Bad, ein bequemes Bett, ein deftiges Frühstück, zu Mittag einen saftigen Braten und am Abend Bratkartoffeln mit Spiegelei.

Betty antwortete ihm nicht sofort, sie musste zuerst seine Wünsche sortieren. „Das von Ihnen gewünschte Bad macht mir Kummer, ich muss zuerst den Ofen im Gästebad anheizen, der aber längere Zeit braucht bis er warmes Wasser liefert. Das Bett ist nicht mehr auf dem modernsten Stand, aber sehr bequem. Meine Schwägerin Klara wird Ihnen ein Essen zubereiten. Sie ist eine vorzügliche Köchin. Das Telefon steht im Büro, von dort können sie, bei Erstattung der Gebühren Ihre Telefonate führen."

Betty wartete auf Antwort, doch sie sah nur sein verklärtes Gesicht und sein leichtes Kopfnicken, bis Manfred den Wunsch äußerte, zuerst telefonieren zu dürfen. Die Tür zum Büro ließ er offen und oft dauerte es Minuten bis die Verbindung hergestellt war, doch diesmal hatte sich das Fräulein vom Amt besonders beeilt. „Hallo Chef ... nein heute nicht mehr ... am Montag um sieben ... ja, auf dem Bauhof ... nach zweiundsiebzig Stunden die Woche und zweihundertneunzig Tonnen Schotter, Splitt und Sand nehme ich mir diese Freiheit ... das sehe ich nicht ein ... Gesetzesänderung zur Fahrzeitbegrenzung ... wird aber kommen ... ich bin heute eingeladen ... zwei Nächte im Führerhaus verbracht ... nur Fleischwurst, Brötchen und Bier ... die ganze Woche ... Gasthaus ‚Hirsch' ... ich lasse es mir mal richtig gut gehen ... am Montag um sieben ... zuerst Ölwechsel und abschmieren, dann auf der Vorderachse Reifen wechseln ... ja Chef."

„Sklaventreiber", sagte er nur, als er den Hörer auf die Gabel warf.

Für seine Körperpflege wollte er nicht auf das warme Wasser im Gästebad warten, er wusch sich kalt. Das Abendessen könne er sich sparen da er bei seinem Freund Mathias eingeladen sei. Er fragte nach einem Hausschlüssel, da es spät werden könne. Betty hatte Vertrauen zu diesem freundlichen aufgeschlossenen jungen Mann, und da sie nur wenige Hausschlüssel hatten, verriet sie ihm das Versteck im Blumenkasten. „Aufschließen, den Schlüssel wieder unter die Geranien legen und dann die Tür von innen zudrücken."

Manfred war schon weg als Brigitte endlich von ihrem ausgedehnten Stadtbummel nach Hause kam. Der Lastwagen vor dem Haus gab ihr schon ein komisches Gefühl und als ihr Klara erklärte was es mit dem Fahrer auf sich habe und dass er beim Schreiner Mattes eingeladen sei. Nun geriet sie in Panik. Innerlich verfluchte sie sich, so lange in der Stadt geblieben zu sein. Das Umziehen war eine Sache von Minuten, ein Küchentuch über die Schüssel von Tante Klaras Kartoffelsalat, den sie spendieren wollte, und ohne zusätzliches Jäckchen für die Abendkühle stürmte sie hinaus in Richtung Schreinerei.

Sie kam viel zu spät, mit überschwänglichem Dank nahm ihr Gustel die Schüssel ab und bei den vielen unbekannten Gesichtern setzte sie sich an den Tisch zur Nachbarschaft von Mathias, die Nachbarn und die Gesellen waren die einzigen Gäste, die sie kannte.

Manfred stand am Feuer, wo er sein Wissen als gelernter Koch herauskehrte, und das Fleisch aus eigens mitgebrachten Gewürzdosen nachwürzte, was ihm wenig später beim Genuss der saftigen Stücke Lob und Anerkennung einbrachte.

Mathias brachte es nicht fertig einen Kontakt herzustellen, wobei er doch genau wusste, wie wichtig Brigitte die Begegnung mit Manfred war. Auch Gustel, die sich zur Hausfrau und Gastgeberin aufgeschwungen hatte, kümmerte sich ausschließlich um die Gäste.

Brigitte war der Verzweiflung nahe, aber selbst die Initiative zu ergreifen, dazu war sie zu stolz. Die Gespräche am Tisch mit der Nachbarschaft und den Gesellen verlief oberflächlich und beschränkte sich auf den üblichen Dorftratsch. Manfred am Tisch gegenüber führte mit Mathias und zwei fremden Männern, die ihm offensichtlich nicht unbekannt waren, eine lebhafte Diskussion. Das Essen war längst vorbei, es war noch nicht spät, da stand plötzlich ein anderer gut aussehender Mann vor Brigitte und bat sie ohne große Umschweife am nächsten Abend um ein Rendezvous. Sie spielte nicht die Überraschte, sie blieb gelassen und erhob sich, er ergriff ihre Hand zu einem vollendenden Handkuss, und sie antwortete ihm mit lauter Stimme: „Ich komme gerne, wo wollen wir uns denn treffen? Sie müssen aber Ihre Frau mitbringen." Lautes Gelächter am Nebentisch: „Jetzt bist du mal wieder aufgefallen, die junge Frau hat dir doch angesehen, dass du deine Frau betrügen wolltest, mach nur so weiter, dann übernehme ich deine Anneliese, wenn sie sich von dir getrennt hat."

Diesen Vorfall hatten mehrere Gäste mitbekommen, selbst die Diskussionsrunde um Manfred kam zum Schweigen und Brigitte erhob sich, sie hatte es satt der Anmache fremder Männer ausgesetzt zu sein und ohne sich von Mathias und Gustel zu verabschieden, trat sie schnellen Schrittes den Heimweg an.

Manfred fragte Mathias: „Das ist doch die, die du neulich in der ‚Marktschänke' dabei hattest, sieht verdammt gut aus, warum ist sie denn davongelaufen?"

Mathias wurde verlegen, ihn plagte jetzt das schlechte Gewissen Manfred mit Fußballgeschwätz aus vergangenen Zeiten mit Beschlag belegt zu haben. „Du wohnst doch dort, dann wirst du sie sicher wiedersehen."

Inzwischen hatte Gustel den Vertreter für Schreinereibeschläge, der sich mit Brigitte verabreden wollte, verabschiedet und auch den Händler für Tischlerplatten. Sie war inzwischen stark in den Schreinereibetrieb involviert. Durch zahlreiche Telefongespräche und der anfallenden Korrespondenz kannte sie die Herren, die es gerne hinnahmen von ihr anstatt vom Chef persönlich verabschiedet zu werden. Gustel kam, setzte sich neben Mathias und schmiegte sich an seine Schulter. Sie war erstaunt, nein sie war erschrocken, als sie hörte, das Brigitte fluchtartig das Feld geräumt hatte. „Manfred, sie wollte doch ..." Weiter sprach sie nicht, um nichts zu verraten, das hätte peinlich werden können.

Manfred wusste nicht wie er sich verhalten sollte, jedenfalls hatte er keine Lust mehr länger zu bleiben. Er bedankte sich für die Einladung und sprach seinerseits eine Einladung in die „Marktschänke" aus, in der sie sich in nächster Zeit wieder einmal treffen wollten und er wünschte, die Tochter aus dem „Hirsch" wäre auch dabei.

Im Gastraum brannte noch Licht und somit war die Haustür noch nicht verschlossen. Klara war allein. Sie war gerade dabei die Tischdecke wieder aufzulegen, die die Skatbrüder abgenommen hatten, damit sie besser Karten spielen konnten.

„Wo ist denn die Haustochter?" Manfred stellte die Frage ohne jegliche Vorrede an Klara.

„Haustochter? Wie sprechen Sie denn von unserer Brigitte? Sie ist doch keine Dienstmagd, sie ist die Tochter der Wirtsleute Adam und Betty Schneider und wird in Kürze das neue Hotel übernehmen. Im Übrigen, sie will Sie nicht mehr sehen, Sie müssen sich wohl ihr gegenüber nicht gut benommen haben."

Das hatte gesessen und Manfred verfluchte im Innern den Entschluss sich hier „Hirsch" einquartiert zu haben. Sollte er sein Gepäck holen, sich ans Steuer setzen und in der Nacht noch nach Kirchberg fahren? Diesen Gedanken verwarf er doch schnell, er hatte getrunken und wäre mit dem Lastzug in den mit Fahrverbot belegten Sonntag gekommen, worüber sich die Polizei besonders gefreut hätte. Er sagte nur kurz „Gute Nacht" und verschwand nach oben in sein Zimmer.

Es war Sonntagmorgen, es geschah selten, aber es bedurfte keiner Überredungskunst den Vater um das Auto zu bitten, der seiner Tochter nichts abschlagen konnte, und das wusste sie. Bacharach war ihr Ziel, sie wollte sehen was die Scherleits, ihre ehemaligen Arbeitgeber machten und ob Marianne noch bei ihnen in Diensten stand. Sie war in der Frühmesse und dadurch schon fort als der Betrieb in der Gaststube richtig angefangen hatte.

Im „Hirsch" hatten die Männer am Stammtisch schon ihren ersten Schoppen getrunken, als Manfred in der hinteren Ecke saß und auf sein Frühstück wartete. Das Rührei dauerte etwas länger, aber er brauchte nicht lange zu warten, bis Betty ihn versorgte. Zwei Sorten Wurst und Käse, Marmelade und Honig, dazu ein Klumpen Butter und letztlich die Rühreier, das war kein Frühstück, das grenzte an Völlerei. Er hatte zwar guten Appetit, aber mit Wehmut musste er zusehen, wie ein Teil dieser leckeren Lebensmittel, die er nicht mehr schaffte, wieder abgeräumt wurden. Während des Abräumens fragte Betty ihn, ob er mit einem verspäteten Mittagessen einverstanden sei. Betty sprach mit den Frühschoppengästen, bei denen es offenbar einige gar nicht so eilig hatten nach Hause zu gehen.

„Eine längere Pause zwischen Frühstück und Mittagessen käme mir sehr gelegen." Manfred bedankte sich für das üppige Frühstück, nachdem er so schnell keinen Hunger habe und bestellte sich einen Schoppen.

Adam servierte ihm den Wein und sprach die Forderung aus: „Kommen Sie doch nach vorne zu uns an den Tisch, die Männer hätten gerne gewusst, warum Sie mit dem Lastauto hier stehen?" Manfred nahm die Einladung gerne an, man bot ihm einen Stuhl und er begann sofort zu erzählen, dass er beim Mattes eingeladen gewesen sei, dass er Lkw fahre und morgen in aller Frühe in der Werkstatt sein wolle. Gleichzeitig beschwerte er sich über den Schachtmeister, der wegen Terminschwierigkeiten ungeheuren Druck auf die Leute und vor allem auf die Fahrer ausübe. „Zu Anfang hat er bei den Erdarbeiten nur zwei Lkws eingesetzt und wir hätten vier gebraucht. Die Zeit, die er da verbummelt hat, fehlt ihm jetzt und er glaubt mit unseren Überstunden könnte er seinen Fehler ausgleichen. Der lernt es einfach nicht."

Straßenbau, das war an diesem Morgen das Thema, zumal fast jeder am Tisch schon einmal an der Straße gearbeitet hatte, auch wenn es oft nur wenige Wochen waren.

Das Lokal leerte sich, zuletzt saßen Manfred und Adam noch allein am Tisch. Sie konnten sich über gemeinsame Bekannte unterhalten, während Betty durch Abkassieren die letzten Skatspieler zum Aufbruch zu bewegen wollte.

Wie üblich wurde für die Familie sonntags zum Mittagessen im Gastraum gedeckt. Heute entschied Adam Klara solle noch ein zusätzliches Gedeck bringen. Der Kraftfahrer Fuchs könne den Platz der Brigitte einnehmen, die ja heute unterwegs sei. Manfred fühlte sich geehrt, doch er wurde die ganze Zeit schon den Verdacht nicht los, Adam Schneider schon einmal im „Kappeler Eck" gesehen zu haben. Jetzt freute er sich, Betty gegenüber am Familientisch sitzen zu dürfen.

Das Essen war gut, nur der Rinderbraten war total durchgegart, was ihm als gelernter Koch gar nicht gefiel. Er hütete sich jedoch hierzu fachliche Kritik zu üben. Das Tischgespräch drehte sich teilweise um das Essen und die Kunst am Küchenherd, wobei Manfred interessante Kommentare in Bezug auf Gewürze, die Frische des Gemüses und Salates und die Qualität des Fleisches abgab. Er erntete Bewunderung über sein Fachwissen, was ihm plötzlich Angst einjagte, er könnte sich als Koch verraten, was er doch unbedingt vermeiden wollte. Er schämte sich nicht in seinem erlernten Beruf, sondern als Lkw Fahrer sein Geld zu verdienen.

Für den Nachmittag entschied er sich eine Stunde oder zwei hinzulegen, um sich von der Mühsal der letzten Woche auszuruhen und wollte dann bis zum Abendessen einen längeren Spaziergang machen. Am Abend werde er auch wieder zeitig ins Bett gehen, da er am Montag schon vor sechs auf Achse sein müsse. Für den nächsten Tag äußerte er einen bescheidenen Wunsch, so früh am Morgen wolle er nicht frühstücken aber dafür wolle er zwei belegte Brote mitnehmen. „Aber selbstverständlich, dazu zwei hart gekochte Eier, einen Apfel und eine kleine Tafel Schokolade." Klara fühlte sich gefordert, so einen fleißigen Frühaufsteher wollte sie nicht hungrig hinaus in die Welt schicken.

In Bacharach hatte es Brigitte gut angetroffen. Werner Scherleit, ihr ehemaliger Chef, freute sich ungemein und bedankte sich hinter vorgehaltener Hand noch einmal dafür, dass sie seine Frau damals, als es ihnen so schlecht ging und sie zum Friseur wollte, zusammengestaucht hatte. Heute gehe es ihnen wieder gut, das Haus sei den ganzen Sommer über voll, seine Frau habe ihre Liebe zum Kochen wiederentdeckt und sich mit ihrer Küche am Mittelrhein einen Namen gemacht.

Marianne, die im Nebenraum das Frühstücksgeschirr abräumte, ließ das volle Tablett stehen und fiel Brigitte um den Hals. Sie freute sich ihre ehemalige Kollegin wiederzusehen. Um ungestört sprechen zu können zog sie Brigitte am Ärmel in den leeren Nebenraum. Mit Begeisterung sprach sie von der verwandelten Chefin, die so vorzüglich koche. Dann redete sie von lieben Gästen, aber auch von unverschämten Männern, die versuchten, sie in den Po zu kneifen und von dem Trinkgeld, das sie ihnen abluchste, wenn sie ihnen drohte, diese Handgreiflichkeiten ihren Frauen zu erzählen.

Brigitte lachte und kniff ihr auch in den Po, bevor sie in die Küche ging, um auch Gerda Scherleit zu begrüßen. Es dampfte, nur schemenhaft konnte sie sie erkennen. Klein, dicklich und rund, doch sie hatte von ihren Kilos einige verloren. Das stand ihr gut und man konnte bei ihr wieder eine weibliche Figur erkennen. Die zweite Frau war die Gunda aus der Nachbarschaft. Sie half jeden Vormittag, beim Kartoffeln schälen, Gemüse putzen, Braten begießen, Zwiebeln schneiden, Geschirr spülen. Sie musste die Finger rundgehen lassen, doch sie war glücklich bei ihrer Arbeit. Gerda Scherleit trug in dem Kochdampf am Herd eine Haube, die sie jetzt herunternahm, als sie Brigitte begrüßte. Ihre blonden Locken quollen auf, als sie von der eng anliegenden Haube befreit waren. Mit den Fingern suchte sie ihre Frisur zu ordnen und entschuldigte sich mehrmals in dieser Woche ihren Friseurtermin versäumt zu haben. Brigitte wunderte sich, dass die doch inzwischen so fleißige und erfolgreiche Köchin ihrer Frisur noch immer solche Bedeutung zumaß.

Vor dem Mittagessen noch einen Bummel durchs Städtchen und dann ließ sie sich auf ihrer ehemaligen Arbeitsstelle auf das Köstlichste bewirten. Danach machte sie mit dem Auto über die umliegenden Dörfer eine kleine Tour und saß dann den ganzen Nachmittag mit einem Buch auf einer Bank am Rhein. Zum Lesen kam sie nicht, mit ihren Gedanken war sie daheim, sie dachte an Manfred. Hatte sie sich richtig verhalten? Hatte sie nicht zu viel von ihm erwartet, wo sie sich doch kaum kannten? Doch vor allem war sie wütend auf Mathias und Gustel, die sich diesbezüglich für sie verwenden sollten. Schließlich hatte sie Wut auf sich selbst, Manfred nicht angesprochen zu haben.

Am Abend hatte Marianne frei und sie hatten vereinbart gemeinsam mit Mariannes neuem Freund zum Tanz in den „Bachuskeller" zu gehen. Die schmissige Musik war nicht ganz nach ihrem Geschmack, trotzdem tanzte sie an diesem Abend viel, zumal sie ihre Tanzpartner aus ihrer Bacharacher Zeit alle kannte. Ein Winzer aus dem Dorf Medenscheid bemühte sich sehr um sie und beinahe wäre sie ihm erlegen, wenn sie nicht in letzter Sekunde von ihrer Vernunft davon abgehalten worden wäre.

Mit wirrem Haar, den Kragen am verschwitzten Hemd offen, die Schuhe verstaubt, so kam Manfred von seinem Spaziergang zurück und entschuldigte sich sofort für sein Aussehen und seine Verspätung, da er sich verlaufen habe. Klara wartete schon mit ihren Bratkartoffeln auf ihn, wobei sie die Spiegeleier erst in die Pfanne schlug, als er endlich am Tisch saß. Er musste das Abendessen allein einnehmen, es war Betrieb im Gastraum. Betty und Adam hatten alle Hände voll zu tun, zumal ja eine Person im Service fehlte. Betty machte Adam Vorwürfe, er hätte Brigitte das Auto nicht überlassen sollen. „Egal was dieses launische Weib an diesem doch so netten Logiergast auszusetzen hat. Sie kann sich auf etwas gefasst machen. Da ist im Vorfeld dieses Festes beim Mattes etwas geschehen, ich werde es herausbekommen und wenn ich es aus ihr herausprügeln muss."

Adam lachte. „Als ob sich meine Tochter von dir noch schlagen ließe? Ich weiß nicht warum, aber sie hat Liebeskummer. Denk doch mal an dich selbst, wie hattest du geheult als ich dich einmal sitzen ließ, weil du mich geärgert hattest. In Bezug auf diesen Manfred hatte ich die ganze Zeit schon einen Verdacht, ich glaubte ihn schon mal gesehen zu haben und darum habe ich telefoniert. Ein Mitarbeiter meiner Kirchberger Holzkolonne wusste Bescheid. Der Manfred ist gelernter Koch und stammt aus dem ‚Kappeler Eck'. Ein Zerwürfnis mit seinem Vater zwang ihn eine andere Tätigkeit aufzunehmen und so wurde er Kraftfahrer. Im ‚Kappeler Eck' war ich einige Male mit meinen Leuten und da muss ich ihn gesehen haben."

Betty wunderte sich und dann warf sie ihm vor, dass Brigitte auch ihre Tochter sei und wenn sie Liebeskummer habe, dann werde sie als ihre Mutter ihr darüber hinweghelfen.

Manfred hatte sich an Klaras Bratkartoffeln gütlich getan und stand jetzt am Tresen um beim Adam schon vorweg die Logiskosten zu bezahlen. Aus seinem prallen Geldbeutel zog er die zwei Zwanziger. Die vier Mark Wechselgeld schob er dem Adam wieder zurück, er solle sie Klara vermachen, die sich so fürsorglich um ihn gekümmert habe.

Zum Schlafengehen war es noch zu früh, zu den paar alten Männern oder den Paaren, die noch im Lokal saßen, suchte er keine Gesellschaft und darum setzte er sich an seinen Tisch in der Ecke und bestellte sich ausnahmsweise mal eine Flasche Bier.

Seine Gedanken drehten sich um die hübsche Tochter des Hauses, die offenbar an diesem Sonntag vor ihm geflüchtet war. Was sollte er falsch gemacht haben? Er bedauerte wie es gekommen war und sah diese Schönheit, die hier im Gasthaus „Hirsch" im gemachten Nest saß und dass er sich gerne in diesem Nest dazugesetzt hätte.

Während er seinen trübsinnigen Gedanken nachhing, bemerkte er nicht, dass sich Besuch seinem Tisch näherte. „He, alter Freund, was soll das Trübsalblasen, ich dachte, du hast Brigitte jetzt auf dem Schoß sitzen, wo ist sie denn eigentlich?"

Mathias und Gustel waren gekommen und wollten gemeinsam mit Brigitte und Manfred einen netten Abend verbringen. Manfred druckste herum, er wisse nicht wo Brigitte sei. Gustel bemerkte, dass er Tränen in den Augen hatte.

Mathias ging zum Tresen, um Adam nach Brigitte zu fragen. Mehr als das sie schon seit dem Morgen mit dem Auto unterwegs sei, wusste er auch nicht zu sagen und dass sie noch nicht zurück sei.

Manfred trank nur die eine Flasche Bier, es schmeckte ihm nicht. Gustel und Mathias bestellten auch nur je zwei Schoppen, es wurde nicht spät an diesem Abend. Mathias hatte seinem Freund noch einmal in allen Einzelheiten erklärt, dass Brigitte die Triebfeder gewesen sei, ihn zu seinem Fest einzuladen. Sie wolle ihn näher kennenlernen. Er bekannte sich auch zu seiner Schuld, ihn nicht mit Brigitte zusammengebracht zu haben, zumal die wenigsten dieser Gesellschaft sich untereinander kannten. Letztendlich versprach er Manfred, auf Brigitte einzuwirken, dass sie das von ihm angeregte erneute Treffen in der „Marktschänke" nicht absagen könne.

Mathias hatte zu dem Wein auch noch das Bier von Manfred bezahlt, sie verabschiedeten sich und Manfred ging auf sein Zimmer, er wolle ausgeschlafen sein, wenn er am nächsten Morgen wieder am Steuer sitze.

Die Tür, durch die Manfred nach oben ging, war gerade ins Schloss gefallen, da kam Brigitte. Es waren noch eine Menge Leute im Lokal und Betty konnte ihre aufgestaute Wut nicht herauslassen, doch Brigitte waren die vernichtenden Blicke der Mutter nicht entgangen.

Adam fragte sie nur kurz: „Wo zum Teufel warst du den ganzen Tag?"

Ebenso kurz antwortete sie: „In Bacharach, ich war im ‚Bachuskeller' tanzen." Mit den paar Worten hatte sich die Konversation an diesem Abend erschöpft und auch sie ging nach oben. Sie war müde.

Beinahe wären sie sich in dem dunklen Flur begegnet. Sie hörte eine Tür gehen und konnte sich gerade noch in den Türrahmen zu Klaras Zimmer drücken, um nicht gesehen zu werden. Manfred kam aus der Toilette und im Lichtschein seiner offenen Zimmertür sah sie ihn die wenigen Schritte, bevor er im hellen Licht verschwand.

Tür an Tür waren sie sich nahe, es schmerzte sie, dass sie doch nicht zueinandergefunden hatten und wieder flossen Tränen, als sie auf leisen Schritten ihrem eigenen Zimmer zustrebte.

Der nächste Morgen in aller Frühe hörte sie Manfred, als er sein Zimmer verließ, unten ein kurzes Gespräch mit Klara führte und von ihrem Fenster aus sah sie wie er die Tür am Führerhaus aufschloss und sich hinters Steuer setzte. Mit einem kurzen „Tut-Tut" grüßte er Klara, die ihm winkte.

Brigitte hatte erst neulich am Tresen ein Gespräch mitgehört, bei dem ein solcher Kapitän der Landstraße von seinem Leben hinterm Lenkrad erzählte und dabei auch die unterschiedlichsten Hupsignale erwähnte. Die Umstehenden nahmen seine Angeberei nicht ganz ernst, zumal er jetzt behauptete, sie würden sich untereinander mit der Hupe Nachrichten übermitteln. „Bei uns Lkw-Fahrern hat es sich längst eingebürgert, mit der kurzen Hupe zu grüßen, sich bei dem Kollegen für einen gewährten Vorteil zu bedanken, oder auf besondere Umstände und Gefahren hinzuweisen." Diese Signale kamen aus einem druckluftbetriebenen Horn und es hörte sich an wie das Gebrüll eines Ochsen und trotzdem, Tante Klara fühlte sich auch von diesem Ochsengebrüll geehrt und Brigitte vergoss erneut Tränen, da nicht ihr, sondern ihrer alternden Tante diese Aufmerksamkeit zuteil wurde.

Sie legte sich wieder hin, nicht um zu schlafen blieb sie im Bett, sie wollte die Begegnung mit der Mutter möglichst lange hinausschieben. Zuerst hörte sie das Knarren des Garagentores und dann den startenden Motor, der Vater war weg. Wenig später folgte ein lautes Gespräch zwischen der Mutter und Klara, die sich beschwerte weil „das Mensch" immer noch im Bett liege.

Jetzt schlug sie die Decke zurück, machte sich fertig und schlich wie ein geprügelter Hund nach unten. Sie fürchtete sich vor der Mutter, die ihr wahrscheinlich den unangemeldeten und nur mit dem Vater abgesprochenen Ausflug nach Bacharach mit der verspäteten Rückkehr als provozierende Unhöflichkeit auslegte. Was sollte gestern Abend ihre Bemerkung „So geht man nicht mit einem Gast um?" Was konnte sie wissen von der Einladung von Mathias an Manfred. Warum musste der ausgerechnet bei ihnen logieren? Sie sammelte ihren ganzen Mut und öffnete entschlossen die Küchentür, wo ihre Mutter bei ihrem verspäteten Frühstück saß, während Klara oben Manfreds Bett wieder neu bezog.

Betty hatte gerade einen Bissen im Mund und Brigitte nutzte die Chance zuerst zu beginnen. Zunächst beichtete sie die abendlichen Stadtbesuche allein mit dem Mathias und wie dieser seinen Freund Manfred begrüßte, der rein zufällig auch in dieses Lokal gekommen sei. Sie habe mit diesem Manfred nur wenige Sätze gesprochen, doch es sei Liebe auf den ersten Blick. Dann erklärte sie, warum sie Manfred nicht begegnen wollte und deshalb nach Bacharach geflüchtet sei.

Betty hatte ihre Wut auf ihre Tochter längst mit dem heißen Kaffee und dem Marmeladenbrot hinuntergeschluckt, aber dann wollte sie doch wissen was das mit dem „gegenseitigen Vergnügen mit dem Mathias" auf sich habe.

„Mutter, du warst doch auch mal jung und glaube mir, zwischen Mathias und mir ist nichts zurückgeblieben."

Betty konnte sich vorstellen was gemeint war, sie erinnerte sich an die eigene frühe Zeit mit dem Adam. Versöhnlich nahm sie Brigitte in den Arm, worauf dieser, einem Sturzbach gleich, die Tränen flossen.

Es dauerte eine ganze Weile bis sie nach Schluchzen, Schnuffeln, Nase putzen und Tränen trocknen ihr Gespräch fortsetzen konnten.

„Dein Vater hat mit einem seiner Männer aus der Kirchberger Kolonne telefoniert, dieser Manfred ist gelernter Koch und stammt aus dem ‚Kappeler Eck'. Nach einem Zerwürfnis mit seinem Vater ist er ausgezogen und hat sich eine andere Arbeit gesucht. Er soll etwas Schlimmes angestellt haben, weshalb es zum Streit mit seinem Vater kam, aber darüber wollte der Kirchberger Holzhauer nicht reden."

Brigitte zögerte zunächst, aber dann entschloss sie sich doch zu reden. „Ich weiß was ihm sein Vater vorwirft und warum es zum Streit kam. Sein Vater sagte, er habe, weil er ein Lehrmädchen geschwängert habe, das Ansehen des Hauses ruiniert und weil sein Bruder, ebenfalls Koch, gerade seine Lehre beendet hatte, konnte es dem Vater nur Recht sein, dass er fortging, um dem Bruder die Küche im ‚Eck' zu überlassen."

Betty setzte an um Fragen zu stellen, doch Brigitte kam ihr zuvor und berichtete, dass Manfred bei dem zufälligen Treffen in der „Marktschänke" Mathias seine Geschichte erzählt hatte. „Marktschänke" und Mathias, schon wieder hatte Betty dazu eine Frage. Brigitte reagierte genervt: „Mutter, ich habe dir vorhin erst angedeutet was zwischen Mathias und mir war. Seit dieser Begegnung mit Manfred in der ‚Marktschänke' ist meine Beziehung zum Mathias ohnehin beendet, zumal die Gustel den Mathias jetzt in Beschlag genommen hat."

Die Aussprache zwischen Mutter und Tochter war ins Stocken geraten. Betty dachte über Brigittes freizügiges Verhalten nach und diese dachte mit gesenktem Kopf an den Manfred. Was blieb war der Liebeskummer und Betty konnte ihr aus erlebter Erinnerung diesen Schmerz nachfühlen.

„Soll dein Vater mal nach Kirchberg fahren und mit dem Manfred reden?"

Brigitte gestikulierte mit Händen und Füßen und wehrte sich. „Ich brauche keinen Fürsprecher, wenn Manfred etwas für mich empfindet, dann kommt er von alleine, oder ich nehme selbst das Heft in die Hand, ich habe bis jetzt noch jeden Mann rumgekriegt."

Wieder wunderte sich Betty über das offensichtlich ausschweifende Liebesleben ihrer Tochter. Auch wenn Vater und Mutter nicht alles wussten, so war Brigitte doch eher zurückhaltend und wählerisch, bevor sie sich einem Kerl an den Hals warf.

Die Woche verging ohne besondere Vorkommnisse. Aber für den Montag der kommenden Woche war wieder ein Notartermin festgesetzt. Architekt Liebermann hatte ein Wertgutachten erstellt und Adam hatte den drei Nachbarn den alten „Hirsch" verkauft: dem Paul den Garten, dem Egon die Scheune und dem Anton das Haus. Zahlbar war die Kaufsumme, erst wenn für den Neubau die Baugenehmigung vorlag, ansonsten war der Kauf rückgängig zu machen. Brigitte sah wieder einen Fortschritt und das mit der Baugenehmigung konnte doch auch nicht mehr so lange dauern.

Just an diesem Montag kam Gustel und verkündete, dass am Mittwoch im Nachbardorf doch die große Kirmes stattfinde. Im Festzelt sei Tanz und sie habe Manfred geschrieben, er solle pünktlich um fünf Uhr am Haupteingang sein. Brigitte machte einen Luftsprung, drei Baugenehmigungen auf einmal hätten sie nicht so begeistert wie diese Nachricht, zumal Gustel noch hinzufügte, dass Manfred sein Kommen telefonisch zugesagt habe.

Die Zeit wollte nicht vergehen, marktfein zurechtgemacht wartete Brigitte den halben Nachmittag, bis sie endlich in den Lieferwagen zu Mathias und Gustel einsteigen konnte. Die den Verkehr regelnden Ordnungshüter hielten Mathias mit seinem Kastenwagen für einen der Marktbeschicker und so konnten sie auf das Gelände fahren und hinter dem Festzelt parken.
Sie hatten noch eine Menge Zeit um an den Marktständen vorbeizubummeln. Von den angeblich revolutionären Neuheiten, die die Händler anpriesen, konnten sie keine gebrauchen und standen pünktlich am Haupteingang und warteten eine ganze Weile. Brigitte war der Verzweiflung nahe und Mathias glaubte, Manfred sei was dazwischengekommen.
An einem der letzten freien Tische nahmen sie Platz, die Kapelle spielte und noch ehe er was zu trinken bestellte, ging er mit Gustel auf den Tanzboden. Brigitte bestellte bei der Bedienung eine Flasche Wein, und während die andern tanzten flossen Tränen. Die Tränen trockneten auch nicht als Mathias mit ihr zum Tanzboden ging. Gustel hatte Erbarmen mit Brigitte und machte den Vorschlag heimzufahren. „Es wird sich schon

dafür eine Erklärung finden, ich glaube nicht, dass der Manfred so herzlos ist und bewusst seine Zusage nicht einhält."

Adam war schon früh aus dem Haus, Betty litt mit ihrer Tochter. Sie blätterte wie jeden Morgen durch die Zeitung. Im Lokalteil blieb sie hängen. Auf der ersten Seite stand ein Unfallbericht samt Bild von einem kaputten Auto. Sie las solche Schreckensmeldungen selten und blätterte weiter, bis sie ganz hinten bei den Stellenanzeigen angekommen war. Mit dem an der Zunge erneut angefeuchteten Finger blätterte sie wieder rückwärts und ließ die Seite im Lokalteil aufgeblättert, weil eine andere Überschrift mit einem Gespräch von gestern Abend an der Theke in diesem Zusammenhang stand. „Fahrbahnerneuerung auf der L 220." Der Bienen Pit freute sich künftig zügig und ohne Erschütterungen durch das Lützbachtal fahren zu können. Betty überflog den Bericht zu dieser Baustelle, an der der Verkehr mit einer Ampelanlage geregelt werde. Zufällig bemerkte sie, dass in dem danebenstehenden Unfallbericht der erste Satz auch mit der Straßenbezeichnung L 220 begann. Jetzt las sie doch diesen Artikel und bekam dabei ein merkwürdiges Gefühl. Sie rief Brigitte, zunächst wollte diese nicht, aber dennoch las sie den Text.

Die Ampel war rot, ein Pkw-Fahrer hielt an und wenige Sekunden später wurde sein Auto durch den Aufprall eines Kleinlasters gegen die unmittelbar hinter der Ampel stehende Straßenwalze gedrückt und zerquetscht. Der Fahrer des Dreieinhalbtonners hatte wohl die Ampel übersehen und war ungebremst auf den haltenden Pkw aufgefahren. Beide Fahrer wurden ins Krankenhaus eingeliefert.

„Das ist Manfred. Man erkennt auf dem Bild seinen VW Käfer, er hat ihn beschrieben, als er Mathias erzählte, er habe sein Motorrad gegen ein solches Auto eingetauscht. Ich muss zu ihm, er hat niemand, der sich um ihn kümmert, wenn er es doch nicht ist, dann habe ich eben eine Fahrt umsonst gemacht." Betty wollte sie in ihrem Samariterdienst nicht beeinflussen, aber wie wollte sie auf dem undeutlichen Schwarz-

Weiß-Bild in der Zeitung diesen zerquetschten Käfer Manfred zuordnen, wo es doch so viele Käfer gab.

Brigitte verfiel in Betriebsamkeit. Sie wusste nicht wie sie in die Stadt kommen sollte. „Jetzt geht kein Bus und das Auto hat der Vater." Die kluge Klara, inzwischen hatte sie auch diesen Unfallbericht gelesen, und brachte wieder Ordnung in Brigittes wirre Gedanken. „Heute Morgen brauchst du keinen Bus und auch kein Auto. Es ist keine Besuchszeit im Krankenhaus, die lassen dich erst gar nicht rein. Heute Mittag geht ein Bus und heute Abend kommt er zurück. Richte dich darauf ein und jetzt frühstücke erst einmal." Brigitte sah es ein.

Das mit dem Frühstück ging ja noch, aber später versagten Brigittes Nerven, als zum Mittagessen gedeckt wurde, war an Essen nicht zu denken. Das mit dem Umziehen wollte auch nicht klappen, an der Bluse löste sich ein Knopf und am Rock klemmte der Reißverschluss. Ihr Kleiderschrank bot ausreichend Ersatz und erst in der dritten Garnitur fühlte sie sich für den Krankenhausbesuch angemessen angezogen.

Sie hatte ja nur den Verdacht, dass es Manfred war, der in der Zeitung stand und darum nahm sie ihm auch nichts mit. Viel zu früh war sie an der Bushaltestelle, aber zum Glück kam niemand vorbei, der sie hätte nach ihrem Reiseziel fragen können. Endlich saß sie in dem fast leeren Bus. Ihre Gedanken kreisten darum wie Manfred reagieren würde, wenn sie an seinem Krankenbett erschien.

Die Fahrt dauerte eine knappe halbe Stunde, Brigitte kam sie wie eine Ewigkeit vor. Fünf Minuten nach ihrer Ankunft stand sie schon am Krankenhauseingang. Zaghaft näherte sie sich dem ovalen Loch in dieser Scheibe, in das das rote Gesicht des Pförtners genau hineinpasste und fragte nach der Zimmernummer von Manfred Fuchs. Sein Familienname war ihr in allerletzter Sekunde eingefallen und kaum hatte sie ihn ausgesprochen, rief eine Frauenstimme im Hintergrund. „Es wird Zeit, dass sich mal einer um den kümmert."

Brigitte schlotterten die Knie, sie hatte also richtig vermutet. Es war nicht das Bild in der Zeitung, das sie hierher geführt hatte, es war ihr siebter Sinn, gepaart mit der Sehnsucht zu einem Menschen, zu dem sie sich hingezogen fühlte. Sie steuerte Zimmer hundertelf an. Die Schweißperlen standen ihr auf der Stirn, als sie zaghaft anklopfte und mit ihrem allerletzten Mut auf das kräftige „Herein" die Klinke herunterdrückte. Vier Patienten lagen im Zimmer und gleich der Erste in einem Engelshemdchen war Manfred. Er hatte sie gleich erkannt, sie strahlten sich an und doch musste Brigitte gleich ihr Taschentuch holen, um die Tränen zu trocknen, die ihr über die Wangen liefen.

„Dass Sie mich besuchen, wo ich doch unsere vom Mathias so sorgfältig eingefädelten Begegnungen so stümperhaft vermasselt habe, freut mich besonders. Sie sehen, das Treffen im Festzelt auf dem Markt, das haben andere verhindert, dafür kann ich nichts."

Er deutete ihr an, sie solle sich zu ihm auf die Bettkante setzen. Ein Stuhl herbeizuschaffen hätte zu viele Umstände gemacht. Sie folgte gern seinem Wunsch, er nahm ihre Hand und küsste sie. Es war ein richtiger Kuss und sie zog ihre Hand nicht zurück.

Sie rückte noch näher an ihn heran und er begann von seinem Unfall zu erzählen. Beim Anhalten vor der roten Ampel habe er sich nach einem Blatt Papier gebückt, das im Fußraum des Beifahrersitzes lag. Durch dieses Bücken sei er von den Rückenlehnen der Vordersitze geschützt worden, als der gewaltige Aufprall ihn traf. „Ich kann mich nicht mehr an jede Einzelheit des Unfalls erinnern, aber ich lag auf meinen Vordersitzen, über mir nicht mein Autodach, sondern die triefende Ölwanne vom Motor des Lkws. Die Fahrertür war auch weg und so konnten die Straßenbauarbeiter mich problemlos herausziehen. Der Arzt sagte später, ich hätte unter Schock gestanden und ich müsste darum zur Beobachtung noch ein paar Tage hier bleiben obwohl ich körperlich wie ein Wunder unversehrt geblieben bin."

Manfred hielt noch immer Brigittes Hand und jetzt rückte sie noch näher an ihn heran. Sie neigte sich zu ihm und legte die freie Hand auf seine Schulter. „Fräulein Schneider, ich bedauere für eine gewisse Zeit auf Ihre Anwesenheit verzichten zu müssen, aber würden Sie für mich ein paar Sachen einkaufen gehen, dass ich mich wieder frei bewegen kann?"

Mit einem Ruck zog Brigitte die Hand zurück. „Fräulein Schneider geht für dich gar nichts einkaufen. Sie, die gibt es gar nicht, und wenn einer einkaufen geht, dann bin ich es, und jetzt hat das mit dem Siezen ein Ende." Er nahm wieder ihre Hand und wiederholte diesen Kuss, worauf er schnell aufgezählt hatte was ihm fehlte.

„Die haben mir die Kleider teilweise mit der Schere vom Leib geschnitten und fortgeworfen. In meiner Wohnung in Kirchberg habe ich noch genug Klamotten, aber wie soll ich meine Hauswirtin erreichen? Meine Eltern oder meinen Bruder möchte ich nicht anrufen, zumal mein Vater keinen Kontakt mehr mit mir wünscht. Wir kaufen hier neu, und zwar in Größe sechsundvierzig, einen Schlafanzug, Unterwäsche, ein Hemd, eine Hose, Socken und eine Strickweste. Meine Schuhe, meine Papiere, meine Schlüssel und meine Börse haben sie mir gebracht, hier nimm, da sind paar hundert Mark drin, ich habe nachgezählt, es ist nichts fortgekommen." Brigitte zog zwei Hunderter aus dem Geldfach und meinte das würde reichen, in weniger als einer Stunde sei sie wieder zurück.

Jeder Abschied schmerzt, auch wenn es bis zum Wiedersehen nur eine Stunde dauert. Nur ein verschämter Wink nach rückwärts und sie ging aus dem Raum, ohne sich noch einmal nach ihm umzudrehen. Sie wollte nicht, dass er ihre feuchten Augen sah.

In der Stadt kannte sie sich aus. Zum Berger wollte sie, das war ein Herrenausstatter, bei dem sie hoffte, alle Teile kaufen zu können. Den Namen auf dem Schildchen an seinem Revers konnte man kaum lesen, so klein war er geschrieben, aber der Herr war freundlich und um die „junge Dame" sehr bemüht. Brigitte erzählte ihm eine erdachte, dennoch plausible Geschichte, womit sie ihren Einkauf für einen Mann erklären wollte. „Die Tante aus der Eifel hat angerufen und mich gebeten, ich solle doch nach ihrem Nachbarn schauen, der würde nach einem Verkehrsunfall hier im Krankenhaus liegen. Der junge Mann hätte keine Angehörigen und darum erhielt sie als Nachbarin von der Polizei diese Auskunft. Ich habe eben diesen Herrn besucht, es geht ihm eigentlich ganz gut, er ist körperlich unversehrt und wurde in einem starken Schockzustand hier eingeliefert. Jetzt braucht er einen Schlafanzug, Unterwäsche, ein Hemd, eine Hose, Socken und eine Jacke in Größe sechsundvierzig. Können Sie mir mit diesen Artikeln weiterhelfen?"

Der Verkäufer strahlte, dieser jungen Frau brauchte er nichts aufzuschwatzen, er liebte es wenn die Kunden konkrete Wünsche hatten, die er schnell erfüllen konnte. „Jetzt müssen wir aber über den Geschmack dieses Herrn entscheiden, würde Ihnen dieser Schlafanzug gefallen?" Grüne anstatt rote Streifen, die Hose braun, die Socken dazu passend und das Hemd mit den dezenten Streifen. Die Jacke machte mehr Probleme, aber dann brachte er ein Blouson aus einem zartgrünen Wollstoff. Nicht ganz billig, aber modern, flott und kleidsam. Was jetzt noch fehlte war ein Gürtel und ein Schlips. Das Geld reichte, es reichte sogar noch für einen leichten Pullover, den Brigitte in der Auslage gesehen hatte.

Mit einem dicken Packen unterm Arm strebte sie dem Krankenhaus zu und es war gerade eine Dreiviertelstunde vergangen als sie wieder auf die Klinke von Hundertelf drückte. Manfreds Augen strahlten und seine Hände zitterten, als er ihr half von dem Paket auf der Bettdecke das Einschlagpapier zu lösen. „Ein Schlafanzug", das war sein erstes Wort und mit zwei Handgriffen streifte er das Hemdchen von seinen Schultern um die Schlafanzugjacke anzuziehen. Es kostete ihn einige Verrenkungen und brachte ihm eine spöttische Bemerkung seines Bettnachbarn ein, aber unter der Bettdecke eine Hose anzuziehen ist nun mal nicht einfach.

Manfred ließ seine Beine von der Bettkante baumeln, zog die neuen Socken an und ging ein paar Schritte. Der Arzt hatte ihm zwar strengste Bettruhe verordnet, aber er konnte ohne Mühe ein paar Schritte gehen, ohne sich unsicher zu fühlen. Aus der

Mitte des Raumes wieder zurück und da stand Brigitte, ebenso fest wie er sich gerade gefühlt hatte. Sie wich ihm nicht aus und gab sich bereitwillig seiner Umarmung hin. Ungeachtet der anderen Zimmergenossen kam es jetzt zum ersten leidenschaftlichen Kuss, der mit einem Freudentränen überströmten Gesicht der Brigitte endete.

Sie hatte ihre Freudentränen wieder abgetupft, sie zitterte, so war sie von der Leidenschaft gepackt und sie bedauerte das was sie versäumt hatte, als er sich bei ihnen im „Hirsch" einquartiert hatte. Aus lauter Sturheit hatten sie nicht zueinandergefunden.

Jetzt ging es darum die neuen Kleider anzuprobieren, um sie gegebenenfalls umzutauschen. Selbst über den Schlafanzug angezogen passte alles und Manfred war von dem Blouson begeistert. „Hiermit bin ich auch im Auto richtig angezogen und zerknittere mir nicht die langen Jacken, auf die man sich auf dem Autositz zwangsläufig draufsetzen muss." Brigitte räumte alles in den Schrank und Manfred hopste mit einem gekonnten Sprung ins Bett, als auf dem Flur Stimmen zu hören waren, die einen Arztbesuch ankündigten.

Die Arztvisite verzögerte sich, sie saß wieder auf der Bettkante und hielt seine Hand, als die Tür aufflog und zuerst kam eine ältere Krankenschwester, mit verrutschtem Häubchen auf dem Kopf, die das Ärztegeschwader mit einer Lernschwester im Schlepptau anführte. „Ach so ist das, Sie haben ihre Geist- und Gefühlsheilerin am Bett sitzen, schon am zweiten Tag hier im Krankenhaus keine Kopfschmerzen, keine Sehstörungen, kein Schwindelgefühl mehr, dann dürfen Sie Übermorgen heim. Man darf so einen schweren Schock nicht auf die leichte Schulter nehmen, aber wenn ich Sie mir so ansehe, Herr Fuchs, frische Gesichtsfarbe und offensichtlich verliebt, Sie haben großes Glück. Fräulein, pflegen Sie ihn gut, er darf die ganze nächste Woche noch kein Auto fahren und am Dienstag kommen Sie zur Nachuntersuchung."

„Manfred, mein lieber Schatz mein Bus geht, aber ich komme morgen wieder, vielleicht dürfen wir dann schon bei schönem Wetter einen Spaziergang machen."

In der Vorfreude auf das morgige Wiedersehen verblasste der Abschiedsschmerz und während der Arzt sich um Manfreds Bettnachbarn Ewald bemühte, war Brigitte gegangen. Sie war froh die Tür hinter sich geschlossen zu haben, zumal sie nicht gleich der Aufforderung des schrägen Häubchens gefolgt war den Raum zu verlassen. Viel wichtiger war, dass Manfred nicht wieder die Tränen sah, die ihr über die Wangen kullerten.

Sie ging schnellen Schrittes zur Bushaltestelle und in Gedanken versunken hatte sie die Frau gar nicht bemerkt, die sie unsanft anrempelte. Die gemurmelte Entschuldigung genügte der Frau und jetzt setzte sie zum Laufschritt an, um nur nicht den Bus zu versäumen.

Die Linie war voll besetzt, aber auf der hinteren Sitzreihe, neben einem fremden Ehepaar sah sie einen freien Platz und hoffte, nicht in eine Konversation verwickelt zu werden. Sie dachte nur an Manfreds Entlassung und hoffte daheim würden sie ihren Wunsch zustimmen, ihn im „Hirsch" ein paar Tage bis zu seiner völligen Genesung wohnen zu lassen.

Sie hatte Glück, von der Bushaltestelle bis an die Haustür war ihr niemand begegnet, der sie ansprechen und neugierige Fragen hätte stellen können. Brigitte war froh unbehelligt die Haustür zu erreichen.

In der Küche bei Klara saß Wendelin und trank sein Feierabendschöppchen. Auf freier Strecke hatte der Straßenwärter manchmal die Gelegenheit mit Leuten zu reden, die bei ihm anhielten und meistens ihrem Ärger über die schlechten Straßenverhältnisse Luft machten. Oft waren es aber gute Bekannte, die für ein Schwätzchen Zeit hatten und Wendelin auf seine Schaufel gestützt, betrachtete diese Unterhaltungen als Bestandteil seines Dienstauftrages, wobei er es mit der Arbeitszeit nicht so genau nahm. Bei solch einer Begegnung wurde ihm auch von dem schweren Verkehrsunfall erzählt, bei dem ein Bierauto von der Kirner Brauerei auf einen VW Käfer aufgefahren sei.

Brigitte hatte nur einen Teil von Wendelins Erzählung mitgehört und wusste, dass es dem Käfer-Fahrer gut ging. „Ja, Tante Klara, er ist es. Ich hatte richtig vermutet, als ich in der Zeitung das zerstörte Auto ihm zuschrieb. Es geht ihm gut, er wird schon übermorgen aus dem Krankenhaus entlassen, dann muss ich mich um ihn kümmern." Den Vorschlag, ihn für ein paar Tage einzuladen, wollte sie jetzt nicht machen, zumal der Wendelin anwesend war. Mit der Mutter wollte sie ihren Wunsch besprechen, aber sie war offenbar nicht im Haus. „Sie ist mit deinem Vater in die Stadt gefahren", war die knappe Antwort und so musste sie warten bis sie zurückkamen.

Wendelin hatte zügig ausgetrunken und sich verabschiedet.

Brigitte hatte nicht den Mut ihrer Tante ihr Anliegen vorzutragen. Klara war eigentlich immer lieb, doch sie konnte auch sehr grob und ungehalten sein, und sie hatte immer noch Einfluss auf ihren Bruder. Ihr Vater war eigentlich nicht auf die Meinung seiner Schwester angewiesen, aber gerade in der Beurteilung von Sitte und Moral schloss er sich gerne Klaras Meinung an.

Plötzlich war Bewegung in den Gastraum gekommen. Ein ganzes Rudel gut gelaunter Männer versammelte sich an der aus zusammengeschobenen Tischen gebildeten Tafel. Sie wollten essen. Am Rhein hatten sie kein passendes Lokal gefunden und darum kamen sie auf den Hunsrück, in der Erwartung zu einem kühlen Bier wenigstens ein Wurstbrot zu erhalten. Es war ein Kegelclub aus dem Westerwald, der heute noch nach Cochem an die Mosel wollte, aber bis sie dort ihr Hotel erreichten, sei die Hotelküche geschlossen.

Brigitte wollte sich dieses Geschäft nicht entgehen lassen, doch sie verkündete gleich, dass die halbe Belegschaft heute beurlaubt sei und sie müssten sich auf eine etwas längere Wartezeit einstellen. Freundlich, aufgeschlossen und lustig, Brigitte hatte die Männer gleich für sich eingenommen. Selbstverständlich würden sie gerne etwas länger warten, wenn die angepriesene Wurstplatte ihren Vorstellungen entspreche, doch auf ihr Bier wollten sie nicht so lange warten.

Der Zapfhahn war im Dauereinsatz und Brigitte fürchtete, das Fass würde nicht reichen und sie müsste ein neues anstechen. Zu diesem Zweck gab sie eine Vorwarnung. Einer müsste mit ihr in den Keller gehen ein frisches Fass heraufrollen. Jeder meldete sich lautstark, alle wollten mitgehen, doch das Bier im Fass reichte und das Kellervergnügen war ihnen entgangen. Klara hatte nicht gespart. Ihre Wurstplatten waren wieder ein voller Erfolg. Die Kegelbrüder versprachen auf der Rückreise wieder vorbeikommen.

Sie waren mit drei voll besetzten Pkws auf ihrer Tour und Klara verabschiedete sie vor der Haustür. Sie scherzten und winkten ihr durch die offenen Wagenfenster.

Vielleicht war es gut so, dass ihr entging was schon am nächsten Tag im Lokalteil der Moselausgabe der Tageszeitung stand: „Auf der Steilstrecke nach Treis-Karden an der Mosel kam der Fahrer von der Fahrbahn ab und das Auto stürzte in den steilen Abhang, wo es sich mehrmals überschlug. Der Fahrer konnte schwer verletzt geborgen werden, die übrigen Insassen haben den Unfall nicht überlebt." In den weiteren Textzeilen dieses Berichtes wurde ein Kegelclub aus dem Westerwald erwähnt und dass überhöhter Alkoholgenuss Ursache dieses Unfalls gewesen sei.

Brigitte schaffte wieder Ordnung im Gastraum und die drei Dämmerschoppengäste konnten sich wieder an ihren angestammten Tisch setzen, den die Kegelbrüder zum Zusammenstellen ihrer großen Tafel benutzt hatten.

Klara kam wieder in den Gastraum. Mit einer kurzen Bemerkung über das gute Geschäft an diesem späten Nachmittag verschwand sie gleich in die Küche, um auch dort wieder Ordnung zu schaffen.

Brigitte blieb im Gastraum und leistete den Dämmerschoppengästen Gesellschaft, die sich ihren Lebensabend versüßten, in dem sie jeden Nachmittag in die Wirtschaft kamen, belanglose Gespräche führten und ihren Wein tranken. Brigitte, eigentlich immer sehr locker und flüssig in ihren Reden, war heute sehr zugeknöpft und einsilbig. Die Männer mussten ihre

Fragen an sie immer zweimal stellen, bevor sie antwortete. Das Warten auf die Mutter, der sie doch ihren großen Wunsch vortragen wollte, nahm alle ihre Sinne in Anspruch.

Endlich hörte sie das Auto und gleich darauf schlug das Garagentor zu. Es dauerte dann immer noch ungewöhnlich lange bis sie endlich hinter dem Vater mit zwei Einkaufstüten zur Tür hereinkam. „Was hast du dir gekauft?", das waren die Begrüßungsworte nach dem langen anstrengenden Warten auf ihre Rückkehr.

„Komm in die Küche, ich zeige es dir."

Von den in letzter Zeit in Modesachen meist abweisenden und kritischen Kommentaren von Klara blieben sie verschont, da sie in die Gaststube ging, als Mutter und Tochter in die Küche kamen. Ein paar elegante Riemchenschuhe mit halbhohem Absatz, Brigitte war begeistert und sie erinnerte Betty an die flachen Treter, die sie noch vor gar nicht allzu langer Zeit an den Füßen hatte. Dazu noch einen Rock, den sie zu dem grünen Jäckchen tragen wollte, eine gute Entscheidung, sehr elegant, Brigitte war voll des Lobes. Betty war auch mit ihrem Einkauf glücklich. Brigitte erkannte die Situation und wollte die aufgeschlossene Gemütslage der Mutter nutzen um ihr brennendes Anliegen vorzutragen.

Indem Betty ihren neuen Rock zusammenfaltete, erkundigte sie sich nach Brigittes Krankenhausbesuch und ob das verletzte Unfallopfer in diesem VW tatsächlich dieser Manfred sei. Brigitte war irritiert, als die Mutter so befremdlich von „diesem Manfred" sprach. Er war doch ihr Manfred, an dem sie das Versäumte unbedingt nachholen und wieder gut machen wollte. Entschlossen begann sie von dem Nachmittag zu erzählen.

Betty hatte mit Interesse zugehört und sie sah auch die leicht zitternden Hände ihrer Tochter. Die Entscheidung war schnell getroffen und es fiel ihr leicht Brigittes Wunsch zu erfüllen. „Wir haben doch ein Hotel und darin können wir aufnehmen, wen wir wollen. Dir geht es zwar nicht um einen Hotelgast, du möchtest dir ein Liebesnest einrichten, aber wen geht das was an? Dein Vater wird auch nichts dagegen haben, anderenfalls muss ich ihn an seine Jugend erinnern, nur der Klara müssen wir diese Aufnahme eines Unfallopfers als Samariterdienst verkaufen. Nur eine Bitte hätte ich, treibt es nicht zu arg, vor allem tagsüber haltet euch zurück, um der Dorfbevölkerung keinen Anlass zum Tratsch zu geben."

Brigitte strahlte und voller Dankbarkeit fiel sie ihrer Mutter um den Hals und küsste sie stürmisch wie sie es als kleines Mädchen zum letzten Mal getan hatte. Just in diesem Moment kam Adam in die Küche. „Was ist das denn für Weibergeknutsche?" Die Antwort auf das was er sah und was das Ganze für einen Hintergrund hatte, war schnell gegeben.

Doch als Realist überlegte er nicht lange, er kam gleich zur Sache: „Macht voran, du willst doch keine alte Jungfer werden. Ich will Enkelkinder." Er hatte gesprochen und ohne sich noch einmal umzudrehen verschwand er in sein Büro.

Am folgenden Tag wartete Brigitte den ganzen Vormittag ungeduldig darauf, bis der Bus endlich fuhr. An der Haltestelle im Dorf war sie die Einzige, auch im Bus saßen nur wenige Fahrgäste. Sie nahm die freie hintere Sitzbank. Auf dem letzten Stück Fußweg von der Haltestelle zum Krankenhaus kamen ihr plötzlich Zweifel, ob er die Einladung zum Genesungsurlaub im „Hirsch" überhaupt annehmen würde. Sie war aufgeregt, ihre Schritte wurden schneller, sie zitterte als sie an der Pforte vorbeihetzte und die Treppe hochstieg.

In der Sitzecke am Ende des langen Ganges saß Manfred. Bei ihm zwei Polizisten. Mutig ging sie auf die kleine Sitzgruppe zu und stellte sich als Manfreds Verlobte vor. Die Herren der Staatsgewalt begrüßten sie freundlich und verkündeten auch gleich den Grund ihres Besuches, sie müssten die Aussage des Unfallopfers zu Protokoll nehmen. Einer der Polizisten war Polizeiobermeister Müller aus Kirchberg, Manfred kannte ihn gut und er würde von Amtswegen bei seiner Firma vorsprechen um seine Abwesenheit zu begründen. Der Arzt habe ihm noch eine ganze Woche Schonung verordnet, aber er dürfe morgen heim und in ihrer Begleitung heute Nachmittag in die Stadt gehen. Das sagte er aber alles, nachdem die Polizisten gegangen waren nach dem innigen Begrüßungskuss.

Manfred fühlte sich gut angezogen mit dem was Brigitte ihm gekauft hatte und ihre schnellen Schritte verzögerten sich als sie im menschenleeren Treppenhaus engumschlungen langsam von Stufe zu Stufe den Weg nach unten fanden.

„Wohin gehen wir, welche Richtung nehmen wir?" Brigitte konnte kein Ziel nennen, doch Manfred bat zuerst zum Autohändler Mebus zu gehen, denn dorthin habe der Abschleppdienst sein kaputtes Auto gebracht, von dem inzwischen ein Gutachter den Wert ermittelt habe. Brigitte hakte sich bei ihm ein, dicht an ihn geschmiegt ließ sie sich führen. Sie mussten bis zum anderen Ende der Stadt. Der Weg kam ihnen gar nicht lang vor zumal sie vor fremden Blicken geschützt jede vorspringende Hausecke zu einer Umarmung und einem leidenschaftlichen Kuss nutzten.

Brigitte wollte ihn doch einladen die kommenden Tage bei ihnen im „Hirsch" zu wohnen. Sie fand jedoch keine Möglichkeit diese Einladung auszusprechen. In ihrer Verliebtheit hatte sie es zunächst vergessen, dann war die Gelegenheit ungünstig, dann hatte Manfred dauernd gesprochen und wenn sie es ihm endlich sagen wollte, verschloss er ihr mit einem Kuss den Mund. Kurz vor dem Autohaus Mebus blieb sie einfach stehen und als er sich verwundert nach ihr umblickte, begann sie. Zunächst hatte er nicht begriffen was sie sagte und er musste lauthals lachen, worauf sie sichtlich erschrocken von ihm abwandte. Doch dann erkannte er was sie gesagt hatte, dabei ärgerte er sich selbst über seine alberne Reaktion auf ihr fürsorgliches Angebot, er nahm sie in den Arm, unter vielen Liebkosungen bedankte er sich für die Einladung und bekundete seine Freude darüber, für mehrere Tage in ihrer Nähe sein zu dürfen. Trotzdem reagierte sie beleidigt und verschnupft, sein kindischer Lacher auf das wofür sie sich bei der Mutter so eingesetzt hatte, tat ihr weh. Schließlich hatte er begriffen was er angerichtet hatte. Mit der Begründung, er hätte das zunächst als faulen Witz verstanden, wollte er sich entschuldigen und sie standen direkt vorm Autohaus, als die Harmonie wieder hergestellt war.

Mebus witterte ein Geschäft, denn da stand doch ein Autokauf an und Mebus war die Freundlichkeit selbst, als sich Manfred vorgestellt hatte. Sie gingen hinter die Werkstatthalle, da stand die Blechruine und Manfred wie auch Brigitte waren sichtlich erschrocken, als sie sahen was von diesem Auto übrig geblieben war. „Dass Sie da lebend und fast unversehrt wieder herauskamen, grenzt an ein Wunder." Man brauchte kein Fachmann zu sein um das beurteilen zu können und Brigitte brauchte mal wieder ihr Taschentuch, denn die Augen wurden feucht als sie den Schrott sah.

Mebus berichtete, dass der Gutachter den Wagen bewertet hätte und er bekam den Auftrag ihm das Gutachten auszuhändigen. „Das Auto war zwar aus zweiter Hand, aber er hat es gut bewertet, da der Wagen nicht viel gelaufen ist. Dreiviertel vom Neuwert hat er geschätzt und dafür können Sie sich einen adäquaten Ersatz kaufen. Dazu kommen noch ihre übrigen Kosten, die Ihnen durch diesen Unfall entstanden sind. Die Rechtslage ist zwar eindeutig, Sie trifft keine Mitschuld, aber ich würde Ihnen trotzdem empfehlen, einen Anwalt einzuschalten, denn die Versicherungen suchen immer Hintertürchen, um sich vor gewissen Kosten drücken zu können."

Manfred bedankte sich für die guten Ratschläge, doch bevor sie das Autohaus verließen, zeigte ihnen Mebus seine Gebrauchtwagen. Da stand einer, wieder ein VW, lindgrün aber fünfzehnhundert Mark teurer als der Versicherungswert seines Unfallautos. Fünfzehnhundert Mark, Manfred hatte Geld auf seinem Konto und als er Brigittes sehnsuchtsvolle Blicke sah, legte er die Hand aufs Autodach: „Wenn der nächste Woche noch nicht verkauft ist, dann ist das meiner."

Mit stolz geschwellter Brust strich er mit der Zunge über die Unterlippe, er konnte so ganz nebenbei über so viel Geld verfügen, um sich ein besseres Auto zu kaufen. Mebus strahlte, er hatte ein neues Geschäft angebahnt und Brigitte war sichtlich glücklich mit Manfred, mit sich selbst und dem neuen Auto.

Sie waren nicht allein, überall waren Leute in der Stadt, doch sie genossen die Zweisamkeit an ihrem ersten gemeinsamen Nachmittag, an dem sie jede Gelegenheit nutzten um sich gegenseitig ihre Liebe zu bekunden. Den Genuss von Kuchen und Eis im Café stellten sie zurück, denn zuerst ging es in das Kaufhaus Berger, in dem es ein schönes Hemd, einen Schlips, zwei paar Socken und Unterwäsche gab. Auch das Schuhgeschäft auf der anderen Straßenseite freute sich über dieses Pärchen. Die Ölflecke auf Manfreds Unfallschuhen ließen sich nicht entfernen und darum gab es ein neues Paar. Auch Brigitte wollte der Mutter nacheifern und kaufte sich Schuhe von städtischer Eleganz mit einem wesentlich höheren Absatz. Erst jetzt kehrten sie ein und an dem kleinen runden Tisch im Erker zum Garten hin waren sie allein und vom Lokal aus ungesehen.

„Am Nachmittag sind im Café nur alte Leute und die bestellen sich nur Sahnekuchen", meinte Manfred und orderte für sich ein Hefeteilchen, wogegen Brigitte ein Stück Obsttorte mit Sahne bestellte. Zu Manfreds Äußerung meinte sie, dass die jungen Leute arbeiten müssten, und keine Zeit zum Kuchen essen hätten.

Brigitte ließ Manfred von ihrer Sahne naschen und die Unterhaltung drehte sich jetzt um die Zusammenstellung der Schadenforderung an die Versicherung sowie um den anstehenden Autokauf. Brigitte drängte ihn, er solle schon bald wieder für einen fahrbaren Untersatz sorgen, denn wie sollten sie sonst zusammenkommen, er könnte doch nicht den Lkw benutzen. Mit einer Handbewegung tat er Brigittes Bedenken ab und verwies auf den lindgrünen Käfer, den Mebus in seiner Halle stehen hatte.

Manfred lenkte jetzt das Gespräch in eine andere Richtung, den Arm um ihre Schultern gelegt wollte er wissen wie es dazu kam, dass sie nach einer kurzen Begegnung mit Mathias in der „Marktschänke" so schnell zusammenkamen. Auch wollte er Näheres über das Verhältnis zu Mathias wissen. „Hallo, bist du vielleicht eifersüchtig? Die Geschichte mit dem Mathias ist schnell erzählt." Nachdem sie geendet hatte, legte Manfred beide Arme um sie. Auch er bekannte, dass diese Zufallsbegegnung für ihn nicht ohne Wirkung geblieben war. Mehrmals habe er vergeblich versucht Mathias anzurufen, um ihre Telefonnummer zu erfahren. Daher habe er sich entschlossen im „Hirsch" ein Zimmer zu nehmen.

Manfred orderte eine große Portion Eis mit Sahne, Brigitte bestellte das Gleiche und es dauerte eine ganze Zeit lang bis sie diese Riesenportionen verspeist hatten. Sie hatten sich doch noch so viel zu erzählen. Zunächst ging es um den morgigen Entlassungstag, Brigitte wollte mit Vaters Auto kommen, dann könnten sie auch noch den Umweg über Kirchberg machen, denn Manfred wollte unbedingt mit seiner Hauswirtin sprechen und noch einige Kleidungsstücke aus seiner Wohnung holen.

Ihr Gespräch intensivierte sich, Brigitte erzählte noch von dem bevorstehenden Hotel-Neubau und die Zeit reichte noch gerade bis zur Bushaltestelle, wo es gar nicht mehr zu einer richtigen Verabschiedung kam. Brigitte stieg als Letzte ein, der Bus fuhr an und Manfred sah, dass sie nur einen Stehplatz hatte, wo sie sich mit beiden Händen festhalten musste, und ihr eine freie Hand für einen Abschiedswink fehlte.

Mit einer eindringlichen Ermahnung nur ja die nächsten Tage Ruhe zu bewahren entließ ihn der Doktor, wobei er ihn gleichzeitig Brigittes Fürsorge anvertraute. Oben bei den Schwestern auf der Station gab es einen fröhlichen Abschied. Jedoch unten beim Pförtner erwartete sie ein Donnerwetter. Brigitte hatte das Auto auf dem Platz vor dem Eingang abgestellt, der doch ausschließlich dem Krankenwagen vorbehalten war. Auf ihre Worte der Entschuldigung wollte der Pförtner eine Diskussion beginnen, doch dem hurtigen Pärchen konnte er nur noch hinterherbrüllen und als er wild gestikulierend die Verfolgung aufnahm, sah er nur noch das blinkende Rücklicht, das Brigitte setzte, als sie abbog.

„Fahr doch langsam", das waren die ersten Worte, die der Berufskraftfahrer auf dem Beifahrersitz aussprach. „Sieh mal an, so geht es los. Die Frau am Steuer, der Mann daneben und meckert. Lieber Manfred, ihr Lkw-Fahrer benehmt euch auch nicht immer wie Gentlemen, aber mein Vater lobt meine Fahrweise, gewöhn auch du dich daran und lass mich Gas geben, wir wollen doch noch zuerst nach Kirchberg." Manfred hatte feuchte Hände, er zitterte, vor jeder Kurve hatte er Angst, doch die Diskussion über ihre in seinen Augen rasante Fahrweise wurde nicht vertieft.

„Du fährst gut", das war jetzt sein Ausspruch als sie auf den Hof des kleinen Bauernhauses einbogen, in dem Manfred seine Wohnung gemietet hatte. Das Auto fuhr vor und die Haustür ging auf. Die Bille Marie, seine Hauswirtin, kam und als sie ihn sah, schlug sie gleich die Hände über dem Kopf zusammen, wobei sie lauthals verkündete, erst gestern von seinem schlimmen Unfall erfahren zu haben. Sie umarmte ihn, erkundigte sich nach seinem Befinden, tröstete ihn und Brigitte wunderte sich mit welch mütterlicher Fürsorge die Frau mit Manfred umging.

Er beruhigte sie und erklärte ihr, dass er jetzt für einige Tage Urlaub machen werde und dazu noch einiges aus seinem Kleiderschrank sowie Rasierzeug brauche. Brigitte ging mit nach oben in seine kleine Wohnung und war geschockt als sie die Küche betrat. Er nannte den Raum Küche, doch es war auch sein Wohnraum und die einzige Gelegenheit wo man sich setzen konnte. Die Tür in der Ecke führte in die Schlafkammer, Brigitte erschrak erneut. Zwei mal zwei Meter, darin ein eisernes Bettgestell, ein Nachtkonsölchen und ein schmaler Kleiderschrank. Mit weißer Farbe zugekleisterte Möbel aus der Vorkriegszeit, das galt auch für die Einrichtung in der Küche: ein Küchenschrank, ein zu großer Tisch mit zwei Stühlen und ein kleiner Kohleherd. Das unter dem Fenster neu angebrachte Spülbecken machte den Raum noch unwohnlicher, ebenso offen liegende Leitungen und ein Holzgestell als tragendes Element. Mit einem kleinen Vorhang hätte man einiges kaschieren können, doch ein Mann, der zudem wenig daheim war, konnte wohl auf solche einfache Verschönerungen verzichten. Der Kühlschrank an der freien Wand hinter dem Tisch wirkte wie ein Kontrast zu dieser alten zusammengestückelten Einrichtung. Seine Erfahrung als Koch gebot ihm seine Vorräte gesund und frisch zu halten, auch wenn es nur wenig war was er als Einpersonenhaushalt für seine Ernährung einkaufte.

Er hatte zwei Stühle, somit konnte er Besuch empfangen und sie setzten sich an den überdimensionierten Tisch. Anzubieten hatte er nichts, auch wenn er ein gastliches Getränk gehabt hätte, einschenken könne er nicht, es fehle an Gläsern. Manfred wollte sich entschuldigen, aber Brigitte lachte und meinte, dass er einen soliden Lebenswandel führe und in seiner spärlichen Einrichtung keine andere Frau empfangen könne. Mit einer festen Umarmung und einem herzhaften Kuss wollte Manfred Brigittes Erkenntnis noch unterstreichen.

Er hatte sein Köfferchen gepackt und sie gingen wieder nach unten. Die Hauswirtin war nicht da, aber dann hörten sie sie im Hühnerpfersch. Manfred versuchte mit ein paar Sätzen Brigitte diese Frau vorzustellen. „Keine Kinder, eine kleine Witwenrente, ein Schwein, ein großer Garten und fünfzehn fleißige Hühner, von denen sie jeden Tag an die Nachbarschaft zehn Eier verkauft. Die Pacht von ihren drei Äckern lässt sie sich in Form von Hühnerfutter ausbezahlen. Dazu die kleine Miete und meine zusätzliche Entlohnung an sie für die Wäsche, die sie mir macht und in der kalten Jahreszeit das Anheizen des Ofens, so ist es warm, wenn ich abends heimkomme."

Manfred rief nach ihr, um ihr zu sagen, sie möge die Sachen, die noch im Kühlschrank seien aufbrauchen, wenn er die Woche fort sei. Brigitte kramte in ihrer Handtasche und fand eine Ansichtspostkarte von ihrem Haus, auf der auch die genaue Anschrift aufgedruckt war. Die Hauswirtin, zu der Manfred doch offensichtlich so ein herzliches Verhältnis hatte, platzte bald vor Neugier, aber sie traute sich nicht zu fragen, wer denn die junge Frau sei, die ihn begleite. Manfred verriet es ihr nicht, sie verabschiedeten sich kurz und fuhren in die Stadt zum Textilhaus Fürst, um einen neuen Anzug zu kaufen.

Wohlwissend, dass sein Chef samstagmorgens nicht in seinem Büro war, dirigierte er Brigitte zu seiner Firma, bei der er nur die Monteure aus der Werkstatt antraf. Mit lautem Hallo begrüßten sie ihren Kollegen und waren sichtlich froh, ihn gesund wiederzusehen, sie hätten erst gestern von seinem schlimmen Unfall erfahren. Manfred klärte sie auf wie er sich fühle und wo er sich die nächsten acht Tage aufhalten werde. Brigitte hatte noch eine von ihren Karten, die sie ihnen aushändigte, mit der Bitte sie an den Chef weiterzureichen.

Auf der Weiterfahrt durch die Stadt kamen sie auch am „Eck" vorbei. Manfred machte Brigitte darauf aufmerksam, schon von weitem sah er seinen Vater an der Haustür stehen. „Soll ich anhalten, willst du mit ihm sprechen?"

Manfred lehnte das energisch ab, doch sie fuhren dicht am Haus vorbei und kurze Zeit später sagte er: „Er hatte mich im Auto erkannt, sonst wäre er nicht wie von der Tarantel gestochen im Haus verschwunden."

Brigitte hatte ein merkwürdiges Gefühl, die mütterliche Zuneigung seiner Hauswirtin zu ihm, das fröhliche Hallo seiner Kollegen und ihre ehrliche Freude, als sie ihn gesund wiedersahen und dazu so ein hasserfüllter Vater, wie passte das zusammen? Die Begegnung blieb nicht ohne Wirkung, er bemühte sich seinen Gemütszustand vor ihr zu verbergen, doch Brigitte sah die Träne in seinem Augenwinkel.

Sie fuhr langsamer und sie waren schon über drei Dörfer hinweg, als ihre Unterhaltung endlich wieder in Fluss kam. Sie sprachen jetzt über sein Verhältnis zu Vater und Mutter, wobei er seiner Mutter an dem Familienzerwürfnis die größte Schuld gab. „Für dein uneheliches Balg haben wir kein Geld, sieh zu, wo du mit deiner Hure und ihrem Bangert bleibst, hier ist für dich kein Platz mehr." Diese Wortwahl seiner Mutter, Manfred ereiferte sich. „Ein Kind kam auf die Welt und sie hat meinem Söhnchen das Recht zu leben abgesprochen, der Herrgott hat es geholt und so bekam ich im Himmel ein Engelchen." Auch sein Vater sei gegen ihn gewesen, doch er bedaure ihn, er habe immer das gemacht was seine dominante Mutter vorgab. „Mein Bruder tut mir leid, im Eck läuft es nicht mehr gut und in Kirchberg wird erzählt, er wolle sich eine andere Kochstelle suchen."

„Das mit deinem Engelchen im Himmel hat mir gut gefallen, doch unsere Kinder sollen in einer glücklichen Familie unbeschwert groß werden und sich von Oma und Opa und Tante Klara verwöhnen lassen."

Das war zu viel, das war zu deutlich, er machte sich seit Tagen Gedanken, wie er ihr einen Antrag machen könnte und sie nahm ihm mit ihrem Kinderwunsch das Eheversprechen vorweg. In letzter Sekunde brachte Brigitte den Wagen zum Stehen, mit seiner stürmischen Umarmung wären sie beinahe im Straßengraben gelandet. Ihre Weiterfahrt verzögerte sich, die Autofahrer hupten aufgeregt, zumal sie sehr unglücklich auf der halben Fahrbahn vor einer scharfen Rechtskurve standen. Erst der Lkw, der nicht an ihnen vorbeikam, zwang sie zur Weiterfahrt.

Manfred hatte seinen Trübsinn wegen seiner Familie abgelegt, er war heiter und glücklich, doch er fand nicht die Worte über sein Glück zu reden, zumal er im Auto auch keine Gelegenheit mehr hatte, denn jetzt bog sie schon auf ihren Hof ein.

Betty war zufällig in der Garage, sie begrüßte Manfred als Erste. Doch so begrüßt eine Wirtin doch keinen Pensionsgast, mit Umarmung und Küsschen auf die Wange. Brigitte erschrak und war dann doch glücklich, die Mutter hatte ihn als Schwiegersohn akzeptiert, mehr noch, sie hatte ihn ins Herz geschlossen.

Im Schankraum hatte Adam zwei Tische zusammengeschoben und die Baupläne darauf ausgebreitet. Schulterklopfend wie einen alten Kumpel begrüßte er Manfred und forderte ihn auf, nachdem er sein Gepäck auf sein Zimmer gebracht habe, die Baupläne zu begutachten.

Bei ihrer Begrüßung übte Klara freundliche Zurückhaltung. Manfred sei ja schon mal im „Hirsch" gewesen, Brigitte brauche ihm ja jetzt nicht unbedingt das Zimmer zu zeigen. Schließlich sei das Essen fertig.

Sie hatte es noch nicht richtig ausgesprochen, da waren die beiden schon auf dem Weg nach oben. Klara wurde ungehalten.

Sie schüttelte den Kopf und verschwand in der Küche. Auch wenn sie Hausgäste hatten, gab es samstags immer eine dicke Suppe mit einem Stück Rauchfleisch darin. Heute stand Erbsensuppe mit Knackwürstchen auf dem Speiseplan.

Brigitte traute sich nicht den Vorschlag zu machen, doch Betty traf so ganz nebenbei die von ihr gewünschte Entscheidung. „Manfred, Sie brauchen Ihre Suppe nicht allein im Lokal zu essen, Sie sitzen mit uns am großen Tisch in der Küche."

Betty verteilte die Teller, Brigitte kümmerte sich um das Besteck und Manfred stand unschlüssig mitten in der Küche und schielte mit einem Auge zum Herd. Die Sitzordnung war vorgegeben und dem verliebten Pärchen war es nicht vergönnt nebeneinander zu sitzen. An den beiden Kopfenden des Tisches saßen Adam und Klara, an der linken Längsseite Betty und Brigitte und an der gegenüberliegenden Seite Manfred. Die Suppe war vorzüglich und der gelernte Koch sparte nicht mit Komplimenten, worauf sich Klara geschmeichelt fühlte. Das Tischgespräch drehte sich jetzt um seinen unverschuldeten Unfall und Adam zählte auf, was er als Schadenersatz von der gegnerischen Versicherung fordern sollte. „Das Auto, die Kleider, die Schuhe, Schmerzensgeld, Verdienstausfall und entgangene Lebensfreude." Manfred lachte und meinte, Letzteres sei etwas zu weit hergeholt. Adam bedrängte ihn aber, diese Forderungen nicht selbst zu stellen, sondern einen Anwalt einzuschalten. „Den Autokauf zögere nicht lange hinaus, sondern geh gleich auf die Bank, nimm ein Darlehen auf und kaufe. Die anfallenden Zinsen kannst du auch dieser Versicherung in Rechnung stellen."

Brigitte wunderte sich, ihr Vater sprach Manfred mit Du an und der benutzte bei seiner Antwort auch das Du.

Adam nannte ihm noch die Kanzlei in der Stadt, bei der er sich Rechtsbeistand in seiner Unfallgeschichte holen sollte. „Jetzt komme mal mit an die Baupläne, ich bin mir in einem Punkt nicht ganz schlüssig und weiß nicht, ob die Rezeption nicht größer sein sollte." Brigitte hörte eine lebhafte Diskussion zwischen den beiden, bei der Manfred sich durchsetzte, der die Größe des Entrees für ausreichend hielt, jedoch sollte der Raum nicht quer, sondern längs zur Gebäudeachse angeordnet sein.

Die Aussprache zu den Bauplänen hatte ziemlich lange gedauert und in der Zeit hatte sich eine gewisse Mittagsruhe eingeschlichen. Betty hatte in der Küche die Füße hochgelegt und schlief, Klara saß in der Ecke und war beim Zeitung lesen eingeschlafen, Adam verzog sich in sein Büro, wobei die geschlossene Tür signalisierte, dass er schlafen wollte. Manfred verkündete, er wolle sich ebenfalls eine halbe Stunde hinlegen.

Brigitte musste am Nachmittag bei der Wäsche helfen und er machte einen Spaziergang zu der künftigen Baustelle auf der die Baugrube schon durch eingeschlagene Pflöcke markiert war. Manfred konnte sich das vorstellen was hier in Kürze entstehen würde und es war ihm möglich, die Bauzeichnungen gedanklich in die Wirklichkeit umzusetzen.

Als er zurückkam stand Brigitte immer noch am Bügelbrett um die Tischwäsche zu glätten. Er fand Anschluss an eine Skatrunde, bei der er einen verhinderten Spieler ersetzen durfte. Ihm, der in einem Wirtshaus aufgewachsen war, konnte keiner beim Skatspielen etwas vormachen. Die andern hatten nichts mehr im Hosensäckel, sie hatten ihre Münzen alle verspielt, und er hatte sie gewonnen. Ohne nachzuzählen wusste Manfred, er würde diesen Gewinn heute Abend nicht alleine vertrinken können.

Am Abend dieses ersten Tages zog er Bilanz, die ihm schließlich unheimlich vorkam. Schon die Begrüßung bei seiner Ankunft, nicht förmlich wie man einen Gast begrüßte, sondern herzlich, wie ein Familienmitglied, das von einer großen Reise kommt. Manfred saß mit ihnen am Tisch, sie nahmen an seinem Unglück teil, Adam weihte ihn in sein Bauvorhaben ein und er wusste, er brauchte die Nächte nicht allein zu verbringen. Brigittes Liebe war ihm gewiss, aber diese Herzlichkeit der übrigen Familienmitglieder hatte er so nicht erwartet.

Am folgenden Tag, es war Sonntag und die Männer kamen zum Frühschoppen. Er gehörte nicht zu dieser dörflichen Männergemeinschaft, aber er fand Anschluss an dem Tisch der jüngeren Männer, an dem gerade lebhaft über Fußball diskutiert wurde, und er sich rege beteiligte. Dann wechselten sie das Thema und wollten von ihm wissen, was er beruflich mache. Als Lkw-Fahrer versuchte er seine Situation deutlich zu machen. Er sitze in seinem Führerhaus eine Etage höher, habe ein viel weiteres Sichtfeld und schimpfte dann auf die Pkw-Fahrer, die ihn mit seinem Lastwagen an unübersichtlichen Stellen überholten und an den Kreuzungen die Vorfahrt missachteten. Diese wiederum rügten die Lkws, die ausnahmslos keine Rücksicht auf die kleinen Autos nehmen würden. Es wurde kein richtiges Streitgespräch, doch jeder glaubte sich im Recht. Diese Diskussion erlangte einen anderen Stellenwert, als Manfred von seinen zehn- bis vierzehnstündigen Arbeitszeiten hinter dem Lenkrad erzählte, da der Schachtmeister auf der Baustelle noch um siebzehn Uhr eine Fahrt zum Steinbruch verlange, damit seine Leute am nächsten Morgen diesen Schotter verbauen konnten. „So eine Tour zum Schotterwerk dauert drei Stunden und ich hatte bis zum späten Nachmittag schon vier Fahrten gemacht und sollte jetzt bis in die Nacht hineinfahren. Wir Fahrer haben wenig Möglichkeiten uns dagegen zu wehren, zumal es auf die Überstunden ordentliche Zuschläge gibt. Der Schachtmeister ist der Allgewaltige und er schwärzt uns gerne beim Alten an, wenn wir nicht in seinem Sinne handeln."

Das Gespräch verlief längst in ruhigeren Bahnen und gerade als einer der Gesprächsteilnehmer Manfred als Lkw-Fahrer um seine langen Arbeitszeiten sogar bedauerte, ging die Tür auf und ein vornehmes Ehepaar trat ein. „Um Gottes willen, auch das noch, der Schnieders, mein Chef", hörte man Manfred murmeln, bevor er wie von der Tarantel gestochen vom Stuhl aufsprang um seinen Brötchengeber zu begrüßen. „Von deinem Unfall habe ich in der Zeitung gelesen und wo du zu finden bist, haben mir die Werkstattleute erzählt. Meine Frau und ich sind gekommen um zu sehen wie es dir geht." Gisela Schnieders umarmte ihn herzlich, sie habe das Bild in der Zeitung gesehen und sei froh ihn so gesund wiederzusehen. Hermann Schnieders erkundigte sich erst gar nicht nach seinem Befinden, er fragte lediglich wie lange ihn der Arzt außer Gefecht gesetzt habe. Der Rentner Henschel-Herbert habe noch einmal das Lenkrad in die Hand genommen und fahre jetzt seinen Lastzug. „Er meckert und jammert, er könnte das nicht mehr und will seinen Einsatz auf täglich acht Stunden begrenzen." Manfred vertröstete seinen Chef auf nächste Woche, so wie es der Arzt angeordnet habe und er werde diese Anordnung auch befolgen, da mit einem erlittenen Schock nicht zu spaßen sei.

Das Ehepaar Schnieders sah sich nach einem Sitzplatz um und Manfred geleitete sie in die Ecke, in der man sich fast ungestört unterhalten konnte. Brigitte kam um diese wichtigen Gäste zu bedienen, worauf Hermann Schnieders einen lieblichen Wein verlangte, am besten gleich eine ganze Flasche. Die von Neugierde geplagte Gisela Schnieders fragte Manfred mit halblauter Stimme: „Ist sie das?"

Manfred geriet auf die Frage seiner Chefin nicht in Verlegenheit, sondern antwortete mit fester Stimme. Nachdem er geschildert hatte, wie er und Brigitte sich näher gekommen waren, brannte ihm ein Frage auf den Nägeln: „Ich hätte nur gerne gewusst, ob die im ‚Kappeler Eck' auch von meinem Unfall wissen?"

Gisela Schnieders ging Manfreds Schilderung sehr nahe, sie tupfte sich mit ihrem Taschentuch die Tränen aus den Augen.

„Dein Vater weiß von deinem Unfall vom Polizist Müller. Ich war gestern auf ein Bier im ‚Eck', dein Vater würde dich gerne besuchen, wenn er wüsste wo er dich finden kann. Deine Hauswirtin hat ihm nichts verraten. Von mir hat er es auch nicht erfahren, aber er hat dich in einem Auto gesehen. Ich würde dir raten, ruf ihn doch mal an oder fahre ins Eck."

Gerade jetzt brachte Brigitte den Wein mit drei Gläsern. Sie erschrak als sie Manfreds trauriges Gesicht sah. Zunächst erhielt sie von Schnieders die Order, ein viertes Glas zu holen, sie sei eingeladen und wenn die Flasche nicht reiche, dann könne man ja noch eine entkorken. Man sah es ihm an, Manfred ging das Zerwürfnis mit seiner Familie sehr nahe, doch er äußerte sich nicht zu dem Vorschlag von Schnieders. In großem Eifer rückte er seinen Stuhl etwas zur Seite und bevor Brigitte mit dem vierten Glas wieder am Tisch war, hatte er einen zweiten Stuhl neben seinen gestellt, so dass sie dicht neben ihm saß.

Gisela Schnieders gierte danach noch mehr über Manfreds Liebschaft zu erfahren und scheute sich auch nicht nach Einzelheiten zu fragen. Die jungen Leute blieben locker, unbefangen, zu allen Fragen blieben sie die Antwort schuldig. Ein Küsschen auf die Wange war das Einzige womit sie ihre Liebe bekundeten.

Hermann Schnieders sah die Angelegenheit von der praktischen Seite. Er sah den künftigen Ehemann der Tochter in dem neuen Hotel am Herd stehen und mit der Folge seiner Firma fehlte ein tüchtiger Fahrer. Hierzu war Manfreds eindeutige Meinung viel lieber wieder in seinem erlernten Beruf zu arbeiten als dem unersättlichen Schachtmeister um fünf Uhr noch eine Tour Schotter zu holen, die er dann abends in der Dunkelheit allein auf der Baustelle abkippen musste. Jetzt wurde Schnieders verlegen, diese Anordnungen seines Schachtmeisters kannte er nicht, er versprach Abhilfe zu schaffen, zumal übermüdete Fahrer im Straßenverkehr eine große Gefahr darstellten.

Schnieders begann zu erzählen, von seinen Baustellen, seinen neuen Aufträgen, von der Vergrößerung der Belegschaft, und so ganz nebenbei fragte er Manfred, was er von den einzelnen Führungskräften halte, er komme doch mit den Materiallieferungen auf jede Baustelle. Manfred wusste von jeder Baustelle Einzelheiten zu erzählen, aber er sprach nur von positiven Dingen, er wollte niemanden anschwärzen.

Adam näherte sich dem Tisch dieser seltenen Gäste, die seine Tochter zum Wein eingeladen hatten. Noch ehe er irgendein freundliches Wort sprechen konnte, fragte ihn Frau Schnieders ob sie zu Mittag hier speisen könnten.

Die Antwort nahm ihm Brigitte ab: „Markklößchensuppe, Rinderbraten, Kartoffeln und Rotkohl, als Nachtisch einen Vanillepudding. Wir haben keine Speisekarte, aus der Sie auswählen können, aber, sollten Sie einen besonderen Wunsch haben, so bin ich gerne bereit zusammen mit Tante Klara in der Küche etwas zu zaubern."

Gleich fiel ihr Schnieders ins Wort, bei so einem deftigen Essen gäbe es nichts zu zaubern und seine Frau und er freuten sich auf Rinderbraten mit Rotkohl.

Adam hatte jetzt endlich die Möglichkeit seine Gäste anzusprechen und das Gespräch drehte sich um den Neubau des Hotels. Es war naheliegend, dass Adam den Straßenbauer Schnieders nach einer starken Planierraupe fragte. Es sei eine gewaltige Erdmasse zu bewegen und sein Hochbauunternehmer besitze kein solches Gerät, weshalb er auf der verzweifelten Suche nach einem geeigneten Tiefbauer sei.

Manfred machte dazu einen Vorschlag: „Chef, die neue Hundert-PS-Raupe ist doch diese Woche frei, sie wird erst nächste Woche zur Fahrbahnerneuerung auf der Hunsrückhöhenstraße eingesetzt, da könnte der Rudi doch diese Woche hier den Baugrund vorbereiten." Er hatte den Satz noch nicht zu Ende gesprochen, da hatte er schon durch eifriges Kopfnicken seines Chefs die Zusage. Schnieders wurde gleich konkret und nahm Manfred in die Pflicht. Auch wenn er noch „ein bisschen krank" sei, so solle er doch schon morgen nach Feierabend nach Kirchberg kommen, seinen Lkw nehmen, den Tieflader mit der Raupe anhängen und das Ding hier am Bauplatz abstellen. Manfred nickte als Zeichen seiner Zustimmung und schlug mit ein paar abfälligen Bemerkungen die Warnung des Arztes in den Wind.

Betty bediente allein die Frühschoppengäste und wusste kaum die Kurve zu kriegen, Brigitte war in der Küche und Adam hatte schon die dritte Flasche entkorkt. Schnieders übte wenig Zurückhaltung bei dem vollmundigen, süffigen Rebensaft, wogegen seine Frau sich mit Limonade begnügte. Sie war sich bei solchen Gelegenheiten ihrer Macht bewusst. Ihr Alter hatte wieder mal zu viel durch die Kehle geschüttet und sie wurde dann Herrin über das Lenkrad, worauf sie meistens den Wagen auf kürzestem Weg in die heimische Garage steuerte.

Brigitte bat zu Tisch, sie saßen gemeinsam an der Tafel, die weiß gedeckt war und für die sie aus Mutters Garten auch einen Blumenstrauß besorgt hatte. Klaras Markklößchensuppe schmeckte vorzüglich und Schnieders verlangte einem Nachschlag. Auch der Braten war schmackhaft. Dazu der Rotkohl mit Äpfeln und Lorbeer war nicht verkocht, was von Frau Schnieders lobend erwähnt wurde. Zum Abschluss gab's Vanillepudding, Schnieders hatte sich schon zweimal genommen und genierte sich nicht auch noch den letzten Rest aus der Schüssel zu kratzen.

Mit seinem breiten Handrücken wischte er sich über den Mund, worauf er wiederholt verkündete, vorzüglich gespeist zu haben. Er drängte jetzt zum Aufbruch und verlangte für die herzhafte Bewirtung die Rechnung. Jedoch Adam winkte ab, er spielte jetzt den Großzügigen und verwies auf die Planierraupe.

Das Ehepaar Schnieders verabschiedete sich und im Hinausgehen bat sein Chef den Manfred ihm das Baugrundstück zu zeigen, er wolle doch vorher die Situation in Augenschein nehmen, bevor er seinem Raupenfahrer diesen Auftrag erteile.

Das war ein erfolgreicher Sonntagvormittag, doch Adam machte jetzt ein missmutiges Gesicht und verwies auf seinen Schreibtisch, auf dem sich ein ganzer Stoß Arbeit angesammelt hatte. Brigitte erkannte die gute Gelegenheit, sie wusste, der Vater würde ihr die Bitte nicht abschlagen und sie durften das Auto benutzen. Sie machten einen Ausflug an den Rhein. Nach einem ausgedehnten Spaziergang, dem Besuch im Café, der Einkehr in einer Weinwirtschaft und dem Logenplatz bei der Abendvorstellung im örtlichen Kino waren sie noch vor Mitternacht wieder glücklich und zufrieden zu Hause.

Adam war schon im Bett, Klara saß in der Küche und Betty mühte sich noch mit ein paar späten Gästen ab. Betty sah das Leuchten in den Augen ihrer Tochter und sie wollte Einzelheiten von diesem sonntäglichen Ausflug erfahren. „Och Mutter, du willst doch nicht wirklich wissen wie oft wir uns geküsst haben. Du warst doch auch mal jung und überleg mal was Vater und du vor fünfundzwanzig Jahren an so einem Tag gemacht habt."

Betty antwortete nicht, mit einem Lächeln im Gesicht nahm sie ihre Tochter in den Arm und sie wusste, ihr Spiel war für heute noch nicht zu Ende; denn sie hatte längst erkannt, dass es von Tür zu Tür nur ein kurzer Weg war, um in das Bett des anderen zu gelangen.

Am nächsten Morgen, dem Montag, fühlten sich Brigitte und Manfred hilflos. Adam hatte in aller Frühe das Auto in Beschlag genommen und darum musste auf dem schnellsten Weg wieder ein eigener fahrbarer Untersatz beschafft werden.

Mit dem Bus ging es in die Stadt und dort führte sie der erste Weg ins Autohaus Mebus, wo Manfred den noch fast neuwertigen lindgrünen VW Käfer gesehen hatte. Mebus hatte mit Manfreds Absicht dieses Auto zu kaufen spekuliert und im Vorfeld einiges in Erfahrung gebracht. Der Gutachter, der bei ihm im Hof Manfreds Unfallauto geschätzt hatte, nannte ihm die Versicherung des Unfallgegners und er wusste auch, dass der ortsansässige Generalagent diesen Vertrag in seinem Bestand hatte. Obwohl über Schuld und Unschuld letztendlich noch nicht amtlich entschieden war, glaubte der Gutachter doch bei dieser eindeutigen Sachlage kein Dienstgeheimnis verraten zu haben, als er den Schätzwert preisgab.

Es kam zum Verkaufsgespräch, der lindgrüne Käfer war anderthalb tausend Mark teurer als die Entschädigung, die Manfred für sein Auto erwarten konnte.

Brigitte und Manfred, auch wenn sie sich noch nicht so lange kannten, fühlen sich gegenseitig verpflichtet. Das führte dazu, dass Brigitte ihm ihr Sparbuch anbot, damit er sich das gewünschte Auto kaufen konnte. So viel Geld hatte er selbst gespart, aber sie bestand darauf sich an diesem Kauf zu beteiligen, zumal auch sie das Auto die Woche über nutzen wollte, wenn er Lkw fuhr.

Mebus wollte von Brigitte, der Tochter eines Viehhändlers Geld in bar und ohne Rechnung. Das konnte nicht reibungslos abgehen. Sie hatte es nicht gelernt, aber schon seit sie ein kleines Mädchen war, immer wieder zugehört, wenn der Vater auf den Höfen Vieh handelte. Einem ordentlichen Kaufmann waren diese Sprüche fremd, aber sie kannte das Vokabular, das ihr am Ende zum Sieg verhalf. Da war von Rostkarre, Halsabschneider, Steuerhinterziehung und Schwarzgeld die Rede. Beim Wort „Schwarzgeld" wurde Mebus kleinlaut und sein Handschlag brachte Brigitte dreihundertfünfzig Mark Nachlass ein. Manfred zog sich verlegen hinter das Lenkrad seines künftigen Autos zurück. Gerade als er die Autotür wieder öffnete, hörte er noch Brigittes Halbsatz: „Sofort zulassen, es wird heute noch gebraucht." Normalerweise gehört es zum Service eines Autohauses dem Käufer das Auto mit den neuen Nummernschildern zu übergeben. Mebus machte den Vorschlag, dass sie selbst zur Zulassungsstelle gingen. Auf dem Weg dorthin kamen sie an der Sparkasse vorbei, wo Brigitte das nötige Geld von ihrem Sparbuch abhob. Vorher waren sie noch bei dem Versicherungsagenten den Nachweis der Deckungszusage abholen. Auf der Zulassungsstelle erwartete sie eine erneute Überraschung, Manfred konnte sich nicht ausweisen und darum wurde das Auto auf Brigitte zugelassen. Als sie wieder zurückkamen, war etwas mehr als eine Stunde vergangen.

Brigitte bezahlte, sie akzeptierte die fehlende Rechnung, doch auf einer Quittung bestand sie mit Nachdruck. Der freundliche Werkstattmitarbeiter hatte die Schilder montiert, eine gut gelaunte Brigitte schwang sich auf den Beifahrersitz und in sichtlich gedrückter Stimmung setzte sich Manfred hinter das Lenkrad.

Die Probefahrt führte sie durch alle Straßen der Stadt bis zu dem Parkplatz in Sichtweite des Cafés. Energisch packte sie

Manfred am Arm und drängte ihn, auf diesem Parkplatz anzuhalten. Sie ließ seinen Arm nicht los, ihre Finger krallten sich in die Haut, mit scharfem Blick sah sie ihm in die Augen und wollte wissen was ihm über die Leber gelaufen sei.

Zuerst Schweigen, sie ließ nicht locker, bis er endlich eine Antwort herausstotterte: „Du hast den Preis heruntergehandelt, du hast das Auto bezahlt, du hattest deinen Personalausweis dabei und jetzt ist das Auto auf dich zugelassen, ich komme mir überrumpelt vor." Sie krallte sich in seinem Arm fest und dann hagelte es eine Standpauke: „Hör mal Bürschchen, in Zukunft wird das, was uns gemeinsam betrifft, immer so gehandhabt. Wer die bessere Ausgangsposition hat, der handelt und er handelt in unserem Sinne. Es war nun mal so, ich hatte den Ausweis dabei und deiner liegt auf deinem Küchenschrank. Es ist unser Auto und wen interessiert der Eintrag im Kfz-Brief. Ein andermal ist es umgekehrt und dann freue ich mich auf eine kluge Entscheidung von dir. Du hast dem Vater für den Neubau die Planierraupe vermittelt und was habe ich dazu beigetragen? Nichts, aber ich hätte dir vor Freude um den Hals fallen können. So macht jeder das was er kann. Jetzt gehen wir gemeinsam in das Café da drüben und genehmigen uns einen Weinbrand zum Kaffee, ich muss deine trübsinnigen Gedanken wieder vertreiben. Mit der Planierraupe steht dir doch heute noch eine Aufgabe bevor, bei der ich dir auch nicht helfen kann. Den Transport mit dem Tieflader musst du schon alleine machen, ich kann nicht Lkw fahren. Dafür komme ich abends zu dir ins Zimmer geschlichen, denn ich weiß welche Dielen uns mit ihrem Knarren verraten könnten und die mein Fuß nicht berühren darf. Fühlst du dich dann auch überrumpelt, wenn ich zu dir unter die Decke schlüpfe?" Jetzt reichte es Manfred, er befreite sich von ihren Krallen in seinem Arm, fiel über sie her und sie küssten sich ohne auf die Passanten Rücksicht zu nehmen, die ungehindert in das Innere des Wagens blicken konnten.

Der Besuch im Café zog sich bei ausgelassener Stimmung hin, aus dem Weinbrand wurden zwei. Klara hatte die Töpfe mit dem verkochten Mittagessen schon eine ganze Zeitlang auf dem Herd hin- und hergeschoben, bis sie endlich mit ihren neuen Auto auf den Hof fuhren.

Betty bekam den Mund nicht mehr zu, sie konnte sich das nicht erklären wie man in so kurzer Zeit zu einem neuen Auto kommen konnte. Für Klara war es nicht das neue Auto, sie beschwerte sich über die Unpünktlichkeit und bedauerte ihr verkochtes Essen, das sie zur Strafe jetzt auch so zu sich nehmen müssten.

Doch sie hatte übersehen wie sich Manfred am Herd zu schaffen machte. Er legte die verkochten Kartoffeln mit einem Stück Butter in die Bratpfanne, an das Gemüse kam auch ein Stich Butter, die Soße wurde mit einem Schuss Rotwein verfeinert, und das Ganze wurde zum Schluss nachgewürzt und er servierte ein fürstliches Essen.

Der spontane Autokauf war jetzt das Thema, nach dem Betty und auch Klara fragten. Die Auskunft von Manfred hierzu war erschöpfend. „Ein älterer verwitweter Herr hatte sich für seinen Lebensabend zu seiner jungen Freundin auch ein neues Auto gegönnt. Dieses Vergnügen überlebte er etwas länger als ein Jahr, er ist in dieser Zeit sehr wenig gefahren, die Freundin hatte keinen Führerschein und so stand der neuwertige Wagen beim Auto Mebus zum Verkauf."

Brigitte half ihrer Mutter an diesem Nachmittag wieder bei der Wäsche, während Manfred einen Spaziergang machte und sich eine geeignete Stelle suchte, auf der er am Abend den Tieflader abstellen konnte.

Nachher fuhren beide nach Kirchberg, zuerst zu Manfreds Hauswirtin, der Bille Marie, es könnte ja Post gekommen sein. Mit erhobenen Händen kreischte die Frau vor Begeisterung, als sie den Manfred wiedersah. Brigitte wunderte sich über dieses Verhalten. Andererseits sah sie darin die Bestätigung, dass Manfred bei ihr gut aufgehoben war. Sie war nach ihrem Aufschrei gleich in der Haustür verschwunden und kam jetzt mit drei Briefen wieder heraus. Es waren keine weltbewegenden Nachrichten, ein Schreiben von der Krankenkasse, eines von seiner Unfallversicherung, und eines von der Kirner Brauerei, die als Schadenverursacher ihm die Daten ihrer Versicherung mitteilte.

Es war noch lange kein Feierabend und wahrscheinlich hatte der Henschel Herbert den Lkw noch nicht auf dem Platz abgestellt. Trotzdem fuhren sie zum Bauhof, Manfred wollte den Werkstattleuten Guten Tag sagen.

Josef und Willi schraubten an einen Schaufellader herum und es gab wieder ein lautes Hallo als er mit Brigitte die Werkstatt betrat. Der Lehrling hatte den Besen in der Hand und fegte die Werkstatt. Manfred bedauerte ihn und meinte, zum Fegen brauche er nicht in die Lehre zu gehen, das hätte er auch bei der Mutter lernen können. „Verdammter Suppenkoch, hetz uns den Stift nicht auf, seine Mutter hat ihm wohl nicht beigebracht, dass man den Dreck nicht in die Ecken hineinkehrt, sondern aus den Ecken heraus." Den Suppenkoch quittierte er, indem er sie „Schmiernippel" und „Öllumpen" nannte.

Josef erzählte, dass Rudi sich heute Nachmittag frei genommen habe. „Er lässt sich einen Weisheitszahn ziehen, dabei reißen sie ihm das letzte Restchen Intelligenz noch aus dem Maul und dann läuft er als personifizierte Dummheit durch die Gegend." Manfred konterte wieder und meinte, er hätte seine Klugheit doch auch mit dem Schaumlöffel gefressen, sonst würde er einen Tropfen Öl an das Gewinde machen, bevor er sich mit der schwergängigen Schraube abquälte. „Du hättest aus deiner Küche von deinem Salatöl mitbringen sollen, das Kännchen ist leer und ich habe dem verdammten Stift schon dreimal gesagt er soll es nachfüllen." Im Hintergrund hörte man einen Besen fallen und dann kam der Gescholtene von hinten um die Maschine geschlichen, nahm das leere Kännchen, und verschwand im Raum wo die Ölfässer lagen.

„Hast du gesehen, der Tieflader ist fertig, der Rudi hat die Raupe noch verladen, ich habe fünf Kanister Diesel, eine Kanne Motoröl und eine Büchse Abschmierfett dazugestellt. Du brauchst nachher nur anzuspannen und wenn du den Büssing zurückbringst, dann stelle ihn hier in die Werkstatt, der wird morgen auf der Hinterachse neu bereift." Noch während sie sich über die unterschiedlichen Profile der verschiedenen Reifenhersteller unterhielten, kam der Henschel Herbert mit dem Büssing und hielt am Dieseltank. Er seufzte und jammerte über seinen harten Arbeitstag und fluchte und schimpfte über das von Manfred verdreckte Führerhaus.

Manfred schwang sich hinters Lenkrad und setzte den Büssing rückwärts an den Tieflader. Der Henschel Herbert gestikulierte und schrie: „Halt, du brauchst doch Ballast, das Ding wiegt über zehn Tonnen, oder willst du schon nach dem ersten Kilometer im Kauerbachtal im Graben liegen? Dein vollschlankes Schätzchen im Führerhaus nutzt dir nichts, du brauchst Gewicht auf der Hinterachse, meine Frau hätte da schon mehr zu bieten."

Manfred hatte durch das offene Seitenfenster alles mitgehört, er stellte den Motor ab, riss die Tür auf und brüllte ebenfalls: „Alter Schwätzer, ich kenne deine Frau, die ist viel zu schade für dich, die paar Pfunde auf ihren Hüften stehen ihr gut und was glaubst du was deine Enkel sagen wenn sie hören wie du von ihrer Oma redest. Willi, hol den kleinen Hublader, ein paar Schaufeln von dem Straßenaufbruch, den ich letzte Woche hinter der Halle abgekippt habe, die sind als Ballast ausreichend." Willi gehorchte, nach kurzer Zeit lösten sich mit einem scharfen Zischen die Bremsen an dem Lastzug und die Fahrt begann.

Brigitte saß zum ersten Mal in einem Lkw und staunte über den Überblick, den sie auf die Straße hatte, doch das Innere des Führerhauses verursachte bei ihr Naserümpfen. Im Fußraum lag ein Abschleppseil, eine schwere Kette, darunter das Butterbrotpapier von der letzten Woche, dazwischen die Kippen von wenigstens zwei Schachteln Zigaretten und darüber Erdklümpchen und Sand von sämtlichen Baustellen, die er in den letzten Tagen angefahren hatte. Manfred ärgerte sich auch über den Dreck, er hatte den Henschel Herbert als Kollegen nicht mehr erlebt, denn der war schon in Rente als er bei der Firma anfing. Doch von seinem gestörten Verhältnis zur Sauberkeit wurde heute noch gesprochen. Auch von anderen Begegnungen war ihm der Herbert kein Unbekannter, er war ein treuer Gast im „Kappeler Eck" gewesen. Manfred hatte dort auch dessen Frau erlebt, wenn sie kam und ihm heimleuchtete, so er denn seine Zeit überzogen hatte, und sie kam mindestens zweimal in der Woche.

So ein Schwertransport mit erhöhter Anhängerlast erforderte besondere Aufmerksamkeit, jedoch die Fahrt verlief ohne Zwischenfälle. Manfred stellte den Tieflader mit der Raupe am Baugrundstück ab und Brigitte verlangte den Lkw vor die Garage zu fahren. „Da hilft kein Besen und auch kein Putzlappen, hierbei rettet uns nur der Wasserschlauch." Das Abschleppseil und die Kette kamen auf die Ladefläche und nach einer guten halben Stunde und der Verwendung von Klaras Schmierseife war das Führerhaus wieder sauber.

Die Rückfahrt mit dem Lkw zur Firma und die Heimfahrt mit dem neuen Pkw waren die letzten Aufgaben die an diesem Tag zu verrichten waren. Nachdem Manfred den Laster in der Werkstatt abgestellt hatte und mit dem Käfer den Heimweg antrat, machte einen kurzen Umweg durch die Gassen der Stadt und kam am „Kappeler Eck" vorbei. Er fuhr zunächst ganz langsam, dann hielt er an. Die Tür zum Lokal stand offen, doch von seiner Familie war niemand zu sehen. Dann sah er ihn, breitbeinig kam er angewetzt, mit seinen schlenkernden Armen eine stadtbekannte Figur, die nach der offenen Wirtshaustür strebte, der Henschel Herbert. Manfred legte den Gang ein und gab Gas. „Er braucht uns nicht zu sehen, dann kann er auch dem Vater kein dummes Zeug erzählen." Brigitte spürte seine Erregung und sein Heimweh nach dem „Kappeler Eck", doch zugeben würde er es nicht. „Ich fürchte, mein Chef wird mich beim Vater verraten und ihm sagen wo ich mich aufhalte. Soll er doch in den ‚Hirsch' kommen, aber dafür fehlt ihm der Mut, dazu müsste er meine Mutter an seiner Seite haben, aber die verzehrt sich eher in ihrer Wut und Ungerechtigkeit als dass sie auch nur ein kleines Quäntchen Einsicht hätte."

„Nicht am Lenkrad." Aber Brigitte konnte es nicht lassen Manfred zum Trost den Nacken zu kraulen und ihm einen Kuss auf die Wange zu drücken. Wie von Geisterhand gesteuert, verlangsamte das Auto seine Geschwindigkeit und lenkte in eine Waldschneise, wo es erst bei Einbruch der Dunkelheit wieder herausfuhr.

Zu Hause hatten sich gerade der Architekt Liebermann und der Bauunternehmer Burger an der offenen Wagentür von Adam verabschiedet. Er hatte die Herren gerufen die abgesteckten Maße noch einmal zu kontrollieren, an denen sich der Raupenfahrer orientieren sollte. Sie bestätigten noch einmal, dass die anfallende Erdmasse auf dem Grundstück zur Begradigung der Hanglage verbleiben könne und der Raupenfahrer solle pfleglich mit dem zuvor abzudeckenden Mutterboden umgehen.

Montag war der ruhigste Tag der Woche und außer den drei Skatspielern, von denen jeder mit seinem Gewinn sein Einkommen verbessern wollte und was zu dem Ergebnis führte, dass am Schluss keiner etwas gewonnen hatte. Übel gelaunt stellten sie fest, dass sie auch morgen ihr Geld wieder mit Arbeit verdienen mussten, sie gingen und es waren keine weiteren Gäste mehr im Lokal.

Es war die absolute Ausnahme, dass die ganze Familie mit einem Hotelgast zusammensaß. Manfred saß mitten unter ihnen am großen Tisch im hinteren Teil der Gaststube und führte bei der Unterhaltung das Wort. Er erzählte von seiner harten Lehrzeit in Bad Kreuznach, von den gutgehenden Geschäften im „Kappeler Eck" und er verheimlichte auch nicht in allen Einzelheiten seine Affäre mit dem Mädchen aus dem Nachbardorf.

Manfred endete mit der Feststellung: „Mein Vater hat nach meinem Fehltritt überreagiert und nicht mit meiner Konsequenz, das Haus Knall und Fall zu verlassen, gerechnet. Die Ursache zu diesem Streit lag bei meiner Mutter. Sie wollte meinen jüngeren Bruder, ihren Liebling, am heimischen Herd haben. Sie hätten vernünftig mit mir reden sollen, ich hätte mir eine andere Stelle gesucht und wäre nicht im Straßenbau und auf dem Lkw gelandet. Zum Glück fand ich diese kleine Wohnung bei der Bille Marie, die sich von Anfang an fürsorglich um mich bemüht hat und mir zu ihren Hühnereiern auch eine gebrauchte Bratpfanne schenkte, mit der ich meine erste Mahlzeit zubereitete."

Das Gespräch wurde lockerer als Manfred dann Einzelheiten aus der Firma erzählte und das der Herbert immer einen Henschel gefahren habe und daher den Namen bekam. Er erzählte von den Schachtmeistern, von denen nur einer sach- und fachkundig war und seine Baustellen souverän abwickelte, während die beiden andern nur krakeelten, da sie sich überfordert fühlten. Er sprach von langen Arbeitstagen, von weiten Fahrten und auch für den Fahrer ermüdendem Kraxeln in kleinen Gängen auf den langen Steigungen aus den Flusstälern auf die Hunsrückhöhen.

Sein Fazit an diesem Abend war: „Ich werde mich wieder um eine adäquate Kochstelle bemühen und in nicht allzu ferner Zukunft einen neuen Herd gefunden haben." Brigitte strahlte, denn sie ahnte wo sein neuer Herd stehen würde.

Der Raupen Rudi war wohl mit den Hühnern aufgestanden, denn schon vor Tau und Tag stand er auf dem Hof und brüllte Manfreds Namen. Der öffnete das Fenster. Adam kam, er war schon reisefertig und deutete zu der Baustelle, wo er den Rudi einweisen wollte. Als Manfred auch angehetzt kam, hatte Rudi gerade die Raupe vom Tieflader geholt und ratterte in das mit roten Pflöcken markierte Geviert der Baustelle. Es war nur Symbolik und unbedeutend war die Masse seiner Erdbewegung, aber Adam vollzog mit einer Schaufel den ersten Spatenstich. Seine Handlung war würdevoll, andächtig, denn mit einem frommen Spruch würdigte er den Schöpfer, bat ihn um ein gutes Gelingen und hatte seinen Hut in der Hand, als er das Gebet des Herrn sprach. Rudi hatte Adams Handeln beobachtet, er hielt kurz an und nahm auch seine Mütze vom Kopf und drückte erst dann das breite Planierschild in den Boden als Adam seinen Hut wieder aufsetzte. Manfred war Adams andächtiges Tun völlig entgangen, er beschäftigte sich mit den

Dieselkanistern und wunderte sich nur, als er zu der stillstehenden Raupe blickte, wie sich Rudi gerade bekreuzigte.

Unbändig erschien die Kraft der Raupe, mit der Rudi die Erdmassen zusammenschob, wobei doch der Dieselmotor bei teilweise sinkender Drehzahl ächzte und knurrte, als fühle er sich überfordert. Dagegen rasselte das Kettenlaufwerk fröhlich und befreit, wenn Rudi zu einem neuen Ansatz ohne Belastung rückwärtsrollte. Manfred oblag nur die Rolle des Statisten. Er hatte noch nicht gefrühstückt und dachte an Klaras legendäre Wurstplatte. Diese Platte stand bestimmt noch auf dem Tisch und wartete bis er sich davor setzte, um sich jede einzelne Brotschnitte dick zu belegen. Doch er konnte den Rudi, seinen Arbeitskollegen, nicht alleinlassen. Gelangweilt setzte er sich auf einen der Dieselkanister.

Wie ein Spielzeug im Sandkasten bewegte Rudi das schwere Gerät, Manfred war von Rudis Fahrkünsten fasziniert und hatte Brigitte nicht kommen sehen. Er war regelrecht erschrocken als sie mit einem Körbchen in der Hand neben ihm stand. Er wusste nicht wie er sie begrüßen sollte. Bei allem Kettengerassel der Raupe schwirrten ihm gerade Gedanken durch den Kopf, welche Rolle er hier spielte. Aus dem Elternhaus verstoßen, fand er mit der Liebe und Leidenschaft zu Brigitte in deren Familie Aufnahme, Herzlichkeit und Zutrauen. Auf dieser Baustelle, die ihn doch eigentlich nichts anging sah er in seinem geistigen Auge in den zusammengeschobenen Erdhaufen das neue Hotel. Doch noch saß er tatenlos, den Blick nach unten gerichtet, mit knurrendem Magen auf einem Kanister.

Sein Blick ins Körbchen, mit der Kaffeekanne und dem Einwickelpapier ordneten wieder seine wirren Gedanken. Er sprang auf und küsste Brigitte. Rudi konnte den Kuss nicht sehen, er hatte den Rückwärtsgang eingelegt und blickte nach hinten. „Hast du geschlafen?" Verwundert über seine spontane Reaktion wickelte sie das Papier auf und goss ihm einen Becher Kaffee ein. „Du hast doch bestimmt Hunger? Wink deinem Kollegen, ich habe Brote und Kaffee für euch beide gemacht."

Mit einem herzhaften Biss in das üppig belegte Brot ersparte er sich die Antwort und fand es auch nicht nötig „danke" zu sagen. In der einen Hand den Kaffeebecher, in der anderen Hand das Brot und doch verstand Rudi den Wink und kam mit der Raupe angerattert. Er bat nur um einen Kaffee, das Brot für sein zweites Frühstück hätte er neben sich auf dem Sitz liegen, aber zu Mittag da würde er gerne ins Gasthaus kommen. Es müsse aber schnell gehen, er habe keine Zeit für lange Pausen und er müsse am Abend des zweiten Tages fertig sein. „Solange wir nicht auf gewachsenen Fels treffen, ist das in der Zeit gut zu schaffen. Ich glaube auch nicht, dass wir bei dem tiefgründigen Boden im Untergrund noch auf Fels stoßen werden." Mit einem gezielten Schwung warf Rudi Manfred den leeren Becher zu. „Hast du einen Höllenrachen? So heiß kann man doch den Kaffee nicht trinken." Doch der Becher war nun mal leer und Rudi widmete sich wieder der Raupe.

Für ihn war es ja nicht tragisch, dass er sich an dem verschmierten Dieselkanister die Hose verschmutzt hatte, er trug einen Blaumann. Für Brigitte nahm er einen zweiten Kanister und deckte darüber das Butterbrotpapier, ehe er ihr diese Konstruktion als Sitzgelegenheit anbot. Sie unterhielten sich wie das Haus einmal aussehen würde und wie es sich in die Landschaft einfügte. Schon nach wenigen Sätzen fühlte sich Manfred als der Blamierte, das was er ihr gerade erklären wollte wusste sie entschieden besser, da sie bei den ersten Planentwürfen des Architekten ihre eigenen Wünsche und Vorstellungen einbringen konnte. Es kam nicht zu Meinungsverschiedenheiten oder gar Streit und Manfred musste zugeben, dass er sich doch nicht so intensiv mit den Plänen beschäftigt hatte. Sie sprachen gerade von der Gestaltung der Außenfassade als Manfred mitten im Satz „Unser alter Opel!" ausrief, als ein Auto verbeifuhr.

„War das mein Vater, oder mein Bruder, oder gar beide? Ich kann mir nicht vorstellen, dass auch die Mutter in dem Auto sitzt, die wird nie nach mir suchen. Aber, wer auch immer darin sitzt, warum ist die alte Karre vorbeigefahren?"

Diese Frage klärte sich schnell; denn nur wenige Augenblicke später kam das Auto zurück und hielt am Straßenrand. Jemand stieg aus. „Es ist mein Vater", sagte Manfred nur und beide erhoben sich von ihrer öligen Sitzgelegenheit. Der Abstand vom Straßenrand zur Baustelle waren keine dreißig Schritte und entsprechend kurz war die Wartezeit bis sich Vater und Sohn gegenüber standen.

„Manfred, ich habe von deinem schweren Unfall erfahren und wollte wissen wie es dir geht."

„Wer hat dir denn verraten wo du mich finden kannst?"

„Der Schutzmann hatte mir gesagt, dass dein Unfall in der Zeitung abgebildet war und in welchem Krankenhaus du liegen würdest. Es waren gerade drei Tage vergangen, es war Sonntag, als ich dich besuchen wollte, aber du warst schon entlassen. Das hatte mich zunächst sehr beruhigt, denn du konntest nicht schwer verletzt sein. Ich war dann bei der Bille Marie. Dieses Weib, ratscht und tratscht über alles was sie nichts angeht, aber wo du bist, hat sie mir nicht verraten. Auch der Schnieders hat die Zähne nicht auseinandergekriegt, als ich ihn nach dir fragte. Ich weiß es vom Herbert, der hat gestern Abend so ganz beiläufig von der Baustelle erzählt. Er dachte, ich wüsste auch wo du bist, sonst hätte er wohl nichts gesagt. In ganz Kirchberg macht man uns den Vorwurf, wir hätten dich aus dem Haus gejagt, viele meiden uns jetzt, was sich besonders beim Umsatz bemerkbar macht."

„Das habt ihr euch selbst zuzuschreiben, ich bin nicht weggelaufen, du hast nur auf die Mutter gehört und mich aus dem Haus gejagt. Die Bille Marie hat es mir erzählt, ich bin auch ein Sechs-Monats-Kind und die Mutter, armer Leute Tochter aus Sohren, passte doch nicht ins ‚Kappeler Eck'. Das Getratsche in der Stadt war groß, aber ihr habt geheiratet und die Sache war ausgestanden. Wie ihr aber zwanzig Jahre später über mich geurteilt habt, das müsst ihr mit eurem Gewissen und dem Herrgott selbst ausmachen. Es ging auch um dieses Mädchen, die Mutter meines Sohnes, die nicht zuletzt durch euer Zutun die Heimat verlassen musste und ich kann dir sagen, der Tod meines Kindes ist mir sehr nahe gegangen. Die Bille Marie hat mich aufgenommen, auch wenn sie auf die paar Mark Miete, die ich ihr zahle, angewiesen ist, sie ist wie eine Mutter zu mir. Meine Zukunft steht aber hier neben mir." Er erzählte seinem Vater wie Brigitte und er sich näher gekommen waren und welche Rolle er im „Hirsch" spiele. „Ich glaube, wir sind uns einig und wenn die Bänder vom Richtstrauß auf dem Dachfirst dieses neuen Hotels flattern wird geheiratet." Bei dem letzten Satz legte er den Arm um Brigitte, die seine Annäherung mit einem Kuss auf die Wange erwiderte.

„Wir haben uns nicht gesucht, wir sind uns zufällig begegnet, dass wir ausgerechnet an einem Krankenbett zueinanderfanden, war Schicksal. Ich habe erlebt wie fürsorglich die Bille Marie mit ihm umgeht, wie kameradschaftlich herzlich das Verhältnis zu den Kollegen ist, wie respektvoll der Chef von seinem Lkw-Fahrer spricht und schließlich, wie hingebungsvoll er mir zugetan ist, soll ich so einen Mann nicht heiraten wollen?"

Manfreds Vater ließ sich nicht in die Augen blicken, mit geneigtem Kopf hörte er andächtig zu und hatte plötzlich sein Taschentuch in der Hand, mit dem er sich über die Augen wischte. Er müsste jetzt etwas sagen, doch das fiel ihm offensichtlich schwer. Seine Denkpause währte lang bis er endlich mit trockenem Mund die Worte hervorbrachte: „Deine Mutter weiß nicht, dass ich dich besuchen wollte." Brigitte als seine zukünftige Schwiegertochter, darüber hätte er sich eigentlich äußern müssen, obwohl er seinen väterlichen Einfluss auf seinen Sohn längst verspielt hatte. Letztlich fand er doch noch einen Satz mit dem er einen Wunsch und eine Bitte zum Ausdruck brachte. Manfred sollte doch mit Brigitte wieder mal nach Kirchberg kommen, er werde die Mutter, die sich auch ein solches Wiedersehen wünsche auf diesen Besuch vorbereiten, bei allem was geschehen sei, die Familie solle doch wieder zusammenfinden.

Als Antwort fand Manfred nur ein leise gesprochenes „Vielleicht", während Brigitte mit einem freundlichen Kopfnicken ihre Zustimmung signalisierte.

Nicht bei der Begrüßung, aber zum Abschied gab es einen Händedruck, der dem alten Herrn sichtlich Genugtuung bedeutete.

„Warum eigentlich, er ist doch ein alter Fahrer, aber warum lässt er den Motor so aufheulen?" Manfred sprach leise als er sich diese Frage stellte und bei seinem Schritt rückwärts wäre er beinahe über den Kanister gefallen auf dem er vorhin noch gesessen hatte. Brigitte erkannte seinen verwirrten Gemütszustand, der Besuch des Vaters war ihm sehr nahe gegangen und doch machte er gleich die unversöhnliche Bemerkung: „Ich werde das ‚Kappeler Eck' nie mehr betreten."

Brigitte kam und nahm ihn in den Arm. „Manfred, urteile nicht so hart, dein Vater ist sich seiner Schuld bewusst und es tut ihm leid, was er dir angetan hat. Er hat auch Mut bewiesen, er hat dich gesucht und hierherzukommen, das war sicher nicht leicht für ihn. Auch hat er den ersten Schritt gemacht, das solltest du anerkennen. Schlafe mal eine Nacht darüber, dann denk nach und fass den Entschluss nach Kirchberg zu fahren, ich werde dich begleiten und dir beistehen."

Sie küsste ihn und just in diesem Augenblick rief Rudi: „Fülle schon mal die Fettpresse, wir müssen nachher die Laufrollen abschmieren." Brigitte ließ Manfred los, da sie sich jetzt in doppelter Hinsicht gestört fühlte. Durch das Gerassel des Kettenlaufwerkes ohnehin und dazu noch die Aufforderung Rudis an Manfred, sich die Hände mit Fett zu einzuschmieren.

Brigittes Gedanken wirbelten durcheinander, der Besuch von Manfreds Vater hatte sie ganz verwirrt. Sie verabschiedete sich kurz und machte sich auf den Heimweg. War es richtig, nach einer Woche Bekanntschaft, jetzt schon zum zweiten Mal öffentlich zu bekennen ihn heiraten zu wollen? Kluge Sprüche gingen ihr durch den Kopf, von denen sie nicht wusste, was sie davon halten sollte. „Liebe auf den ersten Blick", das war es wohl, warum sie sich mit ihm so verbunden fühlte. Sie hatte aber auch Schiller gelesen, „Drum prüfe wer sich ewig bindet, ob sich das Herz zum Herzen findet." Doch dieser Spruch sagte ihr nicht viel, „Man kann Tage, Wochen oder Jahre prüfen und doch kann es zur ehelichen Katastrophe kommen." Diese Worte ihrer Überlegungen murmelte sie im Selbstgespräch. Doch je näher sie an die Haustür kam, umso intensiver glaubte sie an die Liebe zu Manfred, wiewohl sie den allerletzten Zweifel nicht los wurde.

Manfred und Rudi brauchten keine halbe Stunde um sich Klaras gutes Essen einzuwerfen. Der Lkw des Bauunternehmers brachte die Bretter und zwei Arbeiter waren dabei die Baubude aufzubauen. Der Zuweg von der Landstraße zur Baustelle musste befestigt werden und dafür sollte der Lkw jetzt groben Schotter laden, dieses Material musste nachher noch mit der Raupe verteilt werden. Morgen käme der Bagger, um den Graben für die Versorgungsleitungen und die Fundamente auszuheben. „Morgen am frühen Abend muss ich die Raupe schon auf die nächste Baustelle bringen, bis dahin müssen wir mit der Erdbewegung fertig sein", erklärte Manfred.

Brigitte bewunderte seinen Eifer auf der Baustelle, so wie er redete, wie er sich in die Arbeitsabläufe einbrachte, das musste sie am Abend ihrem Vater erzählen, der ausgerechnet am ersten Tag auf der Baustelle fehlte, da er die weite Fahrt nach Hermeskeil machen musste. Sie sah in Manfreds Engagement für den Neubau einen Ausdruck seiner Liebe zu ihr. Aber doch, sie wusste nicht warum und sie suchte auch diese Gedanken zu verdrängen, sie fürchtete seit der Begegnung mit seinem Vater heute Vormittag hatte Manfred sich verändert. Sie hätte jetzt gerne ein klärendes Wort von ihm gehört und in vertrauter Zweisamkeit ein intensives Gespräch geführt, doch die Situation war nun mal so und in den nächsten zwei Tagen würde sich dazu keine Gelegenheit bieten. Aber es gab ja noch die Nacht.

Im Flüsterton konnten sie Zärtlichkeiten austauschen aber kein ernsthaftes Gespräch führen. Die Nacht war schön. Als der Morgen graute und als Brigitte sich wieder auf ihr Zimmer zurückzog, war das Bedürfnis Manfred ein paar unangenehme Fragen zu stellen in der Leidenschaft der vergangenen Stunden in Vergessenheit geraten.

Die Arbeit auf der Baustelle verlief ohne besondere Vorkommnisse und Zwischenfälle. Am späten Nachmittag des zweiten Tages holte Manfred wieder den Lkw, um den Tieflader mit der Raupe auf die nächste Baustelle zu transportieren.

Vom Bauhof fuhren sie mit dem Käfer zur Hauswirtin, Post für Manfred war nicht eingegangen und außer ihrem Jubelschrei beim Anblick ihres Mieters hatte die Bille Marie nichts Neues zu berichten.

Manfred fuhr langsam durch die Straßen und Gässchen des Städtchens. Er kannte die meisten Leute die ihnen begegneten. Dann überquerte eine junge Frau die Straße, beinahe hätte er sie überfahren, bemalt und aufgetakelt wie ein Filmstar stöckelte sie mit hohen Absätzen über das grobe Straßenpflaster. „Schau mal, das ist die Inge, meine ehemalige Braut, die mich sitzen ließ, als das mit dem Kind passiert war. Sie war schon immer sehr modebewusst, aber so bunt im Gesicht war sie zu meiner Zeit nicht angemalt. Sie soll jetzt einen Ami zum Freund haben." Brigitte schaute irritiert, war das eine Konkurrentin, stand sie mit der Inge im Wettbewerb um Manfred?

Bei der ersten Rundtour durch die Stadt war er vorher noch links abgebogen, aber jetzt musste er am „Kappeler Eck" vorbei. Er fuhr wieder ganz langsam, die Haustür stand offen, doch es war niemand zu sehen. Manfred bog in die nächste Querstraße, und die Rundfahrt begann von Neuem. Sie erreichten den Marktplatz. „Halt mal an und park hier", befahl Brigitte. „Was ist eigentlich los mit dir? Du motzt vor dich hin und ich habe dich schon drei Mal etwas gefragt ohne eine Antwort zu erhalten. Ein höflicher Mensch gibt auch auf unbedeutende Fragen eine Antwort. Du bist genau wieder so zugeknöpft wie an dem Tag, als dein Vater uns besucht hat. Trauerst du heute etwa deiner aufgetakelten Inge nach, oder was ist dir sonst über die Leber gelaufen?"

Manfred war in die Lücke zwischen den anderen parkenden Autos gefahren und stellte den Motor ab. „Es ist doch meine Heimat, ich fahre sonst nie durch diese Gässchen, ich benutze nur die Hauptstraße, um auf dem kürzesten Weg zum Bauhof zu kommen. Ich habe Angst die Leute könnten über mich reden, weil ich doch nicht mehr im Eck wohne und bei der Bille Marie so ärmlich untergebracht bin. Die Fahrt durch mein Heimatstädtchen habe ich nur gemacht, weil du bei mir warst und ich liebe Erinnerungen aufwecken wollte. Das mit der Inge ist vorbei. Bei Licht betrachtet war es ein Glücksfall, doch ich fühlte mich in meinem Stolz verletzt, als sie mich verlassen hat. Zugegeben, ich habe mich mit der schönen Inge geschmückt. Doch zum Tanzboden führen oder per Arm durch die Straßen flanieren, dass die Leute hinterhergeschaut haben, ist das eine. Aber ihr übersteigertes Selbstbewusstsein, ihre mimosenhaften Launen und ihre Lügen zu ertragen, ist das andere. Ich hätte mich zu ihr nicht ritterlich benommen, ich wäre ein feiger Betrüger, sie ließ mich sitzen und was Besseres konnte mir nicht passieren.

Der Blick auf mein Elternhaus, ich denke an meine Kindheit, meine Jugend, meine Freunde, meinen Beruf, in dem ich erfolgreich war und auch an die Eltern. Es gibt mir jedes Mal einen Stich ins Herz wenn ich an das alles denke. Mit dem Schicksal zu hadern hat keinen Zweck, es ist gekommen wie es kommen sollte. Auch wenn diese Erinnerungen in mir Trübsal auslösen, ich bin so froh, dass wir uns begegnet sind und ich sehe für uns eine rosige Zukunft. Ich werde in Kürze mit deinen Eltern reden und um diene Hand anhalten."

Zum Glück waren in der Abendkühle die Autoscheiben beschlagen, doch auch bei klaren Scheiben hätten sie nicht auf die Blicke der Leute geachtet, der Kuss musste sein und Brigitte entschuldigte sich, sie hatte befürchtet seine schlechte Laune und seine Niedergeschlagenheit hätte etwas mit ihr zu tun. Jetzt hatte sie was sie wollte, keine längere Aussprache, aber eine klare Antwort. Sie hatte Verständnis für Manfreds Heimweh nach seinem Elternhaus und auf dem ganzen Heimweg ermunterte sie ihn mit rosigen Erzählungen über ihre Zukunft in dem neuen Hotel.

Als sie daheim ankamen hatte Adam gerade das Garagentor verschlossen und wollte sich gleich für seine Verspätung zu entschuldigen. Er fühle sich beschämt zum Baubeginn nicht dabei gewesen zu sein, aber er habe im Hochwald jetzt drei Kolonnen im Einsatz, um die er sich kümmern müsse und die weite Heimfahrt erfordere entschieden mehr Zeit. Adam sprach nie von seinem Verdienst bei seinem „Holzknüppelgeschäft" wie es Betty manchmal nannte, aber gegenüber Manfred verstieg er sich doch in die Feststellung, in den letzten beiden Tagen mehr verdient zu haben als der Maschineneinsatz auf der Baustelle gekostet habe. Manfred gab ihm keine Antwort darauf, sondern er lud ihn ein die Baustelle gemeinsam zu besichtigen, er wolle ihm zeigen was der Rudi geleistet hatte.

Es waren jetzt nur noch zwei Tage, dann war der Erholungsurlaub im „Hirsch" vorbei. Brigitte bedauerte Manfreds Ankündigung am kommenden Montag in aller Frühe nach Kirchberg zu fahren um seine Tätigkeit hinter dem Lenkrad des Lkw wieder aufzunehmen. Auf die Feststellung, die Nächte wieder in dem engen Zimmerchen in dem eisernen Bettgestell verbringen zu müssen, folgte eine kurze Diskussion über die Benutzung des Pkw die Woche über. Brigitte entschied ihn am Montag zu seiner Arbeitsstelle zu bringen, um ihn dann am Wochenende wieder abzuholen. „Dann steht das Auto nicht nutzlos in Kirchberg herum, wogegen ich es hier gut gebrauchen kann, da der Vater doch immer unterwegs ist." Manfred war mit Brigittes Anordnung nicht ganz einverstanden, doch er wagte nicht zu widersprechen.

Da er sich in den vergangenen Tagen nur auf der Baustelle nützlich machte, hatte er es gar nicht mitbekommen, dass Brigitte den Mattes und die Gustel für den Abend eingeladen hatte. Manfred freute sich, endlich mal eine Abwechslung, wo sich doch Brigittes Einladung zum Genesungsurlaub in einen straffen Arbeitseinsatz auf der Baustelle gewandelt hatte. Das Lob von Betty und Klara für seinen Fleiß tat er mit einer lässigen Handbewegung ab, er habe das gerne gemacht. Das hatte er sogar ernst gemeint, glaubte er doch mit seiner Hilfe am Neubau des „Hirsch" für seine eigene Zukunft zu sorgen, zumal er nicht an der Hochzeit mit Brigitte zweifele.

Der Abend kam, der Schankraum füllte sich mit Gästen und Brigitte hatte mit der Mutter und Tante Klara vereinbart sich nur um ihre eigene geladene Gäste zu kümmern. Sie wollten die Öffentlichkeit in der Gastwirtschaft meiden und in der Küche feiern. „Es ist Manfreds letzter Ferientag und ich glaube, er hat sich diese Feier mit seinem Einsatz auf der Baustelle verdient." Mit Klara hatte Brigitte schon am Vormittag über die Bewirtung am Abend gesprochen und sie hatte kalte Platten vorbereitet.

Brigitte hatte den großen Küchentisch schön gedeckt, den Sekt kalt und den Wein kühl gestellt und dann kamen sie, sie waren pünktlich. Manfred trug seinen neuen Anzug und auch der Mattes, sonst immer leger gekleidet, hatte sich eine von seinen bunten Krawatten umgebunden. Gustel, vor noch nicht allzu langer Zeit war eine saubere Kittelschürze ihr bestes Kleidungsstück gewesen, und jetzt stellte sie mit ihrem tief dekolletierten dunklen Kleid alle in den Schatten. An ihrem schlanken Hals, an ihren Ohrläppchen und an den Fingern funkelte es. „Es ist nicht die neue Fräse, die er so dringend in seiner Werkstatt braucht, diesmal ging seine Investition in die Gustel", raunte Manfred Brigitte ins Ohr. Brigitte, nur mit einem dünnen Silberkettchen war sich immer ihrer Schönheit bewusst und darum konnte sie es sich leisten, den Inhalt der vollen Schatulle im Schrank zu lassen. Sie selbst trug ein ebenfalls tief ausgeschnittenes großblumiges Kleid und ihre Absätze waren noch zwei Finger breit höher als die von der Gustel. Manfred, gebildet und im Gastgewerbe geschult fand galante Worte und schmeichelhafte Komplimente für die Damen, was ihm einen lieben Kuss der Brigitte einbrachte. Selbst Gustel drückte ihn an ihre volle Brust und gab ihm ein dankbares Küsschen auf die Stirn. Mattes fühlte sich gegenüber Manfred im Umgang mit Frauen unsicher. Gustel bemerkte seine Verlegenheit und ihr Kraulen an seinem glattrasierten Kinn bewog ihn auch sie zu küssen.

Mit einem Glas Sekt begann der Abend. Zu Klaras Häppchen tranken sie Wein. Brigitte hatte vom Vater die Erlaubnis sich im Keller aus dem Fach mit der Spätlese zu bedienen.

In gelockerter Stimmung kam es zu einer angeregten Unterhaltung bei der Manfred zur allgemeinen Erheiterung einen Witz erzählte. Mathias wollte ihm nicht nachstehen und gab mit mäßigem Erfolg eine Schreinerzote preis. Sein Beitrag war mehr als peinlich und er handelte sich von der Gustel einen Fußtritt ein.

Jetzt nutzte Gustel die Gelegenheit und ergriff das Wort, um von dem zu berichten, was ihr das Herz zum Überlaufen brachte. Ihre Halbtagsstelle auf der Raiffeisenkasse war für sie die Erfüllung ihres Berufslebens. Die stupide Arbeit an der Buchungsmaschine hatte sie gleich am Morgen in weniger als zwei Stunden erledigt, worauf sie dann am Tresen die Kunden bediente. Mit ihrem freundlichen Wesen und ihrer warmen Stimme hatte sie bemerkenswerten Erfolg. Gustel hatte schon eine ganze Anzahl Kunden von der Sparkasse abgeworben, andere konnte sie dahingehend beeinflussen, ihr Geld aus dem Versteck im Kleiderschrank in einem Sparbuch anzulegen und einigen Leuten vermittelte sie das Darlehen zum Umbau oder auch Neubau ihres Wohnhauses. Theo Richter war beschämt als er zur Jahreshälfte auf der Sitzung dem Aufsichtsrat die Zwischenbilanz mit einer Steigerung von fünfzehn Prozent vorlegte. Die Begründung zu diesem Erfolg musste er Gustels aktiver Tätigkeit zuschreiben. Der Aufsichtsrat war beeindruckt.

Ihr Redeschwall ebbte nicht ab, denn jetzt erzählte sie von der Schreinerei. Über das neue freundliche Büro, das Mathias und die Gesellen in zahlreichen Überstunden in Holzbauweise der Werkstatt angehängt hatten. In einem übersichtlichen Regal waren die verschiedenen Beschläge für Türen und Fenster ausgestellt, ebenso kurze Holzprofile als Muster für Fenster, Treppen und Fußböden, sowie einige Kataloge für Möbel. Gustel schwärmte von ihren Erfolgen beim Materialeinkauf und wie sie bei den Lieferanten zusätzliche Rabatte herausholte. Erst kürzlich erlangte sie vom Hersteller einen zusätzlichen Satz Messer für die neue Fräse. Jetzt pitschte Manfred Brigitte in den Arm, was so viel bedeutete, als dass Mathias zu dem

Schmuck doch die neue Fräse angeschafft hatte. Erst später kam heraus, dass diese silberne Halskette ein außerordentliches Geschenk des Genossenschaftsverbandes für die ungewöhnlich hohe Steigerung der Bilanz war. Als Gegenstück erhielt der Theo eine Uhr. Beide Teile waren nicht besonders wertvoll und Gustel ergänzte mit eigenem Geld diesen Silberschmuck mit Ohrsteckern vom bekanntesten Juwelier der Stadt.

Im Zusammenhang mit diesen kostenlosen Fräskopfmessern wusste Mathias auch noch von anderen Erfolgen der Gustel zu berichten. Sie hätte einen besonderen Draht zu den Kunden, wenn die sich in der Ausstellung des Großhändlers neue Möbel aussuchten. Erst gestern waren sie mit einem jungen Pärchen, das sich neu einrichten wollte in dieser Ausstellungshalle und der junge Mann lehnte es ab mit ihm zu verhandeln, er verlangte die Gustel, die ihn und seine Braut in Geschmacksfragen besser beraten könne. „Wohnzimmer, Schlafzimmer, Küche, es hatte sich mal wieder gelohnt", war Gustels Kommentar dazu. „Das Möbelgeschäft läuft gut, da kann man etwas verdienen ohne zu arbeiten. Die Leute machen ihre alten Sachen zu Feuerholz und richten sich neu ein, mir kann es nur recht sein." Mathias geriet ins Schwärmen.

Es war Brigittes neugierige Frage, die die Unterhaltung ins Stocken brachte. „Wie steht ihr eigentlich persönlich zueinander, ich habe den Verdacht ihr wollt euch in nicht allzu ferner Zukunft das Jawort geben?" Zunächst tiefes Schweigen und dann begegneten sich die Blicke der beiden.

Mathias war es schließlich, der diese verlegende Schweigsamkeit mit der Aussage „Ja, wir wollen es" unterbrach. Nach Manfreds und Brigittes freudiger Zustimmung zu dieser Ankündigung war es jetzt Gustel, die einige Einzelheiten ihrer Zweisamkeit preisgab. Sie lebten ja jetzt schon wie ein Ehepaar, aber die eigene Wohnung wollte sie noch nicht aufgeben, um nicht in das Geschwätz der Leute zu geraten. Zudem müsse sie als Bankangestellte auf ihren guten Ruf bedacht sein, außerdem laufe ja noch ihre Scheidung. „Neulich hatten wir den ersten Termin beim Amtsgericht. Ich bin erschrocken, als ich das Häufchen Elend sah, das der Vater meiner Kinder ist. Kein Unterhalt, keine Unterstützung und da ist auch in Zukunft nichts zu erwarten. Seine Sauferei machte ihn in jungen Jahren schon zum Rentner und ich möchte es nicht glauben, was ich jetzt sehe und mir dann die Bilder unserer Hochzeit vor Augen halte. Dieser stattliche Mann hat ein Vermögen und seine Gesundheit dem Alkohol geopfert. Ich musste die Nachbarn um Geld für Babynahrung anbetteln, er hat mich mehrmals geschlagen, dafür ist unsere ehemalige Hauswirtin Zeugin, sie werde ich zum Scheidungstermin mitnehmen. Ich denke, dass der Richter ihm die Schuld am Scheitern unserer Ehe gibt."

Jetzt war es das Schweigen des Bedauerns, das wiederum von Mathias mit der Frage unterbrochen wurde: „Wann ist denn eure Hochzeit?"

Nicht verschämt und zurückhaltend, sondern lachend und selbstbewusst umarmten sie sich und wie aus einem Mund sagten sie: „Wenn das neue Hotel fertig ist."

Manfred ergänzte: „Der einzige Umstand, der mich jetzt noch belastet ist das Zerwürfnis mit meinem Elternhaus. Der Vater hatte von meinem schweren Unfall erfahren. Er hat vom Herbert erfahren wo ich zu finden bin und hat mich aufgesucht. Er hat mich gebeten wieder mal ins Eck zu kommen. Ich werde mir ein Herz fassen und an ihrem Ruhetag meine Familie, mein Elternhaus besuchen. Wie meine Mutter auf mein Kommen reagieren wird bleibt abzuwarten."

Brigitte hatte die Hand auf seiner Schulter liegen und sie versprach ihn zu begleiten, wenn er seinen Besuch im „Kappeler Eck" mache.

Auch Gustel sprach ihm Mut zu. Dann erwähnte sie die Herzlichkeit von Mathias Mutter, von der sie sehr angetan sei. „Für meine Buben ist sie die Oma, die all ihre Ansprüche erfüllt, die ich ihnen ablehne."

Mathias lachte, dann sagte er: „Ihr habt lange genug gedarbt, die Kinder spürten es, dass ihnen einiges entging was andere Kinder haben. Lass sie doch und nimm es meiner Mutter nicht krumm, wenn sie ihnen vor dem Essen noch ein Stück Schokolade genehmigt oder mitten im Nachmittag Wackelpeter serviert. Dir fällt doch jetzt auch einiges zu, auf das du jahrelang verzichten musstest." Gustel spürte was er ihr mit diesem Satz sagen wollte. Sie antwortete mit einer innigen Umarmung.

Es war ein schöner gemütlicher Abend. Feste Freundschaften waren entstanden und Mathias sprach mehrmals von dem Glücksfall der Gustel begegnet zu sein und durch Brigittes Mitwirken habe er die Liebe zur ihr gefunden. Manfred erzählte von diesem denkwürdigen Fußballspiel, das ihn und Mattes ins Krankenhaus gebracht hatte und sie als sportliche Kontrahenten zu Freunden wurden.

Die Gäste im Schankraum wurden weniger. Zuerst kam Klara in die Küche und wünschte dieser lustigen Runde eine gute Nacht und erinnerte an den frühen Morgen, an dem Brigitte Manfred zu seiner Arbeitsstelle fahren wollte. Etwas später kam Adam, auch er erinnerte an das frühe Aufstehen und wünschte angenehme Ruhe. Betty kam auch, sie wiederholte mehrmals ihre Mahnung den Abend zu beenden, da am frühen Morgen die Nacht vorbei sei. Sie wünschte gute Nacht und ging. Brigitte lachte und meinte: „Wenn sie wüsste wie wir unsere Nacht verbringen, sie würde uns lieber in der Küche sitzen lassen." Jetzt fühlte sich Manfred angestachelt, das hätte sie nicht sagen sollen. Er sprang auf, packte Brigitte, legte sie übers Knie, hob ihren Rock und klatschte ihr auf die prallen Hinterbacken. Es war mehr ein wohltuendes Streicheln als ein Schlagen, welches Brigitte sichtlich genoss. Ihr zarter Biss in sein Ohrläppchen sollte die Strafe sein für sein festes Zupacken.

Es war ein denkwürdiger Abend, beim Abschied meinte Mathias noch: „Das müssen wir öfter machen, das nächste Mal fahren wir gemeinsam in die ‚Marktschänke', denn dort war der Beginn unserer Freundschaft." Manfred pflichtete ihm bei und verriegelte dann den Hinterausgang, nachdem ihr Besuch das Haus verlassen hatte.

Am nächsten Morgen, es hatte gerade fünf geschlagen, schlug Manfred die Decke zurück, unter der sie die gemeinsame Nacht verbracht hatten und mahnte zum Aufstehen. Brigitte rieb sich die Augen, aber sie befolgte gleich Manfreds Aufforderung und schlich in ihr Zimmer.

War es ein Gespenst, ein Geist, oder doch ein guter Engel? Eine Kanne mit frischem Kaffee, dazu Brot, Butter, Wurst und Käse und daneben ein fertiges Fresspaket standen auf dem Tisch. Keiner hatte Klara gehört, als sie die Treppe hinunterschlich und in der Küche ihre Arbeit begann. Die starke Tasse Kaffee weckte die Lebensgeister aber so früh konnten weder Brigitte noch Manfred etwas essen. Doch das Paket war genau das Richtige seine Kräfte an diesem Tag nicht schwinden zu lassen. Das hatte er noch nie gemacht, aber jetzt war ihm danach, aus Dankbarkeit umarmte er Klara.

Mit Brigitte am Steuer ging die Fahrt nach Kirchberg. Unterwegs begegnete ihnen ein Transport, der auf einer Lafette einen Baukran hinter sich herzog. Brigitte verfluchte dieses überbreite Gefährt, dem sie bei der Begegnung bis auf die rechte Grasnarbe ausweichen musste. Hätte sie gewusst, dass dieser Kran auf die eigene Baustelle transportiert wurde, dann hätte sie wahrscheinlich nicht geflucht und den Männern im Führerhaus freudig zugewinkt.

Zuerst wollte Manfred in sein Quartier, er musste sich noch umziehen. Seine Arbeitskleidung, die Brigitte gar nicht gefiel, bestand aus einer Cordhose, einem Flanellhemd und einer amerikanischen Uniformjacke. Die gummibesohlten hohen Schnürschuhe hatte er auch gegen drei Flaschen Wein bei einem amerikanischen Soldaten eingehandelt.

Die Bille Marie jubelte als sie sie kommen sah. Sie lobte die schönen Hunsrücker Mädchen, von denen Brigitte das allerschönste sei. Sonst hatte sie nichts zu berichten, sie versprach aber am Abend in Manfreds Kohleherd Feuer zu machen, dann könnte er sich etwas Gutes kochen.

Brigitte fuhr Manfred noch zum Bauhof wo sein Lkw stand, um sich dann wieder auf den Heimweg zu machen. Für das Wochenende hatten sie vereinbart, dass er auf seiner letzten Fahrt von einem Münzfernsprecher anrufen solle, um ihr mitzuteilen, wann er Feierabend habe und sie ihn abholen könne. Sie hatte die ganze Woche über das Auto und er musste jeden Tag den Weg zwischen seinem Quartier bei der Bille Marie und dem Bauhof zu Fuß zurücklegen.

Dieser wöchentliche Rhythmus hatte sich perfekt eingespielt, die telefonische Absprache zu dem Rückholtermin am Wochenende klappte ausgezeichnet und Manfred wunderte sich immer wenn sie am Ende der Woche an der Baustelle vorbeikamen, welche Fortschritte der Neubau machte.

Adam machte Druck, aber die Kolonne der Firma Burger ließ sich nicht hetzen, auch nicht vom Architekten Liebermann, der jeden zweiten Tag zur Baustelle kam und zur Eile mahnte. Die Bauleute kümmerte das nicht, sie schafften Hand in Hand und sie wussten was sie wert waren. Der Polier drohte Adam, er sollte den Schreibtischtäter zurückhalten, sonst könnte es ihm passieren, dass eine Kelle Mörtel in seinem Halsgenick landete. Adam lachte, ging heim und holte mal wieder einen Kasten Bier, worauf er den Maurern den Vorschlag machte einen Schuss Bier in die Speis zu geben, dann würde diese besonders gut abbinden. Der Polier hatte den Witz wohl verstanden und doch rief er: „Verrückter Kaschemmenwirt, das Bier gehört in unseren Bauch, denn nur dort wirkt es auf den Zusammenhalt des ganzen Hauses." Das Verhältnis zwischen Bauherr und Maurern war ungetrübt und herzlich und es wurde noch herzlicher, als Adam nicht mehr einzelne Kästen anschleppte, sondern seinen Lieferanten beauftragte eine ganze Wochenration in der Baubude abzuladen.

Meistens war es der Sonntagabend, den Brigitte und Manfred nutzten, um ins Kino zu fahren oder eine Tanzveranstaltung zu besuchen. Die übrige Zeit war Manfred voll in den Betrieb eingebunden. Er stand mit Klara am Herd. Beim Garvorgang war sie vieles anders gewohnt, und kannte nur wenig Gewürze. Für Manfreds Geschmack benutzte zu viel Salz. Im Umgang mit dem Bratfleisch hatte Manfred viel Mühe, bis sie seine Lehre annahm, und ihre, schon traditionellen Kardinalfehler wie mit zu wenig Fett und niedriger Hitze anbraten, nicht mehr anwendete. Zum Streit kam es nicht zwischen den beiden, obwohl es manchmal beim Austragen ihrer gegensätzlichen Meinungen heftig wurde.

Manfred fand seit Wochen keine Gelegenheit oder er hatte die Möglichkeit nicht genutzt, um mit Betty und Adam zu reden und ganz offiziell um die Hand ihrer Tochter anzuhalten. Beim gemeinsamen Mittagstisch an einem Sonntag fand er keine Gelegenheit. Es wurde bei Tisch viel geredet, über den Neubau, die Handwerker, die Lieferanten, die Gäste, als Adam plötzlich sagte: „Den müsst ihr zu eurer Hochzeit einladen."

Vor Schreck verschluckte sich Manfred, er musste husten. Dann fasste er sich ein Herz: „Wann glaubst du denn sollte unsere Hochzeit sein?"

Adam überlegte nicht lange: „Ich vermute, es wird nächstes Jahr Ende Mai, Anfang Juni, es soll das erste Fest sein, das wir in dem neuen Haus feiern."

Adam hatte ein Thema in die Welt gesetzt, dessen Folge zunächst zu einem tiefen Schweigen in der Tischrunde führte. Brigitte lächelte verklärt, Betty nickte ihrer künftigen Schwiegertochter freudig zu, und Klara wischte sich verschämt über die Augen. Gesprochen wurde immer noch nichts, bis sich Manfred zu der heuchlerischen Feststellung verstieg. „Dann müssen wir bis zum Vollzug unserer Ehe noch eine ganze Zeitlang warten."

Worauf Adam lächelnd entgegnete: „Was willst du denn, ihr habt schon mehr vollzogen als erlaubt ist, ich sehe noch kein Ergebnis eurer Bemühungen und hoffe auf Nachwuchs." Wieder ein starkes Wort, das bei Manfred bei all dem verschämten Schweigen der übrigen Tischgenossen ein breites Grinsen auslöste.

Das Thema Hochzeit war in die Welt gesetzt, der Termin anvisiert, es sollte nichts verheimlicht werden und jeder sollte sehen es wird nicht nur neu gebaut, auch familiär gibt es im „Hirsch" eine Fortsetzung.

Manfred sprach nicht darüber, er hatte bisher auch noch nichts unternommen, aber das Zerwürfnis mit seinem Elternhaus belastete ihn sehr. Eines Tages redete er doch mit Brigitte und sie kamen zu dem Entschluss: An einem Montag, wann das „Eck" seinen Ruhetag hat, wollten sie gemeinsam den Besuch abstatten, den er seinem Vater in Aussicht gestellt hatte. Doch es sollte ein Montag sein, an dem weniger Transporte waren und er pünktlich Feierabend hatte. Brigitte sollte dann am frühen Abend nach Kirchberg kommen und er würde sie telefonisch benachrichtigen. Es gingen wieder einige Wochen ins Land, bis an einem Montag der Werkstattaufenthalt für den Lkw eingeplant war. Dieser Werkstatttermin stand in der Vorwoche schon fest und Manfred beauftragte seine Hauswirtin, die Bille Marie. „Du gehst morgen schon ins „Eck" und sagst denen, die Brigitte und ich kämen sie am kommenden Montag besuchen." Was sich aber inzwischen im „Eck" ereignet hatte und worüber hinter vorgehaltener Hand in der ganzen Stadt getuschelt wurde, wusste auch die Bille Marie, doch Manfred sagte sie nichts davon. Die Hauswirtin war nicht dumm, sie dachte weiter und fürchtete, Manfreds Liebesverhältnis zur Brigitte könnte an dem Familienzwist zerbrechen.

Sie parkten vor dem Haus und wunderten sich über den Zettel an der verschlossenen Haustür, die doch für gewöhnlich immer offen stand. „Vorübergehend geschlossen" stand mit krakeliger Schrift auf diesem Papier. Manfred klopfte, aber es dauerte ungewöhnlich lange bis sich innen etwas tat. Das Schloss der alten schweren Barocktür quietschte.

Der Vater, im offenen Hemd und in Latschen stand in der jetzt offenen Tür. Kein Wort der Begrüßung, mit einem energischen Wink forderte er seinen Besuch auf hereinzukommen. Im Gastraum waren alle Tische blank, nur der am Fenster war gedeckt und darauf standen eine Weinflasche, eine Kaffeekanne und Tassen und Gläser in wildem Durcheinander drum herum. Er machte wieder einen Wink zur Seite mit der Andeutung, dass sie sich setzen sollten. Mitten im Raum blieb er stehen und zog ein zerknülltes Papier aus der Hosentasche.

Mit zitternder Stimme las er vor: *„Ich fahre nach Hamburg und versuche auf einem Schiff als Smutje anzuheuern."* Als Anrede wählte er *„Liebe Eltern"* und als Unterschrift *„Euer Chris-*

tian". Mehr stand nicht auf diesem Papier, das er jetzt seinem älteren Sohn Manfred zuwarf. Dieser konnte es gerade noch auffangen und in seiner Verlegenheit wusste er nicht was er sagen sollte, als die Frage zu stellen, was jetzt geschehen werde.

Zunächst keine Antwort, aber dann kam die Mutter hereingeschlurft. Unfrisiert, ungepflegt, aber sie gab dem Besuch wenigstens die Hand, auch wenn diese Geste oberflächlich und lieblos war. Sie setzte sich zu ihnen und deutete auf die Getränke, die auf dem Tisch standen. Brigitte nahm einen Kaffee, wogegen sich Manfred einen Wein einschenkte. „Ich trinke auf die Christliche Seefahrt und auf alle Seeleute, dass sie glücklich in ihren Hafen zurückkehren sollen." Dieser Spruch löste bei der Mutter eine Heulattacke aus und der Vater kam mit trotzigem Blick, schenkte sich auch ein Glas Wein ein und kippte es in einem Zug herunter.

„Komm wieder heim, sonst müssen wir das ‚Kappeler Eck' für immer dicht machen." Bei diesem Satz zog auch er sich einen Stuhl herbei und setzte sich mit in die Runde. Mit Manfreds scharfer Reaktion hatte er wohl nicht gerechnet, sonst hätte er bestimmt Abstand gehalten.

„Du hättest mich nicht rausschmeißen sollen, dann brauchtest du mich jetzt nicht aufzufordern wiederzukommen. Sich als Moralisten aufspielen und mir sittlichen Verfall vorwerfen, der das Ansehen der Familie ruiniert und dann selbst moralischen Dreck am Stecken haben, das hat auch bestimmt mein Bruder Christian erkannt. Als ihr geheiratet habt, warst du doch schon ein Vierteljahr schwanger und nachher habt ihr mich bei den Leuten als eure Frühgeburt vorgestellt. Das weiß ich von der Bille Marie. Mit meinem Bruder seid ihr auch nicht klar gekommen, keine Stunde Freiheit habt ihr ihm gegönnt, ich fürchte, er wird genau wie ich, nie mehr heimkommen. Sein Mädchen aus der Eifelgasse nanntest du nur Flittchen, dafür gab es keine Begründung, sie ist ein anständiges Mädchen, das war mehr als eine Beleidigung, das war Rufmord. Die Kollegen vom Bauhof haben mir davon erzählt.

Das ‚Eck' zumachen, davon kann gar keine Rede sein. Vater, du bist knapp über fünfzig, du kannst auch kochen und dann stellt ihr noch zwei Kräfte für den Service und die Zimmer ein und dann verlegt ihr euch auf Fremdenverkehr. Die Fremdenzimmer im Haus müsst ihr modernisieren, du hast Geld, ich weiß es und darum wird dir das nicht schwer fallen. Dazu wird der Thekenbetrieb im ‚Eck', dank seiner guten Lage, immer laufen. Der Tag wird kommen, dann müsst ihr das Haus verkaufen oder den Betrieb verpachten und ihr macht euch in eurem neuen Haus in der Vorstadt mit dem Geld einen schönen Lebensabend. Um unsere Zukunft braucht ihr euch keine Sorgen zu machen, ich verdiene gutes Geld und im nächsten Jahr werden wir beide heiraten und dann ein neues modernes Hotel betreiben."

Verstohlen nahm Brigitte Manfreds Hand und drückte sie. Seine Rede gab ihr wieder Gewissheit, hatte sie doch am Beginn dieser Begegnung gefürchtet Manfred würde seinem Vater folgen und das „Kappeler Eck" übernehmen. Doch Manfred war noch nicht fertig, jetzt griff er seine Eltern wegen ihrem Aussehen an. „In was für einer Aufmachung ihr euch präsentiert. Nicht rasiert, nicht frisiert, der Kittel steht vor Dreck, die Strümpfe rutschen dir in Falten von den Beinen, an den Füßen durchgetretene Latschen, kein Hund würde ein Stück Brot von dir nehmen. Vater, du siehst nicht besser aus. Den Stoppelbart habe ich schon angesprochen, gibt es keinen Friseur mehr in der Stadt? Der Hosenträger flattert dir lose über den Rücken weil an der Hose die Knöpfe fehlen und dazu das dreckige Unterhemd. Die umherziehenden Kesselflicker im Stadtgraben sehen besser aus, man kann sich doch nicht so gehen lassen. Ja, es tut weh, dass Christian euch im Stich gelassen hat, aber das Leben geht weiter und es gibt für alles einen Ausweg."

Wortlos hörten sie sich seine Standpauke an, sie blickten an sich hinab, es stimmte was er sagte und sie fanden keine Argumente sich zu verteidigen. Nur der Vater wollte antworten, indem er von einem harten Schicksalsschlag sprach und durch den er sich gelähmt fühle.

„Das lasse ich nicht gelten, mit dieser Ausrede hast du in einem halben Jahr immer noch keine Knöpfe an der Hose und der Kittel der Mutter ist bis dahin auch noch nicht gewaschen. Ihr lasst das ‚Eck' jetzt vier Wochen zu und bestellt einen Anstreicher, der mal wieder Farbe in den Gastraum bringt. Das gleiche gilt für die Fassade und die fünf Fremdenzimmer. Dazu neue Möbel in diese Zimmer und ihr werdet euch wundern, was ihr danach für Umsatz macht.

Du gehst als Koch in die Küche und du bist die freundliche Wirtin hinter der Theke. Ich meine das so wie ich es sage. Dein missmutiges Gesicht kannst du nachts im dunklen Schlafzimmer machen. Das ‚Kappeler Eck' wird dann in Kürze wieder das sein was es immer war, das erste Haus am Platz."

Der Vater war derweil durch den Raum geschlurft, hinter der Theke hielt er kurz an um auf der anderen Seite wieder hervorzukommen. Er hatte sein Schuhwerk gewechselt und trug jetzt fast neue Lederpantoffeln. In der Hand hielt er eine Sicherheitsnadel mit der er den losen Hosenträger am Hosenbund befestigte.

Brigitte meinte später, es hätte ihr richtig gutgetan, als sie in den Lederpantoffeln und der Sicherheitsnadel den ersten Fortschritt sah.

In seiner Erregung hatte Manfred sein Glas zweimal in einem Zug geleert und schenkte sich jetzt den Rest aus der Flasche ein. Dieser Nahewein war vorzüglich und er löste das Etikett von der Flasche um die Adresse von diesem Winzer zu haben.

Die Stimmung hatte sich wieder etwas harmonisiert und selbst die Mutter trug jetzt einen sauberen Kittel, frische Strümpfe und gewichste Halbschuhe. Manfred versprach in Zukunft des Öfteren nach Feierabend vorbeizukommen, vor allem wollte er seinem Vater bei der Vergabe der Maleraufträge behilflich sein.

Der Berufskraftfahrer war gewissenhaft, fast eine ganze Flasche Wein, das war zu viel für hinters Lenkrad, daher lenkte Brigitte den VW Richtung Heimat. Im Auto entwickelte sich eine angespannte Unterhaltung, die dazu führte, dass Brigitte an einem Waldweg anhielt. In ihrer Erregtheit über die momentanen Verhältnisse im „Kappeler Eck" fühlte sie sich unsicher am Lenkrad, sie wollte keinen Unfall bauen und darum hielt sie an. Manfred versuchte beschwichtigend auf sie einzuwirken. Er kenne seine Eltern, er wusste was sie in den Nachkriegsjahren geleistet hatten. „Reg dich nicht auf! Das wird auch jetzt weitergehen, sie brauchten auf diesen Schicksalsschlag einen Anstoß. Die Mutter leidet sehr darunter, dass ihr Liebling Christian sie im Stich gelassen hat. Auch ich kann meinen kleinen Bruder gut leiden, aber ich fürchte, wir werden ihn auf Jahre hinaus nicht wiedersehen. Was meine Eltern jetzt brauchen ist seelischer Beistand, den kann ich ihnen geben. Ein gelegentlicher Besuch, ein Ratschlag, ein gutes Wort, das kostet nichts und sie fühlen sich nicht allein gelassen in ihrer vielleicht späten Erkenntnis im Leben vieles falsch gemacht zu haben."

Brigitte hatte sich wieder beruhigt. Sie sah das Ganze jetzt auch positiv.

Bevor sie am alten „Hirsch" in den Hof fuhren, ging es immer zunächst an der Baustelle vorbei. Auch heute war das Mauerwerk wieder ein ganzes Stück gewachsen. Adam musste sich eigentlich um sein Bauvorhaben gar nicht kümmern. Liebermann kam wenigstens zweimal die Woche und kontrollierte, ob sich die Bauleute auch an seine Pläne hielten. Es kam selten zu Unstimmigkeiten, die Firma Burger hatte perfekte Bauhandwerker.

Bei der Vergabe der einzelnen Gewerke, die auf den Rohbau folgten, hatte Adam mit Liebermann ein Mitspracherecht vereinbart. Ihm war sehr daran gelegen Firmen aus der näheren Umgebung zu begünstigen, da er diese Handwerker kannte. Oft war er wegen seines Holzhandels unterwegs. Meistens war es Brigitte, die mit Liebermann zusammen die Zuschläge erteilte. Zimmermann, Dachdecker, Installateur, Verputzer, es waren alles Hunsrücker Handwerker, die die Aufträge erhielten, nur die preiswertesten Angebote für Fenster und Türen, die kamen aus der Mainzer Gegend und hierfür erbat sich Brigitte Bedenkzeit.

Der Schreiner Mattes hatte sein Angebot noch nicht abge-
geben und das hatte seinen Grund. Brigitte hatte ihm doch ver-
sprochen die Zahlen seiner Mitkonkurrenten zur Verfügung
zu stellen, so dass er sein Gebot nur anzupassen brauchte.
Seine Kollegen aus Mainz machten ihm das Leben schwer,
aber sie boten Fabrikfertigung an und so verwies er bei glei-
chem Preis auf solide Handwerksarbeit. Die illegale Absprache
zwischen Brigitte und dem Mattes hatte funktioniert und er
bekam den Auftrag. Auch Adam freute es, dass das Geld im Dorf
blieb.

In der Folgezeit überschlugen sich die Ereignisse. Da waren die
drei Rentner, die täglich auf die Baustelle kamen und am Sonntag beim Frühschoppen ihre kritischen Kommentare über all
das was die Bauleute falsch machten angaben. Am folgenden
Wochentag, der Maurer Edwin stand auf dem Gerüst und die
drei wollten ihn verulken und riefen ihm etwas zu. Edwin verstand nichts, er fragte zurück, wurde unaufmerksam, ein un-
beachteter Fehltritt und er stürzte. Es waren mehr als drei
Meter, aber Edwin hatte Glück, er fiel auf einen Haufen Boden,
der noch von der Ausschachtung da lag. Großer Schreck, Stillstand auf der Baustelle. Adam fuhr den Verunglückten gleich
ins Krankenhaus. Er wurde geröntgt, gebrochen war nichts,
aber die Blutergüsse färbten seinen verbeulten Körper an mehreren Stellen schon nach kurzer Zeit blau und schwarz. Der
Arzt schrieb ihn krank, er musste nicht im Bett liegen und
schon ab dem zweiten Tag kam er am späten Vormittag mit
seiner BMW Isetta zur Baustelle, nicht um zu arbeiten, denn
das konnte er noch nicht, er suchte den Disput mit den drei
Rentnern um ihnen ihre Besserwisserei auszutreiben. Es dauerte etwas mehr als eine Woche, er konnte zwar nur auf einer
Backe sitzen, aber er kam wieder arbeiten.

Manfred war überrascht, als bei seinem ersten Besuch nach
der Aussprache mit seinen Eltern der Pinsel Fritz die Wände
des „Eck" tapezierte. Sein Vater zeigte ihm eine Postkarte, die

Christian in Hamburg abgeschickt hatte. Er habe auf der „Isolde" angeheuert, das sei ein Stückgutfrachter und würde jetzt eine längere Reise in die Südsee machen. Die Mutter nahm ihm die Karte wieder ab, sie hatte Tränen in den Augen und steckte sie, von außen gut sichtbar, an den Gläserschrank.

War es ein Gerücht oder dummes Geschwätz, die Werkstattleute wollten es besser wissen, aber auch der Schachtmeister sagte: „Blödsinn".

„Wir kriegen einen neuen Lkw", schwebte eine Zeitlang durch die Firma, ohne dass jemand herausfand, ob es stimmte.

Am Freitagabend, Manfred hatte gerade den Büssing abgestellt, erhielt er die Nachricht: „Du sollst ins Büro kommen." Das ließ nichts Gutes erahnen, denn meistens hatte Schnieders etwas Unangenehmes zu verkünden, wenn man einbestellt wurde.

Er fand nicht die Zeit die Tür zu schließen und „Guten Abend" zu sagen, da polterte der Alte schon los. „Du fährst am Mittwoch in aller Frühe mit deinem Pkw nach Kassel und holst deinen neuen Henschel ab. Am Mittwoch hin, Werksbesichtigung, Übernachtung, am Donnerstag Übernahme, den Pkw auf die Ladefläche und Heimfahrt. Der Henschel Herbert fährt mit, der war schon einmal da und ihr seid auf der langen Strecke zu zweit und könnt euch beim Fahren abwechseln."

Manfred zitterte: „Deinen neuen Henschel" hatte er gesagt, aber schnell fasste er in seiner Aufregung wieder klare Gedanken und fragte ganz frech, ob ihm auch die Sprittkosten für den eigenen Pkw erstattet würden. „Selbstverständlich, ich lasse mir doch von meinen Leuten nichts schenken, ich hätte sonst selbst fahren müssen, aber bis Kassel ist mir zu weit." Er griff in die Schublade seines Schreibtisches und hatte dreißig Mark in der Hand. „Hier nimm, für einmal tanken und für ein Frühstück unterwegs reicht das. Die anderen Bewirtungskosten übernimmt das Autowerk und du darfst dir später zweimal am Benzintank in unserem Bauhof den Tank voll machen."

Manfreds Hand zitterte wieder, als er die Geldscheine wegsteckte und dann die kühne Frage stellte, ob er auch seine

Braut mitnehmen dürfe. Als Antwort erhielt er nur ein Lächeln mit einem Kopfnicken.

Manfred war glücklich und zum Abschied verbeugte er sich wie vor einem Fürsten. Als er wieder auf den Bauhof kam, standen dort der Henschel Herbert und Brigitte. Herbert wusste schon von dem Auftrag den neuen Lkw in Kassel abzuholen und hatte der Brigitte davon erzählt.

Manfred erschrak als er Brigitte sah. Ihr Gesichtsausdruck war zum Fürchten, was hatte der alte Herbert, der sein Maul nicht halten konnte, mit seinem Geschwätz angerichtet? „Du erhältst ein neues Auto, dann musst du wohl auch weiterhin in der Firma bleiben?" Diese Frage, auf die Manfred nicht antwortete, stellte sie noch, bevor sie einstiegen und davonfuhren. Brigitte saß am Lenkrad, Manfred hatte ihr die Frage zu dem neuen Lkw und seine Zukunft in der Firma immer noch nicht beantwortet und so herrschte tiefes Schweigen auf der abendlichen Heimfahrt. An dem Waldweg, wo sie erst neulich eine Aussprache hatten, bog Brigitte wieder ein.

„Was regst du dich auf, hab dich nicht so, gönne mir doch den neuen Laster, solange ich noch bei der Firma bin. Der Alte weiß, dass ich nicht bei ihm bleibe und dann kündige, wenn wir heiraten. Die anderen Kollegen haben in den vergangenen zwei Jahren schon ihre neuen Autos erhalten und für meinen ausgejackelten Büssing war es die höchste Zeit, dass er stillgelegt wird. Wir machen Ende der Woche eine schöne Reise, ich habe mir ausbedungen dich mitzunehmen. Die Kollegen hatten auch ihre Frauen mitgenommen, als sie ihre Lkws überführten und bei der Übernachtung in der Werksunterkunft würden sie nicht nach einem Trauschein fragen." Brigitte hatte aufmerksam zugehört. Ihre Antwort erschöpfte sich in einer stürmischen Umarmung.

Die Fahrt ging weiter und jetzt besprachen sie die Einzelheiten der Reise nach Kassel.

Aufregend war für Brigitte die Wartezeit bis es dann endlich Mittwoch war. Es war gerade halb fünf, da stand der Henschel

Herbert schon auf dem Hof, er war mit seinem eigenen Auto gekommen, und sie hatten die Fahrt nach Kirchberg gespart um ihn abzuholen.

Die Fahrt war problemlos aber langweilig und an der Fabrik in Kassel wurden sie herzlich begrüßt. Zur Stärkung gab es zunächst einen Imbiss und danach konnten sie ihr Quartier beziehen. Wunschgemäß erhielt Manfred ein Doppelzimmer und er verstand es den Vorgang der Zimmer-Buchung vor dem Herbert zu verheimlichen. Er fürchtete sich vor diesem Plappermaul, das ihren unmoralischen Fehltritt in alle Welt hinausposaunt hätte.

Bei der Werksbesichtigung war Brigitte die einzige weibliche Teilnehmerin in dieser Zehnergruppe, die von einem wortgewaltigen Kundenbetreuer durch die Hallen geführt wurde. Auch für sie war es hochinteressant zu sehen wie sich ein Getriebe zusammensetzt und wie am Ende des Montagebandes der gerade fertig gewordene Motor auf dem Prüfstand zum ersten Mal ansprang.

Der Abend im Gemeinschaftsraum des Nachtquartiers war bei einem Glas Bier sehr gemütlich, nur die Unterhaltung kannte nur ein Thema, da Manfreds Kollegen, die aus allen Teilen der Republik angereist waren, ausschließlich über Lkws sprachen. Brigitte wurde das zu viel, sie verlangte nach Bettruhe und bat den Manfred sie zu begleiten.

Am nächsten Morgen beim gemeinsamen Frühstück genossen sie das Brot einer bis dahin unbekannten Landschaft und nahmen die Tüte mit Reiseproviant in Empfang. Dann kam der spannendste Teil der Reise, sie gingen hinaus auf den Platz. Dort standen die neuen Henschel in einer Reihe. Viele waren eselsgrau, einige feuerrot lackiert. Die meisten Fahrer waren mit ihrem Pkw angereist und der wurde jetzt auf die Ladefläche ihres Lkw gestellt. Auch der Henschel von Manfred war rot lackiert und als er an der Reihe war, musste er den Lkw vorziehen, eine mobile schräge Rampe wurde drangeschoben und Brigitte, die den VW herbeigeholt hatte, wurde gleich aufgefordert, ihr

Auto über diese schiefe Ebene auf die Ladefläche zu fahren. Sie hatte Mut und zum Erstaunen der Umstehenden war sie in der Lage dieses waghalsige Manöver fehlerfrei durchzustehen. Manfred grinste in die Runde und mit erhobenem Daumen verwies er auf die Furchtlosigkeit und die Fahrkünste seiner Braut.

Vorbereitete Holzkeile wurden zur Sicherung unter die Pkw-Räder geschoben, die Bordwände fest verschlossen und los ging die Fahrt. Es blieb nur ein Winken aus dem offenen Fenster, zur regulären Verabschiedung wurde keinem Zeit gelassen.

Das war doch ein anderes Fahrgefühl durch das weiche Leder der Sitzbank, die wesentlich ruhigeren Fahrgeräusche als beim alten Büssing und die gute Rundumsicht durch die großen Scheiben. Herbert entschied, dass sie sich alle Stunde am Lenkrad abwechselten und so ohne längere Pause am schnellsten in Kirchberg ankämen.

Diese Überlegung ohne Pause nach Kirchberg zu kommen wurde schon bald dadurch hinfällig als Brigitte sagte, dass sie auf die Toilette müsse. Sie durchfuhren gerade ein Waldstück und da war ein kleiner Parkplatz. Beim nächsten Stopp kehrten sie in ein Gasthaus ein, das einladend an der Straße stand und in dem sie auch etwas gegen den Durst tun konnten, zumal das Zehrgeld, das der Alte Manfred mitgegeben hatte, noch nicht ganz aufgebraucht war. Jeder trank zwei Bier, Brigitte eine Limonade, das tat gut und Herbert schätzte die restliche Fahrzeit auf eine Stunde.

Sie hatten es nicht vermutet, dem Haus war es auch nicht anzusehen, aber der Fortschritt war auch hier angekommen, es gab ein Telefon. Brigitte nutzte die Gelegenheit, sie nannte nicht ihren Namen und bestellte bei Klara, die zufällig daheim den Hörer abhob, in einer Stunde ein Essen für drei hungrige Reisende. „Lausiges Mensch, glaubst du, ich hätte dich nicht an der Stimme erkannt, ich habe Sauerbraten eingelegt und die Kartoffeln und das Rotkraut sind dann auch fertig, kommt nur, ich werde euch schon sattkriegen." Das war Klara, immer gut aufgelegt, nichts war ihr zu viel und Brigitte sah sie in Gedanken jetzt schon mit ihrem kranken Fuß in der Küche herumlatschen, um einschließlich der gedeckten Tafel alles fertigzuhaben.

Die Stimmung im Führerhaus war durch Herberts Geschwätz auf einen Nullpunkt angelangt. Sie waren noch nicht weit gekommen, da hatte es schon begonnen. Es war ihm nicht entgangen, dass sie beide im Doppelzimmer übernachtet hatten. Seine süffisanten Bemerkungen hierzu steigerten sich jedoch während der Fahrt fast ins Unerträgliche.

Der Henschel Herbert hatte gut geschätzt, es dauerte nur etwas mehr als eine Stunde, als sie beim „Hirsch" auf den Hof fuhren. Brigitte war froh endlich angekommen zu sein, das ununterbrochene Geschwafel Herberts hätte sie nicht mehr lange ertragen können. Er stellte indiskrete Fragen, die sie nur mit einer ausweichenden Gegenfrage beantworten konnte, ohne dabei unhöflich zu wirken. Bei ganz intimen Fragen antwortete Manfred, der sich mit der Kraft seiner Jugend brüstete und von Liebesleistungen sprach, an die er in seinem Alter nur noch eine dunkle Erinnerung hätte. Herbert war dann für eine Zeitlang ruhig, bis nach einer gewissen Zeit wieder loslegte.

Eine Äußerung machte er, deren Wahrheitsgehalt Manfred gleich in Zweifel zog, die aber Brigitte ungeheuer belastete. „Die Überführung durftest du noch machen, aber du bleibst weiterhin auf dem alten Büssing sitzen. Der Alte wird für den neuen Henschel auch einen neuen Fahrer einstellen."

Empört antwortete Manfred: „Davon war nie die Rede, aber wenn das so ist, dann haue ich morgen schon in den Sack und gehe wieder zu meinem Vater ins ‚Kappeler Eck' an den Herd." Diese Antwort war es, die Brigitte sehr belastete.

Adam und auch Betty fanden ein paar staunende Worte zu dem neuen Lkw und Manfred setzte sich ans Steuer zum letzten Stückchen der langen Reise und er nahm zum Leidwesen von Brigitte für den Rest der Woche den Pkw mit nach Kirchberg.

Auf dem Bauhof gab es eine feste Rampe, über die gelegentlich Baumaschinen verladen wurden und dort konnte Manfred auch den VW bequem abladen. Die Werkstattleute waren noch am arbeiten, sie kümmerten sich sofort um den neuen Henschel, zogen die Radmuttern nach und machten auch gleich den ersten Ölwechsel, der bei einem neuen Motor schon nach dieser kurzen Zeit fällig war. Manfred beteiligte sich nicht an diesen Arbeiten, er ging hinter die Halle und wollte aus dem Büssing die Jacke holen, die er vergessen hatte. Doch wo war sein alter Lkw? Er lief zurück in die Werkstatt, warum hatte er die Jacke eben nicht gesehen, sie hing innen am Werkstatttor? Ehe er die Frage stellen konnte erhielt er schon die Antwort: „Den hat der neue Besitzer heute Morgen schon geholt, der geht jetzt ohne Zulassung in Kirn in den Steinbruch."

Manfred machte Feierabend, verärgert verabschiedete er sich für den Rest des Tages zu seinen Eltern ins „Kappeler Eck". „Dummes Geschwätz" war sein erster Gedanke und ihm wurde augenblicklich bewusst, heute noch mit Brigitte reden zu müssen, denn Herberts Geschwafel über den neuen Fahrer und was er in seinem Übereifer darauf geantwortet hatte, hatte ihr sicherlich einen Knacks gegeben. Er fuhr nicht ins „Eck", sondern gab Gas, achtete nicht auf die Geschwindigkeit und machte sich auf den Weg zur Brigitte.

Im „Hirsch" herrschte allgemeine Verwunderung, warum kam er wieder zurück? Brigitte war nicht daheim, sie wollte ins Dorf, und Betty glaubte Tränen gesehen zu haben. Er musste lange warten, Klara war schon im Bett, Adam suchte auch sein Nachtlager auf, als die letzten Gäste gegangen waren, nur Betty leistete ihm noch Gesellschaft. Zu seiner angehenden Schwiegermutter hatte er ein gutes Verhältnis, er hielt sie für weltoffen und ihr erzählte er alles was sich während der Fahrt im Führerhaus abgespielt hatte und er dem Henschel Herbert die unbedachte, übereilte Antwort gab, über Brigitte sich jetzt so aufregte.

Endlich kam sie, sie erschrak, als sie Manfred sah, ihre Augen waren immer noch gerötet, Betty erkannte die Situation, sie ließ sie allein und beeilte sich in ihr Schlafzimmer zu kommen.

Brigitte war bei der Gustel, weil sie sich von ihr Trost erhoffte. Wut schwang in ihren Worten mit, als sie von ihrem Besuch erzählte. „Geschimpft hat sie mich, ich soll doch nicht auf eine unbedachte Äußerung gleich die Flucht ergreifen, reden müssten wir miteinander. Männer müssten sich nun mal behaupten, sie müssten sich verteidigen und dabei fehlte ihnen manchmal das Feingefühl, passende Worte zu finden. Gustel wurde auf mein Gejammer richtig heftig, sie zweifelte an dem Wahrheitsgehalt von dem was der Herbert von sich gegeben hatte." Brigitte selbst wurde richtig heftig als sie ihre Erlebnisse bei der Gustel vortrug. Das änderte sich erst als Manfred sie in den Arm nahm und sie sich an seiner Schulter ausweinte.

Der Abend wurde noch lang, Manfred kannte sich aus, er holte aus dem unteren Fach der Theke eine gute Flasche Wein und auf der Uhr war der neue Tag längst angebrochen, als sie auf die knarrenden Dielen achtend ihr gemeinsames Bett aufsuchten.

Die Tage vergingen, es war bereits Ende Oktober, die Maurer hatten im Obergeschoss die letzte Decke gegossen, die Giebelwände gemauert und jetzt waren die Zimmerleute gefordert die aus Balken und Sparren dem Haus das Dachgebälk verpassten. Laute Hammerschläge hallten durch das Dorf, es ging schnell und schon am späten Nachmittag des zweiten Tages flatterten die bunten Bänder des Richtstraußes auf dem First. Das war nicht ungefährlich, denn der heftige Oktoberwind könnte ihn herunterwehen, doch breitbeinig fest, sein gefülltes Glas in der Hand so stand der Zimmerermeister hoch oben aufrecht auf der schmalen Firstpfette und trug mit lauter Stimme seinen Richtspruch vor.

Mit Schwung schleuderte er sein leeres Glas in die Tiefe wo es unter dem Beifall der Umstehenden in tausend Scherben zersprang.

Richtfest, bei diesem Wort sah Klara am Herd ihre Herausforderung und hatte sich für zwei große Schweinebraten mit

Klößen und Wirsinggemüse entschieden. Zunächst spielte sie die Beleidigte als Manfred sie vom Herd verdrängte, aber in Wirklichkeit war sie heilfroh, die Verantwortung für so viele hungrige Mäuler los zu sein. Das Essen war ein Genuss, sie schmatzten und nuschelten mit vollen Mündern über das was sie geleistet hatten.

Am folgenden Tag begann dieses „Hammerkonzert". Nicht wohlklingend, störend hörte es sich an und doch war es eine rhythmische Musik als Dachdecker mit ihren Hämmern synchron die Nägel in die Bretter trieben.

Vier Tage brauchten sie um das Haus zu decken. Die Maurer, jetzt vor Regen geschützt errichteten die Zwischenwände. Der Heizungsbauer, der auch im ganzen Haus für die Wasseranschlüsse zuständig war, klopfte Schlitze in die Mauern, in die er seine Leitungen verlegte. Der Elektriker handelte ebenso. Der Schreiner Mattes mit seinen Leuten rückte an und in weniger als drei Tagen hatte er seine Fenster eingesetzt. Die Außentüren wurden mit Schalbrettern verschlossen. Mit niedrigen Temperaturen, rauen Winden und gelegentlichen Schneeschauern schickte der Winter seine Vorboten und die Handwerker konnten das Innere des jetzt geschlossenen Rohbaues mit einem Ofen heizen.

Schon bald folgten längere Kälteperioden, gegen die ein einzelner Ofen in dem großen Haus nichts mehr ausrichten konnte. Der Winter bedeutete Stillstand auf der Baustelle. Bei diesem Wetter erlahmte auch der Straßenbau, bei Schnee und Eis hatte Manfred nichts zu transportieren, sein schöner neuer Lkw stand still und er war im „Hirsch" Dauergast.

Er fühlte sich nicht als Gast, er wurde auch nicht als solcher behandelt, fachkundig wie er war engagierte er sich im Betrieb und genoss vollen Familienanschluss. Adam erkannte diese Fachkompetenz, die sich da in das Gaststättenwesen einbrachte und zusammen mit Klara in der Küche werkelte. Für die Ausrichtung von zwei Familienfeiern, die er kurz vorher noch abgesagt hatte, sah er es jetzt doch als gegeben an, unter Mit-

wirkung von Manfred diese anzunehmen. So fanden im „Hirsch"
in einem Zeitraum von knapp drei Wochen zwei Hochzeiten
statt und dazu kamen noch die Imbse von zwei Beerdigungen.

Der alte, hochbetagte Kremer Phillip hinterließ wenig Verwandtschaft, zusammen mit der Nachbarschaft und den Sarg-
trägern waren es gerade dreißig Personen, die an seinem
Leichenschmaus teilnahmen. Sein Ableben wurde im Dorf als
gottgegeben hingenommen, doch ein anderer Todesfall löste
Schrecken, großes Bedauern und Mitleid aus.

Die Anni, Stoffels Frau, die reichste Bäuerin im Dorf, war im
Stall zwischen zwei Kühen tot umgefallen. „Die hat sich kaputt
geschafft", war die allgemeine Meinung, aber der geizige Stoffel wurde sehr bedauert, da er jetzt ohne seine Anni den Hof
bewirtschaften musste. Selbst Betty, die doch seit ihrer Jung-
mädchenerlebnisse auf den Stoffel nicht gut zu sprechen war,
gedachte der Anni mit einem großen Blumengebinde.

Der Gastraum im „Hirsch" konnte die Personen kaum fassen,
die der Anni gedachten. Doch der Stoffel meinte, die vielen
Leute seien ihm zu Ehren gekommen, zu ihm, dem Hinterblie-
benen, er war die Hauptperson und so benahm er sich und redete auch so. Betty kannte ihn zwar und doch war ihr seine
Wichtigtuerei zuwider. Brigitte war überrascht, als sie ihre
Mutter plötzlich mitten im Raum stehen sah, die sich Gehör
verschaffte. Betty brachte ein paar denkwürdige Sätze der
Erinnerung an die Anni aus. Von Pflichterfüllung, Mühsal, Be-
scheidenheit und Genügsamkeit sprach sie, man konnte eine
Stecknadel fallen hören. Das Gerede in der Gesellschaft redu-
zierte sich auf leises Gemurmel, aber der Stoffel hielt jetzt sein
Maul. Bettys denkwürdige Rede war an den nächsten Tagen
Dorfgespräch.

Adam, der Holzkaufmann, war bei geringer Schneelage auch
im Winter ständig unterwegs und an einem ruhigen Abend,
Klara war schon im Bett und Brigitte und Manfred waren bei
Mathias und Gustel zu Besuch, addierte er gemeinsam mit
Betty die Restaurantumsätze der letzten Wochen und sie

waren angenehm überrascht was unter Manfreds Mitwirkung möglich war. „Im neuen Haus mit mehr Sitzplätzen wird sich das Ergebnis noch verbessern." Adam ergänzte aber diese Feststellung mit der Bemerkung: „Hoffentlich verhält sich Brigitte so, dass er bei ihr bleibt und sie bald heiraten."

Betty grinste ihn an und meinte dann: „Zuerst wollte ich dagegen einschreiten, aber dann dachte ich, vielleicht kommen wir so bei unserer wählerischen Tochter, die schon so viele Liebschaften ausgeschlagen hat zu einem schnelleren Ergebnis, oder hast du nicht gemerkt, dass die beiden jede Nacht zusammen schlafen?"

Adam streichelte Betty über den Rücken und meinte dann: „Sie haben meine scherzhafte Bemerkung von damals wörtlich genommen als ich sagte, ich erwarte ein Ergebnis eurer Liebschaft, ich will Enkelkinder. Sie sind beide alt genug und sie müssen wissen was sie tun. Vordergründig sehe ich die Gefahr einer Trennung nicht, ich habe nur andere Bedenken und fürchte, der Manfred könnte von seinem Vater das „Kappeler Eck" übernehmen und dann sind wir den guten Koch auch los und ich weiß nicht wie sich Brigitte dann verhalten würde. Sie geht bestimmt nicht nach Kirchberg und dann kommt es doch zu der Trennung." Betty sah diese Gefahr nicht, zumal sich Manfred noch vor kurzem dahingehend geäußert habe, seinem Bruder die Zukunft nicht zu verbauen als sie ihn direkt darauf angesprochen hatte. Sein Bruder käme wieder zurück, davon sei er überzeugt und er müsste seinen Eltern auf die Finger schauen, dass sie das Eck ordentlich weiterführten.

Solche Gespräche, Verdächtigungen und Vermutungen führen zu nichts, Adam meinte man müsse sich mit den tatsächlichen Gegebenheiten abfinden. Er gehe jetzt schlafen, Betty solle mitkommen, die Nacht sei nicht mehr lang und morgen müsse er den weiten Weg zu seinen Leuten nach Morbach machen.

Es war ein unangenehmer Winter, es war nicht hochgradig kalt, aber starker Schneefall und Regenwetter lösten sich alle paar Tage gegenseitig ab. Dieses Wetter herrschte im ganzen Südwesten der Republik, nicht nur der Bach im Wiesengrund war stark angeschwollen, selbst der Rhein mit seinen Nebenflüssen hatte die erste Hochwassermarke überschritten.

Es war noch früh am Morgen, aus den Himmelsschleusen schüttete es wie aus Kübeln. Manfred wurde am Telefon verlangt. Schnieders gab die Anweisung, er müsse auf den Lkw, in einem Seitental des Rheines sei es zu einem gewaltigen Hangrutsch gekommen und ein Berg von Erdmassen und Geröll habe die Straße verschüttet und müsse abtransportiert werden. „Es kann ein paar Tage dauern und für diese Zeit werdet ihr in einer Fremdenpension einquartiert, da es sein kann, dass ihr auch nachts fahren müsst, wenn noch mehr Masse herunterkommt."

So lautete die knappe Anweisung des Alten und Manfred suchte seine Arbeitskleidung zusammen, zog sich um und ließ sich von Brigitte nach Kirchberg fahren. Dort wurde ihm der Abschied von seinem Schatz dadurch erleichtert, als er erfuhr, dass dieser Einsatz mit dem Überstundenzuschlag abgerechnet werde. „Ich verdiene mir jetzt das Geld für meinen Hochzeitsanzug", mit diesen Worten und einem Kuss entließ er Brigitte.

Es war ein harter Einsatz, mit Schippen wurden die Geröllmassen auf einen Lkw verladen und im acht Kilometer entfernten stillgelegten Steinbruch abgekippt, so ging es bis in den späten Abend hinein immer zwischen der Erdrutschstelle und dem Steinbruch hin und her. Das Essen in der Pension war gut und ausreichend, die Betten waren bequem, nur das Telefon funktionierte nicht, die Geröllmassen hatten die Leitung im Tal zerstört. So hatte Manfred keine Verbindung zu Brigitte und konnte nicht mitfühlen was sie schon seit Tagen bedrückte.

Sie hatte einen Verdacht, es wurde ihr oft übel, sie hatte manchmal Brechreiz, sie war sich aber nicht sicher, es wäre nicht die große Katastrophe, doch all ihre Pläne würden zunichte gemacht. Ihre Periode war überfällig, doch wen konnte sie um Rat fragen? Vor der Mutter schämte sie sich. Gustel, die doch sonst immer alles wusste, die konnte ihr helfen. Schon am gleichen Abend machte sie einen Besuch bei ihr. Für Gustel waren Brigittes Schilderungen nicht nur ein Verdacht, sie sah darin die Bestätigung einer Schwangerschaft und es verblieb ihr nur die Freude Brigitte zu diesem Ereignis zu beglückwünschen.

Übel gelaunt, niedergeschlagen, schweigsam und auffällig blass im Gesicht, begegnete sie am folgenden Tag ihrer Mutter. Als sie nach ganz kurzer Zeit das dritte Mal von der Toilette kam, fragte sie Betty: „Was ist mit dir, kriegst du ein Kind?" So direkt und unvermittelt hatte Brigitte die Einschätzung nicht erwartet, ihre Antwort waren Tränen und lautes Geheul.

Jetzt geschah etwas womit sie überhaupt nicht gerechnet hatte, ihre Mutter kam und nahm sie in den Arm. „Seit wann weißt du es?"

„Die Gustel habe ich wegen meiner Übelkeit um Rat gefragt und sie hat mir zu meiner Schwangerschaft gratuliert."

„Weiß es auch der Manfred schon?" Das Weinen setzte erneut ein und mit Gestotter erklärte sie, dass sie ihn nicht erreichen könne.

„Wird er mich sitzen lassen, wenn ich jetzt schwanger bin? Er hat auch damals das Mädchen nicht geheiratet, als er es geschwängert hatte."

„Liebes Kind, das kannst du doch nicht vergleichen und ich bin überzeugt, er wird sich nicht aus der Verantwortung stehlen. Im Übrigen, ich hatte deinen Zustand schon längst erwartet, oder glaubst du, ich hätte nicht gemerkt, dass ihr die ganze Zeit schon in einem Bett geschlafen habt? Ich bin gespannt was dein Vater heute Abend sagt, wenn er zurückkommt."

Brigitte zog sich wortlos in ihr Zimmer zurück und dort betete sie. Es war kurz vor dem Mittagessen als sie wiederkam. Klara wusste schon alles und das Einzige was sie dazu sagte, waren gute Ratschläge, Verhaltensregeln und Zustandsbeschreibungen, die eigentlich nur eine erfahrene Mutter hätte geben können und keine ledige kinderlose Frau.

Brigitte nahm es gelassen und was sie an diesem Mittag gegessen hatte, damit wäre vielleicht der Spatz in der Dachrinne satt geworden, aber nicht eine werdende Mutter.

Adam kam am späten Nachmittag von seiner Holztour zurück und als ihm Betty die neue Nachricht verkündete, sagte er nur: „Damit habe ich gerechnet, gut dass es endlich soweit ist, dann ist nicht die Hochzeit, sondern die Kindtaufe das erste Fest im neuen Haus." Betty war schockiert wie oberflächlich der werdende Großvater mit dieser Sache umging.

Der letzte Lkw war geladen, die Straße wieder frei, Schnieders kam und sammelte die Stundenzettel seiner Fahrer von diesem Sondereinsatz ein, und verkündete, dass in der nächsten Woche die Arbeiten an der Hunsrückhöhenstraße weitergingen. Mit Einwilligung seines Chefs fuhr Manfred an diesem Abend nicht mehr auf den Bauhof, sondern direkt zum „Hirsch", er wollte den Lkw am nächsten Morgen nach Kirchberg bringen.

Brigitte stürmte nach draußen als sie den Laster kommen hörte. Betty hatte es gesehen, noch während Manfred das Fahrzeug rückwärts vor die Scheune rangierte, öffnete Brigitte die Beifahrertür und schwang sich zu ihm ins Führerhaus.

Der Motor war längst abgestellt, doch die Türen blieben zu. Es dauerte eine kleine Ewigkeit bis sie sich wieder öffneten und zwei fröhliche Menschen, die sich gegenseitig neckten, das Fahrzeug verließen. Sie kamen herein und der ersten Person der sie begegneten war Betty. „Los los, nicht lange herumstehen, Leute einladen, Fleisch anbraten, Kuchen backen, wir heiraten übermorgen." Manfred war für einen Scherz immer zu haben. Doch was er jetzt in die Welt posaunte war die pure Freude über seinen Nachwuchs und was Betty noch nie gemacht hatte, sie umarmte ihren künftigen Schwiegersohn.

Die Bachstelze wurde ihrer Rolle als Frühlingsbote gerecht, die Tage wurden länger und die Arbeiten auf der Baustelle waren wieder in vollem Gange. Auch Manfred blieb die Woche über wieder in Kirchberg und ließ sich am Wochenende von Brigitte abholen. Aus Furcht einer erneuten falschen Reaktion seiner Eltern hatte er ihnen Brigittes Schwangerschaft verheimlicht. Seine Zimmerwirtin, die Bille Marie, weihte er ein, worauf sie ihn lauthals beglückwünschte und an ihre Brust drückte. „Marie, du darfst das aber nicht weitererzählen", diesen Satz hätte er sich sparen können, denn einige Tage später wusste es halb Kirchberg, einschließlich der Kollegen und seinen Chef.

An den Wochenenden stand Manfred am Herd, die Besucherzahlen und der Umsatz stiegen. Brigitte war manchmal der Verzweiflung nahe, wenn sie allzu sehr von Klara gemaßregelt und kommandiert wurde. „Du darfst dich nicht in die Höhe recken, du darfst dich nicht zu tief bücken, du darfst nicht zu schnell gehen, du darfst nicht auf den Stuhl steigen, du könntest herunterfallen."

„Verdammt noch mal, Tante Klara, wie viele Kinder hast du denn schon gekriegt? Ich mache es wie neulich die Katze, sie ist gerannt und gesprungen als der Hund hinter ihr her war und zwei Tage später hat sie ihre Junge gekriegt. Was glaubst du hätte der Hund mit ihr gemacht, wenn sie nicht gerannt und gesprungen wäre?" Für zwei Tage war jetzt Ruhe und dann begannen diese Ermahnungen wieder, bis Manfred ein Machtwort sprach und Klara diesbezüglich den Mund verbot.

Adam kam eines Nachmittags und drückte Manfred einen Zettel in die Hand. „Ich möchte, dass diese Leute zu eurer Hochzeit eingeladen werden, ich denke Anfang April solltet ihr heiraten oder wollt ihr warten bis euer Kind seiner Mutter den Brautschleier hinterhertragen kann?"

Manfred war überrascht, aber doch glücklich, endlich hatte einer den Zeitpunkt festgesetzt, über den Betty noch nicht reden wollte, als Brigitte bei ihrer Mutter den Hochzeitstermin zur Sprache brachte.

Manfred überflog diesen Zettel und fragte wer denn diese Leute seien die er und Brigitte einladen sollten.

Adam machte es kurz: „Drei Forstbeamte, zwei Vorarbeiter, der Holzeinkäufer von der Papierfabrik, Architekt Liebermann, der Bauunternehmer Burger, die Nachbarschaft und dazu noch

Stoffel und Wendelin. Der Stoffel hat uns den Bauplatz überlassen und der Wendelin ist ein Freund von Klara, er kommt
schon jahrelang ins Haus und hat sie oft unterstützt, wenn sie
gelegentlich allein im Schankraum war." Somit hatte Adam die
Begründung gleich mitgeliefert, bevor Manfred fragen konnte
warum gerade die beiden.

Manfred kam zu den Frauen in die Küche, wedelte mit diesem Zettel und verkündete: „Wir werden Anfang April heiraten." Brigitte war erschrocken und bevor Betty ihre Bedenken
zu diesem Terminvorschlag aussprechen konnte, erklärte ihr
Manfred, dass sei die Anordnung seines Schwiegervaters.
Beide hatten grundsätzlich keine Einwände mehr.

Jetzt ging es um Details über die bis dahin noch gar nicht geredet worden war. Welches Brautkleid, woher der Anzug, wer
wird Trauzeuge, was wird gekocht, wen laden wir noch ein?
Viele Meinungen, aber kein Ergebnis bis sich Manfred Gehör
verschaffte und die Gästeliste seines Schwiegervaters ergänzte.
Seine Eltern, die Bille Marie, zwei Schulfreunde, seinen Chef,
die Werkstattleute und die drei Fahrerkollegen, damit war
Manfreds Liste komplett. Brigitte hatte nicht mehr viel zu der
Liste beizutragen, sie nannte zwei Jugendfreundinnen, die nach
auswärts verheiratet waren und vor allem sollten Gustel und
Mathias eingeladen werden. Bei den folgenden angestrengten
Überlegungen auch niemand vergessen zu haben herrschte
Stille, die Betty mit ihrem Gästewunsch beendete und ihre ver-
heiratete Schwester aus dem Nachbardorf nannte.

Brigitte schaute etwas irritiert und fragte dann ganz leise: „Mutter, ihr seid doch so zerstritten, ihr habt doch schon
seit Jahren keinen Kontakt mehr zueinander, warum Tante
Berta?"

Nach einer Weile sagte Betty: „Man muss auch mal verzeihen
können."

Jetzt meldete sich Klara zu Wort. Ihr Bruder Adam habe die
halbe Verwandtschaft ausgelassen und sie würde doch gerne
noch ihre beiden Cousinen einladen. Ihrem Wunsch wurde ent-
sprochen.

Immer auf Sitte und Moral bedacht brachte Klara schließlich das Gespräch auf das Brautkleid. „Eine schwangere Braut darf kein weißes Kleid tragen." Das war ihr Grundsatz und sie schlurfte an den Küchenschrank, um aus der untersten Schublade eine flache Schachtel zu holen. Alte Fotos waren darin. Nach kurzem Suchen hatte sie das Bild, ein Brautpaar und die Braut in einem langen dunklen Kleid, zu dem sie ein mit Blüten durchwirktes Schultertuch trug. Eine elegante Erscheinung, das musste sogar Brigitte zugeben, die sich insgeheim doch ein weißes Kleid wünschte. Klara hatte eine Diskussion vom Zaun gebrochen, die sich eine ganze Weile hinzog. Brigitte war irritiert darüber, dass ihre Tante entscheiden sollte, welches Kleid sie bei ihrer Hochzeit trug. Um dem Disput ein Ende zu setzen, entschied sie, sie werde sich im dunklen Kostüm trauen lassen, eine Garderobe, die sie gar nicht mochte, da sie sich darin altmütterlich vorkam. Auch Betty war wenig einsichtig, das Brautkleid müsste unauffällig sein, da sie bei ihrer vorehelichen Beziehung zu weit gegangen seien, sie und Manfred würden mit „Rückenwind" heiraten, und darum müssten sie sich einige Einschränkungen gefallen lassen. Es war Brigitte durchaus bewusst, dass sie bei der Kleiderordnung Abstriche machen musste, aber über diese Vorhaltung der Mutter war sie doch sehr geschockt. Manfred, der sich an der Diskussion um die Kleiderordnung nicht beteiligte, war stillschweigend durch die Hintertür verschwunden, und da Brigitte in Bezug auf das Brautkleid keine Einwände mehr brachte, war das Thema erledigt.

Auf der Baustelle ging es zügig weiter, die Handwerker waren jetzt beim Innenputz und der geschäftstüchtige Mathias hatte dem Architekten noch einen Zusatzauftrag abgeluchst, indem er an die Decken in der Eingangshalle und in dem großen Gastraum eine Holzvertäfelung anbrachte. Der Heizungsbauer hatte mit seinem Heizkessel Lieferschwierigkeiten, über die passenden Bodenbeläge und die Auswahl der Tapeten wurde noch zwischen dem Architekten Liebermann und der ganzen Bauherrnfamilie gestritten.

Manfred war die Woche über sehr angespannt, kein Tag ohne Überstunden und als ihn Brigitte Freitagabend abholen wollte, war er oft von seiner letzten Tour noch nicht zurück. Er besuchte wenigstens einmal an einem Abend in der Woche seine Eltern im „Eck". Die Gastwirtschaft lief wieder gut und sie hatten auch die Loni als Bedienung und eine weitere Hilfskraft eingestellt. Die Mutter wedelte freudig mit einer Postkarte, als sie neulich abends den Manfred kommen sah. Sein Bruder, der Schiffskoch hatte nach langer Zeit zum zweiten Mal geschrieben. Leider nur eine Postkarte und diesmal kam sie aus Antwerpen, er schrieb, dass sie nach Norwegen ausliefen, es ihm gut ging und einen lieben Gruß an die Familie.

Ostern war vorbei, die Schwalben waren zurückgekehrt, es war Frühling und die Familie hatte sich endlich auf einen Hochzeitstermin geeinigt, es war der sechste April, ein Freitag. Die Einladungen waren ausgesprochen oder verschickt, alle hatten zugesagt, nur der Chef machte eine Einschränkung. „Meine Frau und ich werden schon morgens bei der Trauung in der Kirche sein, aber deine Fahrerkollegen kommen erst abends, wer soll denn den Schotter fahren? Du kannst doch mit deiner Hochzeit nicht die ganze Firma lahmlegen." Manfred war einsichtig, diesen Umstand hatte er nicht bedacht, aber dann sollten die Leute aus der Bauhofwerkstatt auch kommen.

Zur Hochzeitsvorbereitung gehörte auch die Beschaffung der Kleider für die Braut und die Brautmutter. In die Diskussion um das Brautkleid hatte sich Adam eingeschaltet, er entschied, dem Rat des leitenden Forstbeamten folgend, nach Koblenz zu fahren und dort in einem Bekleidungshaus die Damen auszustaffieren. Besonders Betty fühlte sich in diesem Kaufhaus recht unwohl. Die sie umgebende Eleganz, das vornehme Getue des Personals, die Fülle der Kleider aus hochwertigen Stoffen an den Stangen, das war nicht ihre Welt. Brigitte war da wesentlich weltoffener, Adam war stolz auf seine kluge und schöne Tochter. Sie äußerte ihren Wunsch nach einem dunklen Brautkleid und die Verkäuferin präsentierte im Handumdrehen gleich vier lange Kleider in ihrer Größe, zu denen sie gleich die Anmerkung machte, dass kleine Änderungen im Haus erledigt würden und im Preis inbegriffen seien.

Brigitte, die die schnelle Entscheidungsgabe vom Vater geerbt hatte, ging gezielt auf eines der Kleider zu, ließ es am Bügel an ihrem Körper herabhängen und wünschte es anzuprobieren. Betty bekam Stielaugen, Adam strahlte und fuhr über sein Scheckbuch. Die Länge stimmte nicht, aber es hatte einen breiten Saum, den man herauslassen konnte. Um die Taille müsse es mit einem Abnäher gestrafft werden, gab sie der Verkäuferin zu verstehen.

„Nur das nicht, bis zur Hochzeit dauert es nicht mehr lange, aber bis dahin füllt dein anschwellender Bauch das Kleid vollends aus. Den Ansatz deiner Schwangerschaft kann man doch schon jetzt erkennen." Betty hatte mit ihrem Einwand die Tochter in die Wirklichkeit zurückgeholt.

Der Stoff, ein violetter Taft, war lang bis auf die Knöchel, die Ärmel dreiviertellang, der Halsausschnitt mit weißer Spitze eingefasst und seitlich am Rock eine einzelne aufgestickte langstielige Rose angebracht. Dieses Kleid machte Brigitte zu einer Fürstin. Die anderen Kleider wurden auch noch anprobiert, aber die waren mit dem schillernden, violetten Taft-Kleid nicht zu vergleichen.

Betty konnte sich zunächst nicht entscheiden, ihr fehlte der Sinn für Schick und Eleganz, sie wählte auf Brigittes Rat das dunkelblaue Kostüm mit der Rüschenbluse. Adam war zufrieden, er hatte sich mit seinen Frauen nicht verkalkuliert, er dachte auch nicht an den teuren Hotelneubau und stellte befriedigt den Scheck aus.

Zu Brigitte sagte er: „Um den Hals herum bist du in dem Kleid noch sehr nackt." Er griff in die Brusttasche und zog ein goldenes Kreuz hervor. „Die Klara hatte es in Verwahrung, es ist das Kreuz unserer Mutter, deiner Großmutter, die du nicht mehr gekannt hast. Mir war es nicht mehr eingefallen, Tante Klara wünscht, dass du als die einzige berechtigte Erbin dieses Kreuz tragen sollst. Wir gehen noch zu unserem Juwelier und kaufen dazu eine neue Kette." Brigitte fühlte sich geehrt und ihre Augen wurden feucht.

Der Kleiderkauf in Koblenz ging schneller als erwartet und Adam drängte auf die Heimfahrt als Betty mit dem Wort „Schuhe" Adam in die Wirklichkeit zurückholte. „Schuhhaus Bender" stand über dem Eingang an dem großen Haus und Betty zitterte schon wieder, als sie die vom Geruch des Leders geschwängerte Verkaufshalle betraten. Sie schätzte inzwischen den Schick eines erhöhten Absatzes gegenüber den flachen Tretern von früher, aber sie konnte sich nicht für ein Modell entscheiden.

Brigitte drängte sich vor, die fachkundige Verkäuferin brachte einen Arm voll Schuhschachteln und bemerkte gleich, dass die Auswahl ohne dieses Kleid nicht einfach sei. Brigitte hatte dazu ihre eigenen Vorstellungen und verkündete: „Schwarze schlanke offene Lackschuhe mit erhöhtem Absatz, ohne sonstigen Firlefanz." Mit einem zweifelnden Augenaufschlag packte die Verkäuferin ihre Schachteln wieder zusammen und kam gleich darauf mit drei anderen Kartons zurück. Brigitte hatte den Schuh im Eingangsbereich in einem Ausstellungsregal gesehen, und darum konnte sie ihren Wunsch genau beschreiben. Schon das zweite Paar, das ausgepackt wurde, entsprach ihren Vorstellungen und da dieser Schuh auch noch eine Nummer größer im Regal stand, war Brigittes Schuhkauf abgeschlossen.

Jetzt war Betty an der Reihe, sie wusste nicht was sie wollte. Adam hielt sich im Hintergrund, ihm fehlte das Verständnis für die Frauen in dieser Situation und konnte darum keinen Rat aussprechen. Brigitte wusste auch hier einen Ausweg: „Schwarz, ziemlich geschlossen, halbhoher Absatz, schmales Riemchen mit silberner Schnalle." Brigitte hatte kurz vorher an einer eleganten Frau diesen Schuh gesehen. Die Verkäuferin ging und brachte einen einzelnen Schuh, von dem sie glaubte, er könne dem Wunsch der Kundin entsprechen. Brigitte und auch Betty nickten. Nur ein Paar mit einer etwas anderen Schnalle war in ihrer Größe vorhanden. Betty war zufrieden, Brigitte freute sich für ihre Mutter, Adam bezahlte und jetzt konnten sie die Heimreise antreten.

Manfred hatte sich in Kirchberg, dem Ratschlag von Gisela Schnieders folgend, einen schwarzen Anzug mit Hemd und Fliege gekauft.

Die Wartezeit bis zur Hochzeit war angefüllt mit immer neuen Vereinbarungen und Entscheidungen auf der Baustelle und mit den Vorbereitungen für das Fest. Wer kochte und bediente die Gäste auf diesem Fest? Betty machte sich darüber Gedanken und wusste nicht wo sie das passende Personal finden sollte. Manfred hatte einen Berufskollegen aus Zell an der Mosel und weil die Fremdenverkehrsaison noch nicht begonnen hatte, konnte er einen Tag frei machen und übernahm am Hochzeitstag seines Freundes den Dienst am Herd. Das sahen auch die Scherleits in Bacharach so, als sie sich anboten in der Küche und beim Service mitzuhelfen, als Brigitte ihre ehemalige Kollegin Marianne fragte, ob sie bei der Bedienung einspringen könne. Scherleits wollten ihr Lokal für einen Tag schließen und Gerda Scherleit bekundete, so ein Tag Abwechslung in einer anderen Umgebung, das sei reinste Erholung für sie. Brigitte wusste, sie kamen aus purer Neugierde, aber sie nahm ihr Angebot dankbar an, und sah die Hochzeitsgäste mit erfahrenem, gastronomischem Personal bestens versorgt.

Ein anderes Thema beschäftigte die Familie. Der Bau war bis auf einige Kleinigkeiten fertig und es war Manfred, der als Erster seinen Gedanken aussprach, das neue Haus auch in diesem Jahr noch mit Sommerfrischlern zu füllen, um Geld zu verdienen. Die ganze Familie stimmte ihm zu und es folgen Überlegungen über die Textgestaltung für eine Anzeige in einer Zeitung. Sie verstanden alle nichts von Werbung und doch kamen sie zu einem Ergebnis, indem sie den Vorschlag vom Adam gut fanden.

„Sommerfrische im Hunsrück. Grüne Täler – dunkle Wälder für Ruhe und Erholung. Hotel Hirsch, Neubau, wird ab ersten Juli erstmalig belegt", darunter den Pensionspreis die Anschrift mit Bahnstation und Busverbindung.

Auf Manfreds Vorschlag wurde diese Anzeige in zwei Zeitungen im Rhein-Main-Gebiet aufgegeben. Dieser Menschenschlag sei umgänglicher als der aus dem Ruhrgebiet und auch sie hätten eine kürzere Anreise. „Das durch die kürzere Bahnfahrt gesparte Geld werden sie im Lokal ausgeben." Werner Scherleit, der in Bacharach diese Erfahrung gemacht hatte, hatte Manfred diesen Tipp gegeben.

Die in Maschinenschreiben ungeübte Brigitte holte sich an einem Abend die Gustel, die die Anschriften der passenden Zeitungsredaktionen ausfindig machte. Die Anzeigen sollten an einem Wochenende erscheinen und jetzt blieb nur noch abzuwarten welche Resonanz dadurch ausgelöst wurde.

Manfred verbrachte die letzte Nacht in seiner Wohnung in Kirchberg und kam morgens geschniegelt und gebügelt in seinem Hochzeitsanzug, an den ihm seine Mutter noch das Myrtensträußchen ans Revers heftete, im „Hirsch" an. Seine Eltern und die ebenfalls geladene Bille Marie hatte er gleich im Auto mitgebracht. Seine Hauswirtin hatte Efeuranken im Arm, die zur Dekoration der Tische vorgesehen waren.

Manfred hatte doch so darauf gedrängt das Kleid zu sehen, doch der Anblick seiner schönen Braut blieb ihm bis zum Morgen verwehrt. Er war überwältigt als sie in ihrer ganzen Pracht vor ihm stand, so hatte er sie nicht erwartet, zumal er wusste, dass das Kleid nicht weiß und ohne Schleier war.

Man formierte sich zum Hochzeitszug in die Kirche. Einige Männer, darunter auch der Brautvater Adam im Stresemann mit Zylinder, dazu einige Frauen im langen Kleid, dazwischen die grünen Uniformen der Forstleute, doch die größte Anzahl der Gäste, darunter auch Manfreds Eltern, waren zwar festlich, aber doch bäuerlich einfach gekleidet.

Nach dem Brautamt, der launige April zwang die Gesellschaft unter die Regenschirme und schnellen Schrittes ging es zurück in den „Hirsch". Hier entstand zwischen den Stühlen und den festlich dekorierten Tischen ein Geschiebe und Gedränge. Brigitte hatte Platzkarten geschrieben, mit denen einige Mühe hatten, sich zurechtzufinden. Sie hatte auf die sozialen Unterschiede der Gäste geachtet und so saßen die Familie und die Geschäftsfreunde zusammen, die Forstleute und die Bauunternehmer mit dem Architekten, die später kommenden Kollegen von Manfred wurden bei den Einheimischen platziert. Dabei gestaltete sich die Sitzordnung so, dass die Bille Marie neben dem Stoffel saß.

Gegen die Kühle des Tages wurde ein Schnaps eingeschenkt, um den Hunger bis zum Mittagessen zu überbrücken gab es Platten mit belegten Broten und dann wurden die obligatorischen Hochzeitsreden gehalten und die Geschenke übergeben. Die einen überreichten Umschläge mit Geldscheinen darin, die anderen übergaben Sachgeschenke, die meistens aus Bettwäsche, Handtüchern und Geschirr bestanden. Das junge Paar gründete einen gewerblichen Haushalt in anderen Dimensionen, die in einem gewöhnlichen Haushaltsgeschäft nicht zu kaufen waren. Manfred freute sich besonders über ein teures Tranchiermesser.

Der Kollege aus Zell und Gerda Scherleit hatten ein köstliches Mittagessen zubereitet. Am Nachmittag nach der Besichtigung der Baustelle gab es Kaffee und Kuchen und am Abend Schweinebraten. Die Röcke und die Hosen wurden um die Bäuche eng und der Akkordeonspieler hatte am Abend Mühe die vollgefüllten Gäste zu einem Tänzchen zu ermuntern. Werner Scherleit und Marianne leisteten perfekten Service und Gerda Scherleit schwärmte von ihrem jungen Kollegen von der Mosel.

Am späten Nachmittag mussten einige die Hochzeitsfeier verlassen, um daheim das Vieh zu versorgen.

Betty hatte sie beobachtet, den ganzen Tag schon führten sie intensive Gespräche am Tisch und jetzt zur Futterzeit begleitete die Bille Marie den Stoffel, der ihr sein Anwesen zeigen wollte. „Der Stoffel, noch kein halbes Jahr Witwer und schon hat er eine Neue", scherzte einer der Gäste.

Manfreds Mutter meinte: „Was will diese Kleinbäuerin mit einem Schwein und einer handvoll Hühnern mit ihrem Häuschen am Stadtrand mehr als hier Großbäuerin zu werden."

Bei ihrer Rückkehr machte die Marie ein fröhliches und zu-
friedenes Gesicht. Der Stoffel bemühte sich um sie, rückte ihr
den Stuhl zurecht, schenkte ihr ein und immer wieder legte er
ihr seine Hand auf ihre Schulter. Wieder war es Betty, die der
Nachbarin dazu ihren Kommentar ins Ohr flüsterte: „Der Stoffel braucht keine nackten Frauenbeine im Bett, was der sucht,
ist eine Dienstmagd, und wenn die ihm nicht genug schafft, jagt
er sie wieder fort."

Es war kein rauschendes Fest, eher war es eine harmonische,
fröhliche Hochzeit. Das schöne Brautkleid war noch ein paar
Tage Dorfgespräch und sehr schnell war auch diese Hochzeit
ein Ereignis der Vergangenheit.

Auf der Baustelle ging es jetzt bei den verschiedenen Handwerkern um Detailfragen die manchmal bis kurz vor einem Fa-
milienkrach entschieden wurden. Die Fließen einfarbig oder
gesprenkelt, die Tapeten gestreift oder gemustert, der Belag
der Fußböden mit neuartigem PVC oder herkömmliche Die-
lenböden. Brigitte und Manfred behielten bei diesen Entscheidungen meistens die Oberhand. Adam schloss sich ihnen an
und Betty und Klara waren die Unterlegenen, denn ihr Geschmack war altmodisch.

Monate und Wochen waren vergangen, es war Sommer, das
Ende der Bauzeit war abzusehen und Brigitte und Manfred
waren in froher Erwartung auf ihr besonderes Ereignis. Brigitte hatte die ganze Schwangerschaft problemlos überstanden, doch in den letzten Tagen hatte ihre Körperfülle ihr
Befinden sehr belastet. Wieder war es Klara, die Brigitte für
jedes Unwohlsein einen guten Rat gab. „Nicht zu heiß baden,
die Beine hochlegen, nicht zu viel trinken, nicht zu fett essen,
Durchzug vermeiden." Brigitte fühlte sich der übertriebenen
Fürsorge ihrer Tante hilflos ausgeliefert und machte den Vorschlag sie möge einen Brutkasten besorgen, da würde sie sich
hineinsetzen und warten bis das Kindchen ausgebrütet sei.
Klara verstand diese Ironie nicht und machte weiter mit ihren

gut gemeinten Mahnungen, bis ihr Manfred diesbezüglich wieder den Mund verbot.

Eines Abends, die Tante versuchte trotz des Verbotes mit ihrem Ratschlag zu feuchten Umschlägen die Sache abzumildern, doch Manfred packte die werdende Mutter ins Auto und fuhr mit ihr ins Krankenhaus. Es wurde Morgen, es wurde Mittag, Nachmittag und endlich am frühen Abend klingelte das Telefon. „Ein Bube" schrie Adam durch das Haus und dann wiederholte er in abgehackten Silben die Worte, die an sein Ohr drangen. „Schwere Geburt, alles ging glatt, kräftiger Kerl, gesund, Mutter und Kind wohlauf."

Die halbe Mannschaft des örtlichen Fußballvereins und einige von denen, die vom Spielfeldrand aus lauthals die Spieler anfeuerten, suchten an diesem Abend ihren Ärger über das verlorene Spiel vom Sonntag im Bier zu ertränken. Sie hatten natürlich mitbekommen was Adam durchs Haus schrie und jetzt grölten sie und beglückwünschten den Opa und auch die Oma, die gerade die Tür hereinkam. Das hätte Betty sonst in der Öffentlichkeit nie gemacht, aber jetzt fiel sie dem Adam um den Hals. Er wurde keinesfalls verlegen als ihn seine Frau so stürmisch umarmte, im Gegenteil, er küsste sie sogar und Betty weinte vor Freude. „Trinkt leer, ab sofort geht die Zeche auf mich, Großeltern werden, einen Enkelsohn zu haben, das ist doch das Schönste, was es gibt auf der Welt, und du brauchst noch nicht einmal etwas dafür zu tun." Gelächter, wiederholte Gratulationen und ehrliche herzliche Fröhlichkeit in der Runde. Das lag nicht nur an den vollen Gläsern, unter den Fußballern waren einige junge Väter, die von ihrer eigenen Vaterschaft und ihren Sprösslingen schwärmten.

Jetzt kam auch Klara, die die ganze Zeit in der Küche verbracht hatte, wo sie Wendelin Gesellschaft leistete. Wendelin hatte fluchtartig durch die Hintertür das Haus verlassen, als auch er von dem großen Familienereignis hörte. Mehrmals schlug sie die Hände auf die Brust und murmelte etwas Unverständliches, als sie angeschlurft kam. Schließlich sagte sie: „Er wird Peter heißen." Betty erschrak und meinte dann zum Adam gewandt: „Man kann mit ihr Meinungsverschiedenheiten haben, aber einen Streit hatte ich nie mit ihr. Sie kann alles, sie macht alles, sie weiß alles, sie sorgt sich um alles, aber den Namen für ihr Kind den sollten sich Brigitte und Manfred selbst aussuchen."

Adam machte dazu nur eine lässige Handbewegung und griff nach dem eigenen Glas um einen Schluck zu nehmen, als Erwin und Gustav kamen, sich für das Freibier bedankten und verabschiedeten.

Kurz darauf verabschiedeten sich noch zwei und dann kam Manfred, der glückliche Vater. Er umarmte seine Schwiegermutter, bevor ihn jeder einzeln beglückwünschte. „Sie sind gesund und es geht ihnen gut", das war das Einzige was er hervorbrachte, zu mehr fand er keine Zeit.

Klaras Furcht, sie würden bis in den frühen Morgen aushalten, war unbegründet. Die Gesellschaft löste sich sehr schnell auf, man erkannte wohl, dass Fremde bei diesem Familienereignis nicht unbedingt willkommen waren.

Jetzt erzählte Manfred von der quälenden Wartezeit und dass er erst vorgelassen wurde als alles vorbei war. „Brigitte war sehr mitgenommen und müde, aber ihr Gesicht strahlte als ich zu ihr ans Bett kam. Er wird Peter heißen, das war das Erste, was sie sagte." Adam und Betty sahen sich an, hatten die jungen Eltern vorher mit Klara über den Namen des Kindes gesprochen?

Zuerst zapfte er sich selbst ein Bier, das er zum Wohl seines Erstgeborenen in einem Zug leerte. Er war so aufgeregt und konnte dem gar nicht folgen was Betty sagte, als sie von Kindtaufe, Einweihung und Neueröffnung des Hotels sprach. Adam brachte Ordnung in diese Überlegungen: „Das geht nicht, jedes Ereignis ist seine eigene Feier wert, wir würden dem Peterchen Unrecht tun, wenn wir es anders machten. Die Kindtaufe feiern wir in einem angemessenen Rahmen noch hier im alten Haus und laden dann eine Woche später zur Einweihung in den neuen ‚Hirsch'."

Absolute Zustimmung von Manfred und kein Widerspruch von Betty und Klara. Adams Vorschlag galt als angenommen, zumal davon auszugehen war, dass auch Brigitte die gleiche Meinung hatte. Während Manfred den Wissensdurst seiner Schwiegermutter, nach Haarfarbe, Farbe der Augen, Größe und Gewicht ihres Enkelsohnes stillen musste, kam Adam und brachte schon vier Postkarten mit der Antwort auf die Zeitungsanzeige. Drei Ehepaare aus Mainz, Gustavsburg und Rüsselsheim hatten zugesagt und wollten im „Hirsch" Urlaub machen. Ein Interessent fragte an, ob er seinen Urlaub auch zum ersten August antreten könne. „Das ist der Anfang, die Zeitungsanzeige zeigt Wirkung, das neue Haus wird sich füllen und wir brauchen eine zusätzliche Arbeitskraft, das Peterchen wird seine Mutter in der ersten Zeit voll in Anspruch nehmen."

Auch wenn Adams Sorge um die Bewältigung der zusätzlichen Arbeit nicht unbegründet war, wehrte sich Betty mit dem Argument, dass auch Omas Kinder wickeln könnten.

„Du kannst vielleicht mit beschissenen Windeln umgehen, aber mit deiner eingetrockneten Brust kannst du nichts mehr ausrichten wenn Peter Hunger hat." Jetzt musste sogar Klara lachen.

Die junge Mutter stieg aus dem Auto, auf dem Arm ein Paradekissen und darin der schreiende Peter, der augenblicklich verstummte, als seine Mutter mit ihm die vom Alkoholdunst und Tabakrauch geschwängerte Gaststube betrat. Adam nahm Brigitte das Bündel ab und der stolze Großvater wanderte zwischen den Tischen herum, um jedem stolz seinen Enkelsohn zu zeigen.

Klara und Betty hatten die Kindtaufe vorbereitet, geladen waren traditionsgemäß die Frauen aus der Nachbarschaft, die Paten, Manfreds Eltern und die Bille Marie. Manfred bestand auf der Einladung seiner ehemaligen Hauswirtin, da die Marie so viel für ihn getan hatte. Alle waren überrascht als sie verkündete, sie würde abends nicht mehr heimfahren, sondern beim Stoffel übernachten.

Brigitte war traurig, Manfred wurde wütend, sie fanden in ihrer, zugegeben nicht sehr zahlreichen Verwandtschaft keine Paten für ihr Kind. Einer hatte den Grund genannt, er könnte sich die Patenschaft bei so reichen Leuten nicht leisten, da die Patengeschenke an dem Wohlstand der Eltern zu bemessen seien. Es ist gut Freunde zu haben, so stimmte der Mattes sofort zu, als ihn Brigitte danach fragte.

Nicht der Taufpate, nicht der Kindsvater, nicht der Opa, die Frauen waren es, die schon vor dem Kirchgang tüchtig gegen das kühle regnerische Wetter Schnäpse getrunken hatten, was ihre gute Laune beflügelte.

Peter schrie nicht, als ihm das kalte Taufwasser über das Köpfchen lief. Der Pfarrer fand erbauende Worte für die Eltern, die dem Kind den Namen eines so großen Heiligen ausgesucht hatten. Der heilige Petrus möge mit seinem Glaubenseifer dem Kind Vorbild sein und der kleine Peter könne sich jederzeit im Gebet seinem Namenspatron anvertrauen.

Zurück in den „Hirsch" und wie es der Brauch will, begann die Feier mit Kaffee und Kuchen, wonach dann Adam und Manfred die Flaschen entkorkten, und die Frauenrunde ausreichend mit einer guten Spätlese versorgte.

Schon bald zeigte der Wein seine Wirkung, die Gespräche wurden lockerer und der Gesprächsfluss lief bald so durcheinander, dass ein Außenstehender nichts mehr verstehen konnte. Da diese Frauenrunde ausnahmslos aus Müttern bestand, waren ihre Kinder das Hauptthema. Die Wortwahl wurde nach jedem Glas heftiger und manchmal sogar peinlich, denn verschiedene kehrten ihre Dominanz und die Überlegenheit gegenüber ihren Männern heraus.

Adam, Manfred, sein Vater und Mathias saßen bei einem halbtrockenen Riesling an einem separaten Tisch und fürchteten durch den erhöhten Weingenuss bei ihren Frauen eine lose Zunge. Die Befürchtung war unbegründet, denn Betty, Brigitte und Gustel übten vornehme Zurückhaltung. Manfreds Mutter hüllte sich in totales Schweigen, sie war doch auch Peters Oma, doch sie fühlte sich nicht wohl in dieser Runde.

Sie redeten von den Handwerkern, die im neuen „Hirsch" tätig waren. Adam lobte die Verputzer die den Außenputz angebracht hatten und morgen ihr Gerüst abbauen wollten. Mathias gab zu bedenken, dass die Tische und Stühle aus dem alten Gastraum, mit denen die neue Schänke im Untergeschoss des „Hirsch" bestückt werden sollten, einer Überarbeitung bedurften. Eine neue Gaststätte und wackelige Stühle, das passte nicht zusammen. Manfred sprach von den Kosten, die einzusparen wären und erzählte von der Einrichtung seiner neuen Küche, in die er auch die noch brauchbaren Töpfe und Pfannen aus der alten Küche mitnehmen würde.

Voller Stolz erwähnte Adam die Anfragen und Zusagen die inzwischen eingetroffen waren. „Zwölf Zimmer sind fürs Erste schon belegt und die Anzahl der Anfragen bis in den Herbst hinein ist vielversprechend."

Betty kam zu ihnen an den Tisch, nachdem Adam eine organisatorische Frage zur Einweihungsfeier an sie hatte. „Kalte Platten und dazu Freibier, das ist der geringste Arbeitsaufwand und die Handwerker mögen das. Messer und Gabel ist für schwielige Maurerhände ungeeignet, die essen lieber eine gut belegte Scheibe Brot aus der Faust und trinken ihr Bier dazu." Einfach, kurz und bündig, aber herzhaft, so stellte sich Betty die Bewirtung der Männer vom Bau vor. Adam rümpfte die Nase und meinte man müsste doch dem Architekt und den Unternehmern etwas Warmes servieren. „Diese Männer haben bei uns das meiste Geld verdient, wenn ihnen das nicht passt, dann sollen sie an den Rhein ins Bellevue fahren und sich dort bedienen lassen." Betty war konsequent, Manfred gab ihr gleich seine Zustimmung und Adam sagte nichts mehr.

Es gab ein Problem über das eigentlich schon seit Wochen diskutiert wurde ohne zu einem Ergebnis zu kommen. Die Familie war geteilter Meinung zur Einstellung von zusätzlichem Personal. Die Männer hielten das für unabdingbar, wogegen die Frauen sich zurückgesetzt fühlten und wehrten sich gegen die Einschätzung von Adam und Manfred, die sie mit der Mehrarbeit im neuen größeren Haus nicht über Gebühr belasten wollten. „Wir schaffen das schon", sagte Betty immer wieder, so auch jetzt, als von der Einweihungsfeier die Rede war.

Inzwischen vertrat Manfred gegenüber seinem Schwiegervater eine andere Strategie: „Vor dem Frühstück das vom Vorabend verrauchte Lokal wieder auf Vordermann bringen, Frühstück machen, die Zimmer saubermachen, Mittagessen vorbereiten, nachher Spülen und immer wieder die Böden und die Fenster putzen, wir lassen sie ins offene Messer laufen, sie werden zur Vernunft kommen und merken, dass es ohne fremde Hilfe nicht geht."

Die Frauenrunde von Peters Taufe war in Auflösung begriffen und als Erste kam die Bille Marie an den Männertisch, um sich bei Manfred noch einmal für die Einladung zu bedanken. In der großen Tasche hätte sie einen Werktagsrock, einen Kittel und ihre Gummistiefel, sie würde jetzt zum Stoffel gehen, um ihm im Stall zu helfen. „Morgen fährt er mich mit seinem Bulldog nach Kirchberg." Gerade war sie zur Tür hinausgegangen, als die Männer lauthals lachten und ihre Witze über die späte Liebschaft machten.

Schon am folgenden Tag wurde der alte „Hirsch" endgültig geschlossen. Wendelin fand aber doch durch die Hintertür seinen Weg in die Küche, wo ihm Klara, so wie er es gewohnt war, sein Viertelchen einschenkte. Klara erzählte ihm von dem bevorstehenden Umzug und fragte ihn, ob er morgen nicht helfen könne. Sofort sagte er zu, er sei zurzeit dabei, das Gras am Straßenrand zu mähen, aber er würde sich für den Rest der Woche freinehmen.

Adam hatte einen Trupp junger kräftiger Männer angesprochen, die sich auch teilweise bei ihrer Arbeitsstelle Urlaub nehmen mussten, aber jeder hatte zugesagt. So konnte schon am nächsten Tag die Aktion Umzug starten. Zwei Bauern mit ihren Erntewagen übernahmen den Transport auf dem doch recht kurzen Weg. Viele kräftige Hände packten das was im neuen Hotel noch zu brauchen war. Die Einrichtung aus dem Schankraum, Teile aus der Küche, die Waren aus dem Vorratsraum, dem Keller, Sachen aus der Garage und der Scheune, es wollte kein Ende nehmen. Am folgenden Tag ging es an die Möbel aus

den Privatzimmern, damit hatte die ganze Familie den end-
gültigen Abschied aus dem alten „Hirsch" vollzogen und in der
nächsten Nacht schliefen alle schon in dem neuen Haus. Wendelin zeigte übergroßen Eifer als es um die Sachen von Klara
ging. Sein fürsorgliches Benehmen hierbei war auffällig, sodass
er sich einigen spöttischen Bemerkungen der übrigen Helfer
zu seinem Verhältnis zur Klara ausgesetzt sah.

Zwei aufregende anstrengende Tage gingen zu Ende, Mattes gab Anleitung und half den Männern die Möbel aufzubauen und Manfred ließ es sich nicht nehmen, in der neuen
Küche das erste Essen für die Helfer zu kochen. Klara war
jetzt am neuen Herd seine Beiköchin, doch sie war unzufrieden, da Manfred so vieles anders machte und obendrein sein
Essen auch noch besser schmeckte als das was sie immer gekocht hatte.

Serviert wurde nicht in dem neuen großen Restaurant, sondern in dem Schankraum im Untergeschoss wo man auf der
Südseite des Gebäudes durch eine breite Glastür ebenerdig auf
den mit Platten belegten Hof hinaus konnte. Dieser Raum war
etwas Besonderes. Zwar im Untergeschoss, aber trotzdem hell
und freundlich mit einer direkten Verbindung durch die Glastür auf der Sonnenseite des Hauses in die freie Natur. Man
konnte von außen auch mit derbem Schuhwerk den gefliesten
Boden betreten, was für das schnelle Bier auf dem Heimweg
von der Arbeitsstelle von Vorteil war.

Das Essen schmeckte, das Bier floss, Adam hatte selbst den
Anstich des ersten Fasses vollzogen und es wurde ein lustiges
Fest. Den ganzen Tag im Kinderwagen, aus Zeitmangel von der
einen Ecke in die andere geschoben verlangte Peter jetzt lauthals mehr Aufmerksamkeit.

In der Zeitung war sie angekündigt, Betty erwähnte sie mehrmals an diesem Abend, am kommenden Wochenende sollte die
Einweihung und der Tag der offenen Tür im neuen „Hirsch"
sein. Betty konnte es nicht lassen, jetzt sprach sie ununterbrochen von den Vorbereitungen für diese Veranstaltung. Sie

wurde lästig, man war doch jetzt am feiern und keiner wollte schon wieder an die Arbeit erinnert werden.

Es wurde spät an diesem Abend, Adam fragte die Männer noch was er ihnen für ihre Hilfe schuldig sei, doch der Berthold war der Erste, der auf eine Bezahlung verzichtete und sich stattdessen mit seiner Frau selbst einlud, sich oben im Restaurant das Menü servieren zu lassen, von dem der Küchenchef Manfred gerade eben noch geschwärmt hätte. Die andern, außer Wendelin, der auf alles verzichtete, schlossen sich diesem Wunsch an und fröhlich ging man auseinander. Klara resümierte: „Wenn die Harmonie im Dorf stimmt, dann kommt es zu solch lustigen Festen und wir werden auch in Zukunft fröhliche zufriedene Gäste haben."

Sie wollten es ja nicht hören, als Betty am besagten Abend davon anfing, aber die folgenden Tage der Vorbereitung für die Einweihung wurden stressig. Vieles war noch aufzuräumen, einzuräumen, zu sortieren. Die Situation war angespannt.

Der Einweihungssonntag kam und alles war vorbereitet. Gustel und Mathias hatten sich angeboten zu kommen um dort einzuspringen, wo bei dem zu erwarteten Ansturm der neugierigen Besucher Not am Mann war.

Der Morgen nach dem Hochamt, die geladenen Gäste standen alle vor dem Hotel, der Pfarrer mit den Messdienern kam und segnete alle Räume und mit dem gemeinsamen Gebet des Herrn endete diese würdevolle Feier. Jetzt wurde eingeschenkt und zugeprostet, der Architekt, der Bauunternehmer und die Vorarbeiter hielten Reden, die alle mit einem Toast auf den Bauherrn endeten. Selbst der Maurerpolier hatte einen Spruch auswendig gelernt und lobte Adam und seine Familie. Die kalten Platten wurden gereicht, erstaunlich mit welchem Geschick der Wendelin den Zapfhahn bediente, und wie professionell Mathias servieren konnte.

Wie von Betty vorausgesagt, nahmen die hohen Herren nichts von den kalten Platten und verabschiedeten sich schon sehr bald. „Die fahren jetzt an den Rhein in ein vornehmes Restaurant und lassen sich bedienen. Sie bezahlen mit dem Geld das sie bei uns verdient haben." Diese Einschätzung von Betty war sicherlich nicht ganz falsch.

Die offizielle Einweihung ging zu Ende, einige der Bauhandwerker saßen noch, sie testeten unten im Schankraum wie viel sie von Adams Freibier sie vertragen konnten.

Dreizehn Uhr dreißig, so stand es in der Zeitung und die Bürger hatten freien Zutritt, um den neuen „Hirsch" zu besichtigen. Ein Fremdenzimmer war zur Besichtigung freigegeben, die übrigen Türen blieben verschlossen. Auch die Küche war nur durch die offene Tür anzuschauen, Manfred wollte nicht, dass das Volk um seinen Herd herum lief. Im Restaurant und unten im Schankraum setzten sie sich nieder und jeder erhielt auf Kosten des Hauses ein Getränk. Doch sie blieben sitzen, sie wollten mehr, sie bestellten und bezahlten und ohne die Hilfe von Wendelin, Mathias und Gustel wäre die Belegschaft des „Hirsch" total überfordert gewesen.

Mitten in diesem Stress kam Rosemarie und sprach Adam an. Sie war aus dem Dorf und fragte, ob sie hier im neuen Hotel vielleicht Arbeit finden könnte. Adam, sonst immer souverän und nie um eine Antwort verlegen, fühlte sich bei diesem Ansturm überfordert und konnte der jungen Frau keine richtige Antwort geben. Ihre Chancen stünden nicht schlecht, aber sie sollte doch morgen Abend noch einmal wiederkommen, mehr wusste er nicht zu sagen. Die junge Frau wusste diese Antwort nicht zu deuten, sie war offensichtlich unzufrieden, doch sie verabschiedete sich und versprach morgen wiederzukommen.

Es wurde früher Abend und der Ansturm hatte sich verzogen. Drei junge Familien aus dem Nachbardorf waren die letzten. Sie hatten zwar eine ordentliche Zeche gemacht, doch Klara hätte sie gerne hinausgeschmissen, wenn sie Brigitte nicht daran gehindert hätte. Manfred wusste eine elegantere Lösung, er begann an den freien Tischen die Stühle hochzustellen. Diesen Wink mit dem Zaunpfahl hatten sie verstanden, sie bezahlten und gingen.

Aufatmen, Erleichterung und viele Dankesworte an Wendelin, Mathias und Gustel. Brigitte, den Peter auf dem Arm, umfasste mit dem freien Arm die Freundin und drückte sie. Manfred kam mit der Bratpfanne aus der Küche, griff nach dem großen Aschenbecher auf der Theke um ihn als Untersetzer zu benutzen und schickte Klara in die Küche das Körbchen mit dem geschnittenen Brot holen. Aus dem Kühlschrank den Rest von dem Schnitzelfleisch, klein geschnippelt und in die Bratpfanne, von seinen Zutaten erwähnte er nur Zwiebeln, Brühe, Sahne, Weißwein, Salz und Pfeffer.

Was Besseres hätte dem Manfred an diesem Abend nicht einfallen können, sie waren alle an diesem Tag zu kurz gekommen und es dauerte nicht lange, da wischte sich Wendelin mit einer halben Brotscheibe die letzten Reste aus der Pfanne. Das war der große Nachteil von diesem leckeren Gericht, es war zu wenig. Betty wusste noch einen Ausweg den Hunger endgültig zu stillen, im Schrank war noch ein Streuselkuchen, den man in der Hektik des Tages vergessen hatte. Zum Glas Wein der süße Kuchen, eine merkwürdige Zusammenstellung, aber es schmeckte und es reichte gerade so.

Sie sprachen über den Verlauf des Tages. Jeder berichtete das was er gehört und aufgeschnappt hatte. Das meiste klang positiv, die Einheimischen waren stolz ein solches Haus in ihrem Dorf zu haben. Wenige Nörgler meinten es sei alles zu groß, zu teuer und die Leute in einer ländlichen Gegend könnten sich so ein Lokal nicht leisten.

Das neue Hotel „Hirsch", seine Eröffnung war geglückt und Adam hoffte die Erstbelegung mit Gästen in der nächsten Woche würde auch so gut klappen. Er bedankte sich noch einmal beim Wendelin, bei Mathias und Gustel und er wolle sich jetzt zur Nachtruhe begeben denn er müsste morgen in aller Frühe zu seinen Leuten auf den Holzplatz. Mathias klagte über den Haufen Arbeit am nächsten Tag, er habe einige Kunden vernachlässigt, da er in letzter Zeit so intensiv im „Hirsch" gearbeitet habe.

Manfred war am nächsten Tag lange unterwegs um einzukaufen, er brauchte Nachschub für seine Küche und Betty, Brigitte und Klara hatten alle Hände voll zu tun um das Haus wieder auf Vordermann zu bringen. Immer wieder verlangte Peter lauthals nach der Mutterbrust und sein Recht auf Zuneigung. Brigitte war nur noch eine halbe Arbeitskraft und Betty und Klara merkten erstmals, dass sie ohne Hilfe in dem großen Haus überfordert waren. Sie schämten sich aber darüber zu reden, da sie sich doch so vehement gegen die Einstellung einer Hilfskraft gewährt hatten.

Freundlich, aufgeschlossen, gut gelaunt so löste sich schon am Abend ihr Problem der Arbeitsüberlastung. Brigitte war bei Peter im Schlafzimmer, Manfred in der Küche, Klara bei einigen Gästen im Restaurant, Betty kam die Treppe herunter und Adam war im Büro. Sie hatten sich noch nicht abgesprochen wer wann für was zuständig sein sollte und so kamen sie alle gelaufen, als die Klingel im Empfang ertönte. Es war Rosemarie aus dem Dorf, die doch heute wiederkommen sollte und sich mit dem Fingerdruck auf die Klingel akustisch bemerkbar machte.

Adam erinnerte sich an die junge Frau, er kannte sie flüchtig. „Ich suche Arbeit, ich möchte mehr verdienen und nicht einen Teil meines Lohnes für den Bus ausgeben. Als Verkäuferin in einer Bäckerei verdient man nicht viel, obwohl ich diesen Beruf gelernt habe. Ich bin neunzehn Jahre alt und möchte mir meine Aussteuer ansparen, mein Vater lebt nicht mehr und meine Mutter kann mir nicht viel geben, ich habe ja noch eine kleine Schwester. Bei dem Betrieb gestern hier im Hotel habe ich gedacht, Sie können doch bestimmt Hilfe gebrauchen und Sie zahlen bestimmt besser. Du brauchst nicht mehr mit dem Bus zu fahren und darum bin ich hier."

So hübsch, so freundlich, so offen und ehrlich, Adam hätte gerne direkt ja gesagt. Doch er blickte in die Gesichter von Frau, Schwester und Tochter, um zu ergründen, was diese dazu meinten. Das war er doch nun gar nicht gewohnt, er wurde von seiner Frau überrumpelt. „Rosemarie, du kannst sofort bei uns anfangen" hörte er Betty sagen und Brigitte und Klara strahlten um die Wette.

Das Mädchen war glücklich. Adam überließ sie Manfred, der gleich das Weitere in Gang setzte, das da hieß: Arbeitsvertrag, Kündigung der jetzigen Arbeitsstelle, Sonntagsarbeit und dazu die ausgleichende Freizeit. Sie gab an, dass eine Kündigung nicht erforderlich sei, der Meister habe seine Bäckerei zum nächsten Ersten an einen Nachfolger verpachtet, der über genügend eigenes Personal verfüge.

Der nächste Erste, das war in vier Tagen und am Dritten des Monats, nächsten Montag, sollten die ersten Hotelgäste kommen. Bis dahin müsse sie sich mit ihren Aufgaben vertraut gemacht haben. Morgens Frühstück zubereiten und eindecken, die Zimmer machen, in der Küche Kartoffeln schälen, Zwiebeln schneiden, Gemüse und Salat putzen, am Nachmittag die anfallende Wäsche waschen und bügeln. „Das alles wirst du allein nicht schaffen, du wirst von meiner Schwiegermutter oder von meiner Frau Unterstützung bekommen, aber ich verlange von dir Fleiß, Zuverlässigkeit, Sauberkeit und keine Widerworte. Die Harmonie in unserem Familienbetrieb soll von dir nicht gestört werden. Rosemarie versprach absolut loyal zu sein und sie freue sich im „Hirsch" arbeiten zu dürfen, zwar habe sie das Hotelfach nicht gelernt, aber der freundliche Umgang mit Menschen sei auch bei den Bäckereikunden eine Selbstverständlichkeit.

Rosemarie konnte schon am nächsten Tag in der Bäckerei ihren Abschied nehmen, da sie im Zusammenhang mit der Übergabe an den Nachfolger den Laden bis zum Ersten des Monats schließen wollten. Dem Meister fiel es schwer sie gehen zu lassen, aber er freute sich, dass sie gleich wieder eine Arbeitsstelle gefunden hatte. Die Arbeitspapiere, das Zeugnis, der letzte Lohn, der Meister hatte zum Abschied und zum Dank einen Fünfzig-Markschein auf den dicken Umschlag gelegt.

Rosemarie kam schon am nächsten Tag, ließ sich von Brigitte in ihre künftigen Aufgaben einweisen, packte mit an da wo es etwas zu tun gab. Als Mädchen aus dem Dorf sprach sie selbstverständlich Mundart, aber Betty hörte wie sie dem fremden

Herrn, der zur Tür hereinkam in geschliffenem Hochdeutsch Auskunft gab und ihn ins Restaurant geleitete.

Beim Mittagessen war Rosemarie jetzt Mitglied der Tischgemeinschaft der Familie, und im passenden Moment fragte sie höflich, ob sie etwas sagen dürfe.

„Wir verbieten keinem das Wort, was hast du denn auf dem Herzen?" Adam war wie immer sehr direkt.

Doch sie war nicht eingeschüchtert und erklärte wie sie sich die künftige Zusammenarbeit hier im „Hirsch" vorstellte. „Untereinander möchte ich, dass wir in Mundart reden. Brigitte und Manfred werde mit Vornamen anreden. Klara soll auch für mich die Tante Klara sein. Ihr, Schneidersch Bas, seid für mich die Bas und ihr, Schneidersch Vetter, seid für mich der Vetter. So ist es nun mal Brauch im Dorf und ich würde mich freuen, wenn wir es auch so halten würden."

Adam fand die richtigen Worte und sprach vom Stolz auf die Heimat, vom Bewahren der Tradition und der Pflege der Muttersprache. „Du bist jetzt die Rosemarie und nicht mehr das Fräulein Punstein." Er hatte gesprochen und alle nickten zustimmend.

Später erinnerten sich Brigitte und Rosemarie gemeinsam an ihre Jugend im Dorf. Sie waren altersbedingt nur zwei Jahre zusammen in der einklassigen Volksschule, als Brigitte in ein Internat einer weiterführenden Schule ging. Rosemarie erlebte eine ärmliche Kindheit und ging schon mit vierzehn in die Lehre als Verkäuferin, wo sie bereits um fünf Uhr aufstehen musste um Brötchen auszutragen. Eines hatte Rosemarie Brigitte voraus, und sie versäumte nicht, darauf hinzuweisen. Brigitte habe zwar eine höhere Schulbildung und habe in die Praxis der Hotellerie an verschiedenen Orten hineingeschnuppert, aber eine abgeschlossene Berufsausbildung habe sie nicht.

Die zwei fanden aber einen guten Draht zueinander, der sich schon am zweiten Tag dadurch ausdrückte, dass Brigitte Rosemarie ein Paar Strümpfe schenkte. Ebenso verordnete sie ihr schwarzen Rock und weiße Bluse.

Am frühen Nachmittag wurde der Bus erwartet. Auf puren Verdacht hin nahmen Brigitte und Rosemarie den Handwagen für das Gepäck und stellten sich an die Bushaltestelle. Richtig, der Bus war überladen und der Fahrer kam schon am Bahnhof beim Einsteigen in arge Verlegenheit, da er zusätzlich vierundzwanzig Fahrgäste mit ihrem umfangreichen Gepäck aufnehmen musste, obwohl er um diese Uhrzeit schon immer gut besetzt war. Sie waren in ihren weißen Kitteln als Personal vom Hotel „Hirsch" zu erkennen. Brigitte begrüßte die ankommenden Gäste und hieß sie auf dem Hunsrück herzlich willkommen. Rosemarie packte die Koffer auf den Handkarren, der bereits mit der Hälfte des Gepäcks überladen war, daher mussten einige Gäste ihre Koffer selbst tragen. Mit Rosemarie an der Deichsel und Brigitte, die ihre Hand auf den obersten Koffer gelegt hatte, setzte sich der Transport Richtung Hotel in Bewegung.

Es entwickelte sich ein lustiges Durcheinander, die Gäste hatten sich im Bus kennengelernt, man machte Witze, veräppelte sich gegenseitig und war guter Laune. Ewald, dessen Name immer wieder genannt wurde, tat sich durch ein besonders loses Mundwerk hervor. An der Bushaltestelle war ein Bauernhof, wo der Hahn auf dem höchsten Punkt des Misthaufens inmitten seiner Hühnerschar krähte und so seine Macht über den Hühnerhaufen demonstrierte. Ewald beglückwünschte den Hahn, der jeden Tag unter der Vielzahl seiner Damen die Auswahl hätte, wogegen er im Bett sich nur mit einer begnügen müsste.

„Zu mehr bist du ja auch nicht in der Lage" flachste einer von hinten.

Ewald konterte: „Da kannst du mir die beiden Landpomeranzen, die hier das Wägelchen ziehen, noch dazulegen, ich werde auch damit fertig."

Rosemarie ließ wütend die Deichsel los und wollte Ewald eine Ohrfeige geben. Brigitte wehrte sie mit beiden Händen ab: „Nicht hier auf der Straße, warte bis wir im Haus sind."

Als sie am Entree des Hotels ankamen, waren die Gäste überrasch, so etwas hatten sie in der Provinz nicht erwartet. Just beim Betreten der Eingangshalle ließ Betty einen Korken knallen, zur Begrüßung wurde Sekt gereicht und sie hielt eine kurze Ansprache.

Das Wort „Landpomeranze" lag noch in der Luft und schon kam Rosemarie, pflanzte sich vor ihnen auf und sprach den Gockelhahn an, der mit drei Frauen im Bett keine Schwierigkeiten hatte. „Sie Sprücheklopfer, glauben Sie, eine Frau würde sich nach ihnen umdrehen? Nicht rasiert, der Hemdkragen schmuddelig, an der Jacke fehlt ein Knopf, ausgelatschte Schuhe, solch Städtergesocks brauchen wir hier nicht und wenn ich Sie mir so betrachte, dann bin ich stolz eine Landpomeranze zu sein."

Rosemarie hatte sich in Rage geredet und jetzt gesellte sich Brigitte dazu und sprach diesen Ewald an, den Namen hatte sie inzwischen herausgefunden. „Herr Rosendahl, es gibt zwei Möglichkeiten, entweder Sie entschuldigen sich in aller Form hier vor der ganzen Gesellschaft, oder Sie reisen sofort wieder ab, ich kann Ihnen ein Taxi bestellen. Wir werden es nicht hinnehmen, dass Sie unsere Angestellte und mich auf diese Art beleidigen, der Aufenthalt in unserem Hause soll friedlich und harmonisch sein und der Erholung dienen, ohne sich gegenseitig zu beleidigen."

Betretenes Schweigen, aber dann war deutlich zu hören wie seine Frau sagte: „Entschuldige dich doch, was glaubst du wird die Nachbarschaft sagen, wenn wir heute Abend schon wieder zu Hause sind?" Allgemeines Schmunzeln, einige mit dem Taschentuch vor dem Mund das Lachen unterdrückend, begann Ewald und stotterte mit ausgestreckter Hand seine Entschuldigung. „Nicht so gemeint, hab nur einen Witz gemacht, wollte nicht beleidigen, tut mir leid." Rosemarie und Brigitte mussten selbst das Lachen unterdrücken, aber sie nahmen die Entschuldigung an und mühten sich erneut mit den Koffern, die sie nach dem Verteilen der Zimmer die Treppe hochschafften.

„Um neunzehn Uhr gibt es Abendessen", verkündete Betty jedem Paar, dem sie den Zimmerschlüssel aushändigte, nachdem sich die Paare eingeschrieben hatten. Das Zimmer beziehen, für eine kurze Ruhepause das Bett ausprobieren und dann war da noch der lange Nachmittag an dem keine Aktivitäten, kein Programm vorgesehen war. Ein Gast wollte sich schon über Langeweile beklagen und sein Zimmernachbar erinnerte ihn gleich an Ruhe und Erholung, dafür seien sie doch auf den Hunsrück gekommen.

Das war nicht im Pensionspreis enthalten, aber Klara hatte zwei Blechkuchen gebacken und einige nahmen gerne ein Stück Streuselkuchen zu der Tasse Kaffee, auf die sie glaubten nicht verzichten zu können. Andere machten einen Spaziergang durchs Dorf und fanden unter den paar Einheimischen, die ihnen am Straßenrand begegneten, interessante Gesprächsteilnehmer, die über die örtlichen Gegebenheiten Auskunft gaben.

Für Manfred war das erste gemeinsame Essen die Herausforderung. Schmackhaft und vor allem reichlich musste es sein was am ersten Tag serviert wurde. „Das Essen an den ersten Tagen seines Aufenthaltes bleibt dem Hotelgast in guter Erinnerung und er wird es jedem weitererzählen", wusste er aus Erfahrung.

Brigitte bemühte sich um die Tischordnung, vier Personen an einem Tisch und bei einem Großteil der Gäste bildeten sich spontan solche Vierergrüppchen. In einigen Fällen half sie den Paaren sich gegenseitig bekanntzumachen, um so eine kleine Tischgemeinschaft zu bilden. Zum Schluss blieben noch die Schwestern, zwei ältliche, überaus betuliche und vornehm wirkende Lehrerinnen und Ewald und seine Frau übrig. Brigitte musste ihnen gut zureden, aber dann hatten die Damen doch nichts dagegen, dass das Ehepaar Rosendahl zu ihnen platziert wurde.

Die beiden unverheirateten Damen, die die Fünfzig längst überschritten hatten, fühlten sich in hohem Maße der Moral verpflichtet. Ewald Rosendahl merkte sehr schnell, mit wem er es am Tisch zu tun hatte und dass die beiden Damen seine zweideutigen Witze nicht hören wollten. Er konnte nicht nur Zoten erzählen, es gelang ihm mehrmals, die beiden Damen zum Lachen zu bringen. Sein Ansehen bei ihnen war ohnehin gewaltig gestiegen, als sie erfuhren, dass er Schichtführer sei und somit für über dreißig Leute Verantwortung trage. Sie ermahnten ihn zwar zu seinen Untergebenen gerecht zu sein, aber aus dieser erzwungenen Tischgemeinschaft entstand nach kurzer Zeit eine harmonische Gemeinschaft.

Rosemarie half am ersten Abend beim Servieren. Adam beobachtete sie, etwas unsicher und noch etwas ungeübt, aber durchaus talentiert. Er erkannte, dass diese eine zusätzliche Kraft auf Dauer nicht ausreichte, er musste sich um eine weitere Angestellte bemühen.

Betty kam mit einer angebrochenen Flasche Wein, zwei Gläsern und setzte sich zu ihm. Adam musste zugeben, dass es wohl eine Ewigkeit her war, wann sie das letzte Mal allein bei einem Glas Wein zusammensaßen. Betty bestätigte ihm das, doch auch jetzt war es nicht die vertraute Zweisamkeit, die sie genießen konnten, Betty machte sich Gedanken wie sie die Gäste unterhalten sollten, um bei ihnen für gute Laune zu sorgen. Sie hatte noch nie darüber gesprochen, doch jetzt glaubte sie Adam ihre Bedenken mitteilen zu müssen. „Adam, haben wir das richtig gemacht? Wir sind so groß in die Gastronomie eingestiegen, wir haben Schulden gemacht, die Arbeit wächst uns über den Kopf, wobei ich doch vorige Woche noch glaubte wir würden das ohne fremde Hilfe schaffen. Die Einstellung der Rosemarie war ein Glücksgriff, doch wir müssen noch eine Kraft einstellen, denn wir können das Mädchen nicht zwölf Stunden am Tag arbeiten lassen. Ich werde mit der Lange Agnes reden, die ist jetzt allein und hat nur ihre kleine Witwenrente, die kann dem Manfred und der Klara in der Küche helfen, dann kann sich Brigitte mehr um unser Peterchen und die Gäste kümmern."

Die Agnes einstellen, die Idee fand Adam gut, er lobte seine Frau und suchte dann ihre Bedenken zu zerstreuen. „Die Schulden haben wir in fünf Jahren gemeinsam abgearbeitet. Wir haben den Betrieb für die nächste Generation aufgebaut, Brigitte und Manfred sind vom Fach und sie werden mit dem Fremdenverkehr auf dem Hunsrück eine gute Zukunft haben. Übrigens, ich habe gehört, die Mayers haben im Obergeschoss vier Zimmer zurechtgemacht, die betreiben jetzt eine Privatpension. Das ist keine Konkurrenz für uns, im Gegenteil, auch ihre Gäste werden die Geselligkeit suchen und zu uns ins Restaurant kommen. Morgen schon werde ich den Vertreter anrufen, er soll bei uns auch eine Musikbox aufstellen."

Betty lachte und gestand, dass sie heute Mittag das Gespräch angenommen habe, bei dem genau dieser Vertreter ankündigte, schon morgen solch eine Musikbox zur Probe aufzustellen.

Adam ergänzte begeistert: „Abends das Tanzbein schwingen und tagsüber die Wanderung durch unsere schöne Gegend. Doch in der ganzen Gemarkung gibt es nur zwei wackelige Ruhebänke, da muss was getan werden. Ich rede mit dem Mattes, der hat so viel Geld bei uns verdient, der soll die Bretter stiften, die der Wendelin zusammennageln soll, wofür dieser von mir bezahlt wird."

Betty, als ehemalige Bäuerin kannte sie die Gemarkung und konnte schnell die Stellen aufzählen, an denen eine Ruhebank stehen sollte. Dort war es der Blick ins Tal, im Brühl am Ufer des Baches, auf dem Hohen Rech der Blick in die Ferne und am Waldeck im Schatten der alten Eiche. Adam bewunderte seine Frau, mit welcher Genauigkeit sie diese Punkte beschreiben konnte.

Der Wein in der angebrochenen Flasche hatte nicht gereicht und in der zweiten Flasche mit der guten Spätlese war nur noch ein Schluck, den Adam der Klara einschenkte, die zu ihnen an den Tisch gekommen war, bevor sie zu Bett ging.

In der einen Hand das Glas mit dem letzten Schluck Wein, die andere Hand auf seiner Schulter stellte Betty die Frage: „Werden wir auch in Zukunft gelegentlich die Zeit finden um gemeinsam eine Flasche Wein zu trinken?" Auch Adam hatte sein Glas in der Hand, er blickte sich um und sah sie waren noch allein im Gastraum. Er antwortete nicht, er küsste seine Frau, was in letzter Zeit selten geschah.

Die Wiese mit den drei Apfelbäumen an der Südseite des Gebäudes hatte die Baumaßnahme unbeschadet überstanden und wurde jetzt als Liegewiese genutzt, obwohl die Neueinsaat der Erweiterung zum Haus hin, noch nicht voll entwickelt war. Liegestühle, Luftmatratzen oder einfache Wolldecken waren die Unterlagen, auf denen meist leicht bekleidete Damen die Sonne anbeteten und sich schnell einen Sonnenbrand einhandelten, während ihre Männer im Schankraum saßen.

Die Musikbox, die für das Tänzchen am Abend für jeweils zwei Groschen die neuesten Schlager ausspuckte, brachte einen durchschlagenden Erfolg.

Mattes ließ sich vom Adam nicht lange bitten und spendierte das Holz für vier Ruhebänke, die Wendelin anhand seiner Vorstellungen und einer Bleistiftzeichnung zusammennagelte. Der Zuzug neuer Sommerfrischler und der Wechsel der Hotelgäste blieb nach der dritten Zeitungsanzeige ungebrochen rege und das Haus war bis in den Herbst hinein ausgebucht. Was wollte der Adam mehr? Er hatte nicht mit Brigitte darüber gesprochen, aber er erinnerte sich wie sie ihn vor Jahren schon drängte, Geld in die Hand zu nehmen und den „Hirsch" zu einem modernen Fremdenverkehrsbetrieb auszubauen.

Sommerfrischler sind in zwei Kategorien einzuteilen. Die einen lassen es ruhig angehen, sie aalen sich in der Sonne, trinken viel von dem kühlen Bier und pflegen die Mittagsruhe. Die anderen ziehen dicke Schuhe an, nehmen Strohhut und Rucksack und gehen auf Wanderschaft. Sie lernen am ehesten Land und Leute kennen und zwangsläufig begegneten sie dem Schüssler Karl. Der Karl, ein lustiger Mensch, der durch eine Kriegsverletzung nur einen Arm hatte und jedem der es hören wollte, erzählte er wie im Krieg die Amis nach ihrer Landung in der Normandie ihm den Arm abgeschossen hatten. Dieser Texaner hätte ihn nachher gepackt und auf ihren Platz mit den Verwundeten geschleppt, damit er verarztet wurde, sonst wäre er im Straßengraben verblutet.

Es blieb ihm von seinem linken Arm nur ein kurzer Stummel und mit der einen Hand versuchte er, mehr schlecht als recht seine Frau in der kleinen Landwirtschaft zu unterstützen. Es war bemerkenswert zu sehen was ein Mann mit nur einem Arm leisten konnte. Das kinderlose Ehepaar hätte den kleinen Hof nicht gebraucht, da die beiden mit seiner Kriegsrente auskommen konnten.

Karl hatte gerade seine Ausbildung als Einzelhandelskaufmann abgeschlossen, als er in den Krieg musste. Er konnte körperlich nicht viel arbeiten, aber dafür war er sehr belesen und hatte sich stets weitergebildet. Er erzählte spannende Geschichten und jeder der Zeit hatte, blieb bei ihm stehen und hörte zu. Wahrheit oder Dichtung, keiner konnte das ergründen, aber seine Geschichten waren immer spannend und unterhaltsam.

Eines Tages ließ er sich von einer dieser Wandergruppen überreden, sie auf ihrer Wanderung zu begleiten, um sie auf gewisse Besonderheiten am Wegesrand hinzuweisen. Karl willigte ein und über unbekannte, verschlungene Wege führte er seine Gruppe zu anderen Aussichtspunkten, zu einer besonderen Baumgruppe, zu einem Gebüsch, oder auf eine Lichtung. Er war erstaunt mit welcher Aufmerksamkeit sie seinen Worten lauschten. Sie lernten die Kiefer von Lärche, den Weißdorn vom Schwarzdorn und die Traubeneiche und die Stileiche zu unterscheiden. Die Kräuter am Wegesrand, die Blumen im Ährenfeld, über alles konnte er berichten. Diese Lichtung im Wald sei entstanden, weil hier noch in den letzten Kriegstagen ein englischer Bomber niederging. Nur unter der alten Eiche wollten sie nicht stehenbleiben, als er erzählte, dass an dem dicken Ast noch vor hundert Jahren die Spitzbuben aufgehängt wurden. Diese Geschichte war vom Karl erfunden, doch die alte ehrwürdige Eiche als Galgenbaum? Diese Erzählung war was Besonderes und einer fasste sich an den Hals um den Strick zu ertasten, den ihm der Henker vielleicht schon umgelegt hatte. Dagegen zeugte die „Bank unterm Haselstrauch" von Romantik, von Poesie, von Liebesglück und Karl geriet ins Schwärmen, als er von den jungen Pärchen erzählte, das sich auf diesem Stein vergnügte. Edith aus Ingelheim wurde neugierig, sie fragte den Karl, ob auch er den Stein mit seinem Mädchen aufgesucht hätte.

„Sie wollen es aber genau wissen." Nach einer Denkpause sagte er nur: „Es war kurz bevor ich Soldat wurde und unsere Begegnung auf dem Stein unterm Haselstrauch bleibt das Geheimnis meiner Frau und mir." Eine vielsagende Antwort in die sich einiges hineininterpretieren ließ.

Im Dorf angekommen wollte man ihn zu einem Bier in den „Hirsch" einladen. Karl lehnte ab, mit dem Alkohol habe er es nicht so, er sei zwar kein Kostverächter, aber der Abend sei noch jung und er würde dann lieber am Wochenende kommen und auch seine Frau mitbringen. „Selbstverständlich", die Einladung hierzu wurde mehrmals wiederholt, wobei es Karl entging, dass ein Hut rundgereicht wurde, und ein älterer Herr ihm mit anerkennenden lobenden Worten eine Handvoll Münzen überreichte.

Die neugierige Edith aus Ingelheim fragte, ob er auch morgen wieder bereit sei, sie auf ihrem Spaziergang zu begleiten. „Ja aber, dann brauchen wir erstens wieder gutes Wetter, zweitens muss meine Frau damit einverstanden sein, so sie dann keine Arbeit für einen Einarmigen hat und drittens, wir gehen ein Stück barfuß durch den Bach, bringt ein Handtuch mit. Die Ingelheimerin mit ihren lackierten Zehennägeln hatte er verschreckt, aber die anderen schwärmten von der Kneip'schen Methode und wie gesund das Wassertreten sei.

Der folgende Tag, Karl holte seine Gruppe, die auf zwölf Personen angewachsen war beim „Hirsch" ab. Edith war auch dabei. Brigitte und Manfred beobachteten das Ganze, sie freuten sich und Manfred brachte zum Ausdruck, den Karl mit seiner Führung durch die Natur fest in das Programm des „Hirsch" einzubinden. Brigitte wollte mit ihm reden.

Vom Dorf hinab ins Tal, ein Feldhase hoppelte ihnen über den Weg, aber sonst hatte Karl auf dieser Wegstrecke nichts zu erklären. Es war die Gelegenheit eine seiner Geschichten loszuwerden. Es fiel ihm eine Novelle von Johann Peter Hebel ein. „Ein bärtiger Soldat kam in die Schankwirtschaft des ‚Hirsch' und verlangte, man solle nach dem Barbier schicken, der müsste ihm den Bart abnehmen. Er würde dafür drei Taler zahlen, aber wenn der Meister ihn ritzen würde, dann würde er bei dem ersten Tropfen Blut, das ihm über die Wangen lief, dem Dilettanten mit seiner Pistole ein Loch in den Bauch schießen."

Karl machte aus dem bärtigen Soldaten einen Spießgesellen des Schinderhannes, der Säbel wurde zur einer Pistole und das

Ereignis fand bei Brigittes Urgroßvater im alten „Hirsch" statt. „Der Meister kam, er wollte sich die drei Taler verdienen, aber einen Schuss in den Bauch? Er nahm Reißaus und schickte den Gesellen. Auch ihn verließ der Mut, er flüchtete und schickte den Lehrling. Der Bub kam, drei Taler, das war doch mal was, er wetzte das Messer und begann. Er brauchte nicht lange, wischte ihm mit einem Tuch die letzten Schaumreste aus seiner Visage, packte den Räuber am Arm und führte ihn zum Wandspiegel. ‚Glatt wie ein Kinderarsch', schwärmte der Räubermann, ‚hier sind deine drei Taler und nun sag wo hattest du den Mut her, du hättest mich doch schneiden können?' Der Bub war nicht verlegen. ‚Hätte ich dich auch nur ein kleines bisschen geritzt, ehe du das Schießeisen in der Hand hattest, hätte ich mit meinem Rasiermesser dir die Gurgel durchgeschnitten.' Er nahm die drei Taler, sein Werkzeug und verschwand. Der Räuber, so dicht vom Tode bedroht, verfiel in eine tiefe Traurigkeit, er ließ sein Schießeisen liegen und verschwand ebenfalls. Er hatte sich wohl bekehrt, denn zwei Jahre später, den Schinderhannes hatte man längst in Mainz geköpft, da wurde von einem Brief aus Xanten am Niederrhein berichtet in dem der Bürgermeister die Papiere von dem Schwarzen Pitt anforderte, da dieser sein Mädchen heiraten wollte.

Karl hatte schön erzählt, seine Geschichte war spannend und doch bekam er Gewissensbisse. Er musste auf die Zeitabläufe achten, zumal Mainzer unter seinen Zuhörern waren und die wussten, wann bei ihnen am Rhein der Kopf des Schinderhannes in den Sand rollte. Das mit dem Urgroßvater der Brigitte konnte nicht stimmen, da müsste er noch zwei Generationen Großväter dranhängen.

Er wandte sich der Botanik zu, beschrieb die Wirkung des Spitzwegerichs, warnte vor der giftigen Tollkirsche, schwärmte von dem Salat aus jungem Löwenzahn und so erreichten sie den Bach in der Talau. „Schuhe und Strümpfe aus und hinein!"

Seine Hose bis an die Knie hochgekrempelt machte Karl den Vorreiter. Die Frauen kreischten, die Männer grummelten, doch schon bald hörte man nichts mehr. Die eine Hand auf der Schulter des Vordermannes so staksten sie sichtlich vergnügt durch das Sandbett des kalten Baches. Nur etwa einen Steinwurf, weiter ging diese Strecke nicht, denn ab da wurde das Bachbett steinig. „Wieder zurück" rief Edith und alle machten die Kehrtwende.

Nicht jeder hatte ein Handtuch dabei, doch sie halfen sich gegenseitig. Das Ergebnis des Wassertretens war ausnahmslos gute Laune und man kam überein bei entsprechender Witterung die Sache zu wiederholen.

Karl lieferte seinen gut gelaunten Trupp beim „Hirsch" ab, die Einladung auf ein Bier lehnte er höflich ab und machte sich auf den Heimweg. Er bemerkte nicht, wie ihm Brigitte mit Peter auf dem Arm hinterhereilte. Erst auf einen Zuruf blieb er stehen, „Onkel Karl, du sollst heute Abend zum Essen kommen, der Vater hat etwas mit dir zu besprechen, du sollst auch deine Frau mitbringen." Karl wollte nicht antworten, er nickte nur und setzte seinen Weg fort.

Die Gäste, die mit Karl unterwegs waren, schwärmten von diesem Nachmittag. Das Wassertreten durch den Bach hatte es ihnen besonders angetan. „Den Zaunkönig, den Pirol, die Eidechse und auch den Habichtshorst, das alles wäre uns entgangen, hätte uns Karl nicht darauf aufmerksam gemacht. Diese Einzelheiten sind es, die dem Wanderer das ganze Spektrum der lebendigen Natur näherbringen."

Auch Helmut Josten aus Mainz begegnete Adam in der Eingangshalle, er sprach von Karl, seinem Wissen über Flora und Fauna und lobte die Ausdrucksweise und die geschliffene Sprache seiner Erzählungen. Adam sah sich in seinen Überlegungen bestätigt, er musste den Karl, den gelernten Kaufmann dazu gewinnen, gewisse Aufgaben in der Firmenleitung zu übernehmen.

Das Ehepaar Schüssler ließ sich Zeit, Adam wurde schon unruhig, als sie um zwanzig Uhr immer noch nicht da waren. Endlich, seine Frau Maria untergehakt, betraten beide die Eingangshalle. „Wir haben uns verspätet, unsere Kuh hat eben noch ein Kälbchen gemacht, wir expandieren, der Viehbestand hat sich von zwei auf drei Stück erhöht, wir entwickeln uns zum Großagrarier." Schallendes Gelächter, das war Adams Antwort. Ob in geschliffenem Hochdeutsch oder in der örtlichen Mundart, gewürzt mit Übertreibungen und Mutterwitz, jedoch offen und ehrlich, so war der Karl. Lächelnd aber sprachlos stand seine Frau neben ihm. Doch ihre Bescheidenheit verlieh dieser kinderlosen Ehe die nötige Ausgeglichenheit.

Adam geleitete seine Gäste an den vorbereiteten Fenstertisch, Betty servierte die fruchtig milde Spätlese und brachte die Speisekarte, sie erklärte gleich, dass der Manfred heute Abend die Schweinelende mit der Gemüseplatte und den jungen Kartoffeln empfehlen würde. Es bedurfte keiner Worte, Karl und seine Frau nickten nur um Bettys Vorschlag zu akzeptieren. „Ihr seid eingeladen, Betty und ich haben auch noch nicht gegessen, wir werden heute Abend Manfreds Kochkünste gemeinsam genießen."

Karl entgegnete: „Was führst du im Schilde? So wie ich dich kenne, bist du immer auf deinen eigenen Vorteil bedacht, wenn du etwas verschenkst."

Adam winkte ab und meinte sie sollten zuerst gut essen und trinken, bevor er seine Überlegungen verkünden wollte.

Das Essen, das Manfred selbst servierte, schmeckte ausgezeichnet. Beim Tischgespräch sprachen sie über Gott und die Welt und so kam man auch auf den Schreiner Mattes zu sprechen, der jetzt die Gustel heiraten wolle, da deren alkoholkranker Mann an einem weiteren Schlaganfall verstorben sei. Die Scheidung habe sie wegen der Kinder, denen sie den Vater nicht nehmen wollte, all die Jahre immer abgelehnt. „Die Buben, sie nennen den Freund ihrer Mutter Mattes, doch einen besseren Vater gibt es nicht für sie."

Die Schüsslers hatten aufmerksam zugehört, diese Geschichte war im Dorf so nicht bekannt, man wunderte sich nur sehr bald mit welcher Fachkompetenz Gustel das Bankwesen meisterte und wie beliebt sie bei der Kundschaft war. Endlich sah Adam die Gelegenheit gekommen, um mit dem Karl über das zu reden, weshalb er ihn mit seiner Frau eingeladen hatte. So kannte er sich selbst nicht, es fehlten ihm die Worte. Mit Gestotter und Halbsätzen versuchte er den Karl zu beeinflussen. In ungeordneter Reihenfolge fielen die Worte: Buchhaltung, Journal, Korrespondenz, Lohnbuchhaltung, Telefonate, nur vormittags und Adam konnte nicht klar ausdrücken, was er wollte.

Karl lachte und fasste zusammen: „Du willst also, dass ich dir diesen Bettel, den du nicht leiden magst, mache, weil du glaubst, ich könnte das. Adam, ich habe das gelernt und noch in den ersten Kriegsjahren auch in diesem Beruf gearbeitet, bevor ich Soldat wurde, aber du siehst, ich bin nur ein halber Mensch und hatte nicht den Mut, mich um eine neue Stelle zu bewerben. Ich beziehe Invalidenrente, die ist nicht üppig, aber es reicht für uns beide. Hinzu kommt, dass ich nur in bestimmtem Umfang etwas dazu verdienen darf, und eine solche Stelle habe ich bisher nicht gefunden, zumal ich auch nicht möchte, dass mich eine Firma aus Gnade und Barmherzigkeit auf ihre Gehaltsliste setzt."

Jetzt wurde Adam heftig: „Was heißt hier Gnade und Barmherzigkeit, ich sehe doch, zu was du fähig bist. Mit einer Hand den Mist aufladen, ich sage dir, ein Bleistift ist dünner und kürzer als der Stiel einer Mistgabel. Es wird erzählt, du brauchst deine Hand zum Drehen der Walze und darum nimmst du den Briefbogen zwischen die Lippen, wenn du ihn in die Maschine einspannst und mit einer Hand tippst du schneller als eine lahme Tippse, die gerne zum Frühstück schon Feierabend hätte. Um geistige Arbeit zu Papier zu bringen genügt meistens eine Hand. Zu vielem genügt eine Randnotiz, anderes lässt sich am Telefon erledigen und wenn es ganz dicke kommen sollte, dann muss die Brigitte dir helfen."

Das Gespräch verlief jetzt im Sinne Adams, und das letzte Wort lautete: „Halber Tag, halbes Gehalt." Es folgte noch ein Handschlag und Betty servierte eine Flasche Sekt.

Karl saß vormittags an Adams Schreibtisch und es dauerte keine drei Wochen, da war er der ruhende Pol im Betrieb. Er wusste alles, kannte alles, hatte die Termine im Griff und in seiner locker lustigen Art hatte er für alles einen Rat, so er danach gefragt wurde.

Auf Adams Bestreben wollte Karl die zwei Kühe abschaffen, aber dabei traf er auf Widerstand seiner Frau Maria, die alle nur Mie nannten. Betty, die ehemalige Bäuerin schaltete sich ein und sie konnte Mie davon überzeugen wie wohltuend es sei, wenn der Stallgeruch aus den Kleidern verschwinde. Adam hatte Vorsorge getroffen und als ehemaliger Viehhändler mit dem Stoffel verhandelt, der zu einem gerechten Preis Mies Kühe und das Kalb übernehmen sollte. Adam wollte an diesem Handel nichts verdienen, aber er war überrascht, als er zum Stoffel auf den Hof kam. Überall herrschte Ordnung und Sauberkeit. Stoffel trug einen sauberen Blaumann. Er musste lachen als er merkte wer jetzt in diesem Betrieb ein Mitspracherecht hatte. Nicht zuletzt auf Manfreds Betreiben war seine ehemalige Hauswirtin Bille Marie beim Stoffel eingezogen und hatte das Kommando übernommen, was auch in Stoffels eigenem sauberen Erscheinungsbild zum Ausdruck kam. Adam wurde mit dem Stoffel sehr schnell einig, als dieser merkte, Adam suchte nicht seinen eigenen Vorteil, er wollte nur für die guten Milchkühe der Mie einen fairen Preis erlangen. Schon am nächsten Tag kam Stoffel mit der Bille Marie, um die Tiere in den eigenen Stall zu führen. Die Marie nahm das Geld aus ihrem Schürzensäckel, zählte es und legte es der Mie auf den Küchentisch. Stoffel führte die Kühe einzeln am Strick auf seinen Hof, und innerhalb einer halben Stunde war der kleine Kuhstall leer. Mie weinte, doch sie weinte nicht lange und ging beherzt dem Stoffel hinterher, um ein Anschlussgeschäft zu machen. „Du hast mir die Kühe geholt, dann musst du auch die Äcker und die Wiese nehmen, was soll ich noch damit? Du zahlst mir den gleichen Pachtpreis, den du auch dem Adam für die Ländereien zahlst."

Stoffel grinste nur, Marie fasste die Mie am Arm und lenkte sie ins Haus wo sie gemeinsam einen Kaffee mit einem Weinbrand darin auf dieses Geschäft trinken wollten. Mie zierte sich zunächst, doch aus einem Weinbrand wurden drei. Sie war zufrieden, hatte sie doch die Zusage für ihren geforderten Pachtpreis.

Frühstück am Morgen. Klara fühlte sich um diese Tageszeit noch nicht gefordert, Manfred schlief noch, Betty kochte den Kaffee und die Frühstückseier, Brigitte versorgte Peter und Rosemarie war total überfordert.

Karl erkannte die prekäre Situation, er schaffte Abhilfe, indem er seine Mie ins Spiel brachte, die jetzt morgens für zwei Stunden beim Servieren des Frühstückes half. Die gelernte Textilverkäuferin hatte eine galante freundliche Art im Umgang mit den Gästen und war sehr geschickt. Es blieb nicht bei diesen zwei Stunden. Ob im Service, in der Küche, in den Zimmern, überall wo eine Kraft benötigt wurde, sprang Mie ein. Karl wusste, was er seiner Frau zumuten konnte, sie kam gerne zum Arbeiten ins Hotel, zumal ihr daheim ohne ihre Kühe die Decke auf den Kopf fiel.

Es hatte sich mittlerweile alles gut eingespielt im „Hirsch". Manfred wartete nicht bis zum Mittagessen, zusammen mit Brigitte und Peter, der inzwischen vier Jahre war, setzte er sich ans Lenkrad, und fuhr nach Kirchberg. Von dort hatte sein Vater am Telefon eine Neuigkeit verkündet, der er unbedingt nachgehen wollte. „Christian ist heimgekommen", diese Worte hatte er in den Ohren, auch dann noch, als er mit Frau und Sohn durch die immer offen stehende Haustür das „Eck" betrat. Im Schankraum, er konnte seinen Bruder nicht sehen, als der „Hallo Manfred" rief, weil eine ganze Anzahl Kerle die Theke umringten. Christian quetschte sich durch die Menschentraube und fiel seinem Bruder um den Hals. Freundlich begrüßte er seine ihm bis dahin unbekannte Schwägerin und seinen Neffen. „Ich bleibe", das waren seine ersten Worte, und er erzählte wie überdrüssig er der Christlichen Seefahrt sei und dass er seit über einem Jahr in Kiel in einem Hotel gearbeitet habe. Es wurde ein langer Nachmittag, ein Seemann, der die Welt umrundete, hatte so viel zu erzählen. Doch Peter hatte mit seinem Quengeln diesen Besuch beendet, sie kamen überein im „Hirsch" ein Wiedersehensfest zu feiern.

Es war bemerkenswert und Christian war gerührt wie sein kleiner Neffe die Unterhaltung stören konnte und dem Besuch seines Bruders ein Ende setzte. Auf der Heimfahrt hatte Manfred mit seinem Söhnchen eine ernste Auseinandersetzung. „Ich möchte in Zukunft dein Gequengele nicht mehr hören, wenn Erwachsene sich unterhalten, oder du fährst nicht mehr mit und musst daheim bleiben." Diese Drohung des Vaters beeindruckte ihn nicht, die Erwachsenenbesuche waren ihm ohnehin zuwider. Er nickte nur.

Auch Brigitte richtete ein paar ernste Worte an ihren Schützling. „Tante Klara hat dich total verwöhnt, sie gibt dir alles, sie erlaubt dir alles und du glaubst du könntest dir auch sonst im Umgang mit anderen erwachsenen Leuten alles herausnehmen. Ich werde Karl Bescheid sagen, er soll dich in Zukunft unter seine Fittiche nehmen, dein Vater und ich haben leider wenig Zeit, um uns um dich zu kümmern." Auch diese Drohung nahm Peter nicht ernst, zumal Onkel Karl längst sein Freund war.

Die Geschäfte im „Hirsch" liefen prächtig. Die Zimmer waren meistens ausgebucht, dafür sorgte Karl, der auch weiterhin an sonnigen Nachmittagen interessierte Gästegruppen durch die Landschaft führte. Die Küche im „Hirsch" war berühmt, das war Manfreds Verdienst. Er musste einen weiteren Koch und einen Lehrbub einstellen, um die Anforderungen zu bewältigen. Rosemarie war nun schon ein paar Jahre verheiratet, doch ihr Kinderwunsch erfüllte sich nicht, sie war weiterhin die Vollzeitkraft im Betrieb. Sie nannte ihn schon von Anfang an Onkel Karl und zusammen mit ihm managte sie auf ihre sehr verbindliche Art die Ansprüche, Wünsche, Begehrlichkeiten und auch die gelegentlichen Beschwerden der Hotelgäste. Das übrige Hilfspersonal wechselte des Öfteren, doch Karl konnte die volle Anzahl der Belegschaft immer wieder mit Frauen und Mädchen aus den umliegenden Dörfern aufstocken.

Am Ende einer Saison veranstaltete Manfred ein Belegschafts- und Helferfest, zu dem alle Mitarbeiter und deren Partner geladen waren. Brigitte und Manfred feierten mit und dann stand Bruder Christian am Küchenherd, der aus Kirchberg anreiste. Das Mädchen aus der Eifelgasse, inzwischen im fortgeschrittenen Alter, das ihm die Mutter damals so schlecht gemacht hatte, war jetzt doch mit ihm verheiratet und sie hatten zwei Kinder. Das Verwahren der Enkelkinder, darin sah die Mutter ihre neue Aufgabe und das Verhältnis zu ihrer Schwiegertochter, aus der eine exzellente Wirtin wurde, war jetzt herzlich und ungetrübt.

Die Jahre vergingen, Adam hatte seinen Holzhandel, den er noch auf das Grubenholzgeschäft ausgedehnt hatte, für gutes Geld an einen jungen Forstwirt verkauft. Mit dem Auto herumfahren, mit Betty Ausflüge machen und im Schankraum das Gespräch mit den Gästen führen, das waren die Aktivitäten, die er jetzt schätzte.

Klara, nach mehreren Krankenhausaufenthalten inzwischen bettlägerig, verstarb im letzten Winter in den Armen von Brigitte, die in dieser Nacht bei ihr gewacht hatte. Peter, war nach Abitur und Kochlehre auf Wanderschaft. Er schaute verschiedenen Sterneköchen im Schwarzwald und in München über die Schulter, um später die gehobene Gastronomie am heimischen Herd zum Wohl der Gäste umzusetzen. Er kam zur Beerdigung seiner geliebten Klara aus Baiersbronn angereist.

Karl hatte lange durchgehalten und mit der Pensionierung von Rosemarie seine Bürotätigkeit dann auch aufgegeben. Seine Mie war vor zwei Jahren verstorben. Die inzwischen durch einen Verkehrsunfall verwitwete Rosemarie versorgte ihn, ihr hatte er sein Haus vermacht und einen bedeutenden Anteil seines Barvermögens. Am späten Nachmittag kam er gerne in den Schankraum und sorgte er bei den Dämmerschoppengästen mit seinen Geschichten für Unterhaltung.

Es war kein spektakulärer Einbruch, es geschah fast unmerklich, die Sommerfrischler wurden von Jahr zu Jahr weniger. Die Privatpensionen machten aus ihren Fremdenzimmern Mietwohnungen, im Dorf wurde es ruhiger. Als sichtbares Zeichen hierfür könnte man den Abtransport der Musikbox werten, es steckte kein Gast mehr einen Groschen in den Schlitz, um am Abend das Tanzbein zu schwingen. Getanzt wurde jetzt überwiegend in Diskotheken. Der deutsche Urlauber verdiente besser, er reiste jetzt ins europäische Ausland zu Sonne Sand und Wasser, Bella Italia lockte.

Im „Hirsch" ging diese Veränderung fast unbemerkt vorüber. Der Umsatz war weiterhin zufriedenstellend, doch die Gästeklientel hatte sich geändert. Jetzt waren es das ganze Jahr über Handelsvertreter oder sonstige Außendienstler, die den „Hirsch" während ihrer Kundenbesuche zu ihrer Verpflegungs- und Ruhestation auserkoren hatten. Für Busreiseunternehmen war der „Hirsch" auf einer Fahrt von Nord nach Süd ein Etappenziel, an dem man gut essen und übernachten konnte. Große teure Familienfeste waren in Mode gekommen und jeder gut gestellte Brautvater feierte die Hochzeit im „Hirsch". Das Hotel war im weiten Umkreis das einzige Lokal, dessen Ambiente mit der guten Küche und dem anspruchsvollen Service diesen gehobenen Anforderungen entsprach.

Peter war inzwischen Juniorchef, er setzte sich durch, als es bei dem Umbau des Bettentraktes darum ging, im Erdgeschoss Garagen zu bauen. Stattdessen wurden in diesem ebenerdigen Teil des Gebäudes vier Seminarräume eingerichtet. Seine Entscheidung wurde ein voller Erfolg. Versicherungen, Banken, Autohäuser und andere Handelsunternehmen buchten diese Räume mit der entsprechenden Anzahl von Zimmern, um in Seminaren das Verkaufspersonal weiterzubilden. Im neuen großen Saal des Anbaus hielten die Verbände der Bauern, Jäger, Wald- und Hausbesitzer sowie die politischen Parteien ihre Versammlungen ab, der „Hirsch" hatte sich zum Seminar- und Tagungshotel entwickelt.

Gegen Ende des Jahres sollte ein weiteres großes Fest im „Hirsch" gefeiert werden. Peter wollte Elke, seine Jugendliebe und Berufskollegin als Köchin und Hotelfachfrau, heiraten. Sein Vater hatte vor längerer Zeit gestichelt: „Die Elke ist zwar ein braves hübsches Mädchen, aber ist sie die Einzige auf der Welt?" Er konnte ja nicht wissen was Peter in den Nobelrestaurants erlebt hatte. Bei den Sterneköchen lernte er nicht nur die Nouvelle Cuisine, in mancher Küche gab es zudem noch leckere Filetstückchen, die ihm sehr zugetan waren. Doch nach den Lehr- und Wanderjahren kehrte er zu seiner Elke zurück, denn bei ihr wusste er, was er hatte.

Ein Jahr nach der Hochzeit stellte sich Nachwuchs ein. Adam und Betty waren inzwischen hochbetagt, doch es war ihnen vergönnt, ihre Urenkelin in ihren ersten Lebensjahren heranwachsen zu sehen. Adam war besonders glücklich, er sah in der kleinen Alexandra die nächste Generation, die den Fortbestand des „Hirsch" sicherte.

Richard Kapp
„Großmutter, Krieg ist doch schön"
Kindheit und Jugend im Hunsrück
der vierziger und fünfziger Jahre
ISBN 978-3- 86911-019-6
Broschur, 196 Seiten

„Großmutter, Krieg ist doch schön", widersprach der kleine Rudolf den Ermahnungen, als er mal wieder den Kau-
gummi, den ihm die Amerikaner ge-
schenkt hatten, in langen Fäden zwischen den Zähnen
hervorzog. – Inzwischen erwachsen hält Rudolf Rückschau auf
seine Kindheit und Jugend in einem Hunsrückdorf. Anfang des
Krieges geboren, ist ihm vor allem der letzte Besuch beim
Vater hängen geblieben, der dann kurze Zeit später gefallen ist.
Als seine Mutter wieder heiratet, ist für Rudolf eigentlich die
Kindheit zu Ende, denn er muss nun in der Landwirtschaft seines Stiefvaters helfen. Doch er ist tüchtig und fleißig, arbeitet
außerdem im Wald, und baut sich dadurch ein neues Stand-
bein auf. Rudolf befindet sich in der Zwickmühle. Soll er den
Hof seiner Eltern übernehmen oder das lukrative Angebot sei-
nes zukünftigen Schwiegervaters annehmen und in dessen
Firma einsteigen?

Richard Kapp
„Lass uns nach Brasilien gehen"
Roman über die Auswanderungs-
welle aus dem Hunsrück
ISBN 978-3-86911-039-4
Broschur, 226 Seiten

Ernteausfälle, unsichere politische Verhältnisse und allgemein ungünstige wirt-
schaftliche Bedingungen zwingen viele
Hunsrücker Familien vor allem Mitte des
19. Jahrhunderts nach Brasilien auszuwandern, in der Hoff-
nung auf eine bessere Zukunft.

Gute Nachrichten von Brasilien-Auswanderern dringen in das
kleine Hunsrückdorf Birkroth. Auch Tres, die Frau des Müllers
Johann, spielt schon länger mit dem Gedanken auszuwandern.
Sie versucht ihren Mann zu überzeugen, denn mit ihrer Mühle
steht es nicht mehr zum Besten, und Johann gerät gegenüber
seinem tüchtigen Bruder Jakob immer mehr ins Hintertreffen.
Johann ist hin- und hergerissen, er steht vor der schwierigsten
Entscheidung seines Lebens.

Richard Kapps Roman gibt einen guten Einblick in die Lebens-
umstände auf dem Hunsrück Mitte des 19. Jahrhunderts.

Richard Kapp
„Die Garnhändler"
Roman aus dem Hunsrück
der Nachkriegszeit
ISBN 978-3-86911-057-8
Broschur, 230 Seiten

Ihre kleine Landwirtschaft wirft
schon lange keinen Ertrag mehr
ab. Gertrud möchte sie aufgeben.
Als sie eines Tages vom Unkraut-
jäten kommt, begegnet ihr Erwin Moosmann, Inhaber
der ortsansässigen Strickerei, der händeringend jemand für den Vertrieb sucht. Gertrud kommt das Stel-
lenangebot wie gerufen. Schließlich kann sie ihren
Mann Robert überzeugen, der bisher immer strikt dagegen war, dass sie arbeiten geht.
Beim Strickwarenhersteller brummt das Geschäft. Die
Firma macht ihren Hauptumsatz mit mobilen Händlern. Gertrud ist durch ihre charmante und einfühl-
same Art beim Personal und den Kunden beliebt, und
schon bald nicht mehr aus der Firma wegzudenken.
Doch die Zeiten ändern sich, während der Versand-
handel in die Haushalte einzieht, geben immer mehr
von Moosmanns Händlern auf, und plötzlich sieht die
Zukunft für den einzigen Arbeitgeber im Dorf nicht
mehr so rosig aus.

Weitere Bücher von Richard Kapp und
unser Gesamtprogramm finden Sie unter:
www.pandion-verlag.de